Matthias Krause

HÖR AUF ZU BRENNEN

MATTHIAS KRAUSE

HÖR AUF ZU BRENNEN

Bibliografische Information der Deutschen Nationalbibliothek:

Die Deutsche Nationalbibliothek verzeichnet diese Publikation in der Deutschen Nationalbibliografie; detaillierte bibliografische Daten sind im Internet über http://dnb.dnb.de abrufbar.

TWENTYSIX
Eine Marke der Books on Demand GmbH

© 2021 Matthias Krause

Herstellung und Verlag:
BoD – Books on Demand, Norderstedt

ISBN: 978-3-740-75376-4

Für Pauline

Inhalt:

Hör auf zu gären

Seite 9

Hör auf zu brennen

Seite 19

HÖR AUF ZU GÄREN

Der Schnee an diesem Heiligabend war ausgeblieben. Nur eine zarte Schicht aus hauchdünnem Frost überzog den Acker vor dem Gutshof. Dieser lag mitten im Herzen von Niedersachsen und war von einem dunklen Wald umgeben.
Ein Nebelschleier lag über den Feldern und es wehte ein eisiger Wind. Der Wind war stark und heulte, als würde er ein großes Unheil verkünden. Doch er konnte nicht den Gestank verwehen, der auf dem Gutshof herrschte.
Den Gestank von dunklen Familiengeheimnissen, Täuschung und Verrat. Den Gestank von Verwesung.
Dieser Tag sollte einiges im Leben einer Familie für immer verändern. Eine Tragödie bahnte sich an. Nichts sollte mehr so sein, wie es vorher war. Intrigen und eine düstere Wahrheit sollten ans Licht kommen.
Doch zunächst einmal atmeten alle Mitglieder aus der Familie Bäcker erleichtert auf. Sie hatten wie jedes Jahr ein Krippenspiel in der Scheune vom Gutshof Bäcker aufgeführt, um Opa Reinhold, der mit Krippenspielen aufgewachsen war, eine Freude zu bereiten.
Sein älterer Sohn Benno, der handwerklich äußerst geschickt war, hatte sich um die Podeste gekümmert und sein jüngerer Sohn Arnold, nicht minder handwerklich talentiert, die Krippe gebaut.
Die Ehefrauen waren für die Kostüme zuständig und die Kinder legten das Stroh aus.
Dieses Jahr sollte die Aufführung nahezu perfekt werden. In den letzten Jahren wurde meistens mittendrin abgebrochen, weil irgendeiner aus der Familie einen Hänger hatte oder generell aus seiner Rolle ausgestiegen war. Auch dieses Jahr ging es sehr holprig los. Aber dann waren Opa Reinhold gegen Ende des Spiels die Tränen gekommen. So berührt hatte die Familie ihn noch nie gesehen. So sollte die Familie Bäcker eigentlich zufrieden sein. Doch der Schein kann trügen.
Es gab zwei kleine Zwischenfälle, die, wie sich später

herausstellte, mit einem großen Fall zusammenhingen. Um genauer zu sein, mit einer äußerst schändlichen Tat. Oma Gertrude hatte den Opa mitten in der Aufführung mit sichtbarer Panik in den Augen ein paar Plätze nach hinten bugsiert und Arnold, der für die Regie und als Souffleur eingeteilt war, kam während des Spiels nicht weniger panisch auf die Bühne gerannt und hatte etwas an der Krippe zurechtgerückt. Diese kleinen Details sollten sich noch zu einem unheilvollen großen Komplott verdichten. Opa und Oma waren nach dem Krippenspiel schon mal ins Haus gegangen und Arnold konnte es sich nicht verkneifen, Kritik an der Aufführung zu üben.
Nun standen die Akteure in einer Reihe aufgereiht in der kühlen Scheune, die nur notdürftig mit ein paar mobilen Heizkörpern ausgestattet war, während Arnold wie ein General vor ihnen auf und ab schritt, bevor er nach einer großzügigen Schweigeminute seine Kritik äußerte.
»Das war viel besser, als ich erwartet hatte. Ihr habt super gespielt, euch gegenseitig zugehört und ihr habt wunderbar gesungen. Ihr standet nicht so steif und unmotiviert herum, wie die letzten Jahre. Ihr wart präsent und lebendig. Die Gänge stimmten auch einigermaßen und bis auf Gert an manchen Stellen, hatte jeder seinen Text drauf.«
Die Familie jubelte euphorisch und alle redeten wild durcheinander. Arnold gebot dem mit einer Geste Einhalt.
»Trotzdem war die Aufführung eine Katastrophe. Absolut furchtbar, schrecklich, ganz schlimm.«
Alle erstarrten.
»Äh ... hä ... was? Wie jetzt? Warum?«, fragte Arnolds Sohn Gert.
Sein Vater schluckte. Diese unangenehme Wahrheit, mit der er seine Familie konfrontieren musste, war nicht leicht zu verdauen.
Er musste mit jedem einzelnen Wort kämpfen, bevor er es in den Raum stellen konnte.
»Einer von euch hat etwas getan, was ...«
Arnold stockte. Er wagte es kaum, die verhängnisvollen

Worte auszusprechen.
Benno warf die Hände in Luft. »Was? Was ist denn jetzt schon wieder los? Du und dein ewiger Perfektionismus. Immer hast du was zu nörgeln. Es soll uns doch noch Spaß machen dürfen.«
Arnold schüttelte den Kopf.
Sein Bruder nickte bestätigt, was zu seinem Schafskostüm gut zu passen schien.
»Aber wenn es unbedingt sein muss, kannst du uns jetzt auch mal endlich sagen, was du eigentlich von uns willst. Halte deinen Monolog. Kritisier uns, wenn es dir so eine große Freude bereitet. Was passt dir denn nicht? Sag schon. Ich weiß, du hörst dich selbst so gerne reden. Aber fass dich bitte kurz. Mein Glühwein wird kalt.«
Arnold sah seinen Bruder mit großen Augen an. Eine beklemmende Stille trat ein.
»Spuck es aus, bevor wir uns hier alle noch den Arsch abfrieren!«, forderte Benno ungeduldig und in seiner Stimme lag ein beunruhigendes Knurren.
Bevor der Wolf weiter aus dem Schafspelz schlüpfen konnte, stellte sich Arnolds Frau schnell zwischen die beiden Brüder. Auch die anderen Familienmitglieder verfolgten gebannt das Schauspiel. Sie wussten alle, wie schnell die Streitereien der beiden eskalieren konnten.
»Was ist los, Schatz?«, fragte Linda eindringlich ihren Mann.
Doch Arnold brachte es nicht über sich.
Er war bleich im Gesicht. Jeder sah ihm mittlerweile an, dass etwas Schreckliches passiert sein musste. Jeder merkte, dass etwas Bedrohliches in der Luft lag. »Ich weiß nicht, wie ich es sagen soll …«
Sein Sohn stöhnte.
»Nun spuck es schon aus. So viele Hänger hat dein Sohn ja auch nicht gerissen«, stichelte Benno.
Doch Arnold winkte ab. Ein leichtes Lächeln trat in sein blasses Gesicht.
»Mein Sohn war ganz hervorragend. Und die paar Hänger. Darum geht es auch gar nicht.«
Arnolds Lächeln fror ein. Es sah unheimlich aus.

»Jemand hat etwas während der Aufführung getan, was er nicht hätte tun sollen. Und derjenige ist jetzt unter uns und tut es womöglich wieder und gerade versucht er, ganz unschuldig auszusehen.«
Er starrte nun wieder seinen Bruder an.
»Was glotzt du mich so an? Wovon redest du eigentlich?«, brummte Benno und klang dabei zunehmend aggressiver.
Arnold blickte auf den Boden, als würde er das Stroh zählen wollen.
»Ich weiß nicht, ob ich das sagen kann. Ob ich überhaupt noch jemandem von euch trauen kann. Es ist so krank. So heimtückisch. So widerwärtig.«
Linda schlug nach ihm.
»Was ist denn los?«
Arnold riss die Arme in die Luft.
»Merkt ihr denn gar nichts? Etwas stinkt hier ganz gewaltig. Etwas ist faul. Es liegt der Gestank von Tod und Verderben in der Luft. Aber ich werde es herausfinden. Meine Spürnase hat bereits Witterung aufgenommen. Jemand treibt hier ein böses Spiel und wird bald einiges erklären müssen.«
Seiner Schwägerin Renate, die den Herodes gegeben hatte, platzte der Kragen.
»Meine Güte, Arnold! Jetzt sag endlich, was passiert ist!«
Arnold presste die Worte so mühsam heraus, als würde ihn jedes Einzelne davon quälen.
»Einer von euch hat gebläht. Während der Aufführung. Ohne jegliche Skrupel und ohne Rücksicht auf Verluste. Es hat die ganze Zeit gestunken. So dermaßen gestunken, dass Oma Opa in Sicherheit bringen musste. Ein zutiefst feiger Anschlag. Deswegen bin ich auch zwischendurch auf die Bühne gekommen und habe so getan, als würde ich die Krippe richten. Ich wollte wissen, wer zu dieser dreisten Tat fähig ist und weitere Anschläge verhindern. Und jetzt will ich wissen, wer das getan hat. Na los, redet! Gesteht endlich! Wer ist der Täter? Oder die Täterin? Wer war es?«
Er blickte erwartungsvoll in die Runde. »Du vielleicht,

Julius? Für einen Joseph warst du ganz schön nervös gewesen.«
Er fixierte seinen hageren Neffen. Bennos ältester Sohn. Dieser erwiderte den Blick.
»Na ja. Ich habe mich halt sehr in die Rolle hineingesteigert. Meine Frau bekommt schließlich ein Kind vom Heiligen Geist. Das erlebt man ja nicht alle Tage.«
Arnold nickte skeptisch.
»Und du Maria? Du hast die ganze Zeit so ein schmerzverzerrtes Gesicht gezogen. Als würdest du irgendetwas unterdrücken wollen, was du wohl nicht unterdrücken konntest. Vielleicht dachtest du, es wäre an der Zeit sich zu erleichtern.«
Er fixierte seine Frau Linda.
»Na ja, der lange Weg hatte mich als Maria ganz schön mitgenommen, dann die Geburt. Was dachtest du denn?«, fragte sie trotzig zurück.
Wie ein Tiger im Käfig lief Arnold auf und ab. Seine Nasenflügel flatterten. Nun nahm er Witterung auf. Wie ein Spürhund würde er nun die Fährte aufnehmen und die Spur dieses feigen Täters verfolgen. Denn die Uhr tickte bereits. Der Attentäter war mitten unter ihnen. Hier in der Scheune. Er hatte nicht mehr viel Zeit, das wusste Arnold. Er musste diese Biowaffe entschärfen, bevor es zu spät war. Er musste den Terroristen enttarnen, bevor dieser noch weitere Munition absondern konnte. Arnold war sich sicher, dass der skrupellose Verbrecher wieder zuschlagen würde. Es gab reichlich Ziele und Gelegenheiten für weitere heimtückische Anschläge. Am besten noch im Wohnzimmer bei Kerzenschein. Das wird eine Bescherung geben, dachte Arnold und eiskaltes Entsetzen stieg in ihm auf. Sein Herz schlug mittlerweile in rasender Geschwindigkeit. Ihm wurde fast schon schwindelig von dem Adrenalinstoß in seinem Körper. Er konnte die tiefe Schuld direkt vor sich riechen. Er war ganz nah dran. Das spürte Arnold. Der würzige Hauch des Todes war nicht weit von ihm entfernt. Nur wer war jetzt der Täter? Oder war es eine Täterin? Oder waren es sogar

mehrere?
Arnold beschlich eine düstere Vorahnung. Ein grausamer Verdacht keimte in ihm auf. Doch er wollte den Gedanken nicht wahrhaben.
»Na ja, das Christkind kann es ja wohl nicht gewesen sein. Wurde ja von einer Puppe dargestellt. Dann frage ich mal anders. Wer hatte ein Motiv?«
Er strich sich mit der Hand übers Kinn und grübelte.
»Gute Frage«, sagte sein Sohn und seufzte genervt.
Rita, die den Engel gespielt hatte und auch Arnolds Tochter war, reagierte empört. »Sag mal, wer sollte denn dafür ein Motiv haben. Das macht doch niemand freiwillig. Ist doch voll peinlich.«
Arnold tigerte weiter auf und ab und sah dann seinen Bruder Benno an. »Du warst auch erstaunlich sprunghaft auf der Bühne als Schaf gewesen. Was sollte das denn bitte darstellen. Magengewitter, oder was?«
Benno stöhnte. »Es hat mich im Schritt gekniffen. Musste meine Buchse richten. Soll ich noch weiter ins Detail gehen?«
Arnold winkte ab und sah seinen Sohn Gert an. »Du hast als Balthasar ganz schön viel Text ausgelassen. Vielleicht warst du ja durch etwas abgelenkt gewesen? Vielleicht hattest du unter Weihrauch etwas falsch verstanden?«
Aber Gert knickte nicht ein. »Ich musste auf die Toilette. Durfte ja vorher nicht mehr gehen.«
Arnold lachte laut auf. »Na das passt doch. Ich würde sagen, der Fall ist gelöst. Du bekommst drei Wochen Hausarrest, mein Junge.«
Er klatschte triumphierend in die Hände.
Doch sein Sohn war noch nicht fertig. »Ich habe nicht gesagt, dass ich groß musste. Ich gehe außerdem davon aus, dass es Melchior und Kaspar mitgekriegt hätten. Die standen ja beide direkt hinter mir.«
Arnold zuckte mit den Schultern, musterte seine zwei Nichten, welche die übrigen Könige dargestellt hatten, und sah sich dann seine drei weiteren Neffen an, welche als Hirten aufgetreten waren. »Ja, die Hirten standen auch dicht hintereinander. Ich soll euch jetzt wohl alle

von dieser schändlichen Tat ausschließen, was? Aber was heißt das schon? Könnt ihr ja gemeinsam ausgeheckt haben. Kinder und ihre Streiche.«
Er steckte die Hände in seine Hosentaschen. Dann ließ er den Blick über die ganze Truppe schweifen und schnalzte mit der Zunge.
»Ihr seid alle sehr, sehr verdächtig.«
Benno machte einen Schritt auf ihn zu. »Ach ja? Und was ist mit dir, du Meisterdetektiv? Du Spürnase? Warum bist du mittendrin auf die Bühne gerannt und hast da so albern an der Krippe herumgefummelt? Sah auch ziemlich verdächtig aus, nicht wahr?«
Arnold sah seinen Bruder missbilligend an.
»Du bist so undankbar, Benno. So ignorant. Hast du mal wieder nicht zugehört? Ich habe euch das doch schon erklärt. Ich wollte weitere Anschläge verhindern. Ich wollte den Terroristen aufhalten. Ich wollte euch beschützen. Kapiert?«
Benno legte skeptisch den Kopf schief. Auch diese Bewegung schien gut mit seinem Kostüm zu harmonieren.
»Ich habe dir ganz genau zugehört. Aber ich glaube dir einfach nicht. Wenn da so eine stinkende Wolke ist, dann läuft man da doch nicht freiwillig hinein und sieht nach dem Rechten. Tu mal nicht so, als wärst du hier der große Märtyrer. Von wegen, du wolltest wissen, woher das kommt. Das kannst du mir nicht erzählen. Sag die Wahrheit. Gestehe einfach. Du wolltest nur deine Duftnote auf der Bühne verteilen, um von dir abzulenken, weil du keinen Ärger mit Mama wolltest. Und dann wolltest du uns diese Tat in die Schuhe schieben. Einfach nur skrupellos.«
Auch Renate zeigte anklagend auf ihren Schwager. Das Herodeskostüm verstärkte ihre Geste. »Ich habe es auch gerochen, Arnold. Ich erinnere mich genau. Die Tat trägt deine Handschrift. Weißt du noch, als du bei uns an Ostern zu Besuch warst? Als ich Hackbraten für dich gemacht habe und du als Dankeschön dafür die ganze Bude vollgebläht hast? Es ist deine Duftmarke. Du warst

das.«
»Ja, genau! Jetzt weiß ich es auch wieder. Du hast recht, Mama. Es passt alles genau zusammen«, rief nun auch ihr Sohn Julius.
»Deshalb bist du also auf die Bühne gerannt?«, fragte Gert seinen Vater ungläubig. »Nur deswegen hatte ich den Hänger.«
Arnold, dessen Haltung vor Kurzem noch stolz und richtend war, sackte wie ein schlecht gebackener Kuchen in sich zusammen.
Jetzt trat Rita in Gestalt des Engels hervor. »Mit deinem lächerlichen Auftritt hättest du fast unser durchaus gelungenes Krippenspiel zerstört. Nur um ein eiskaltes Ablenkungsmanöver zu starten. Um Oma auf eine falsche Fährte zu locken.«
Arnold fing an zu schwitzen. Gleichzeitig war ihm kalt. So kalt. Er war von seinem eigenen Potenzial zutiefst erschüttert. Seine düstere Vorahnung hatte sich nun bestätigt. Er war für alles verantwortlich. Ganz alleine. Er konnte es nicht glauben. Es war unvorstellbar, aber es schien wahr zu sein.
Maria alias Linda stemmte die Hände in die Hüfte. »Du solltest dich was schämen. Na los, gestehe schon. Dann wird es dir besser gehen. Erleichtere dich!«
Benno ging dazwischen. »Nein! Um Himmelswillen! Reiz ihn nicht. Bitte! Nicht schon wieder!«
Gert erhob sein königliches Haupt. »Dafür bekommst du jetzt Hausarrest.« Er nickte zufrieden.
»Bist du verrückt, Gert. Im Gegenteil. In diesem Zustand will ich ihn nicht die ganze Zeit im Haus haben!«, fuhr Linda ihren Sohn an. Dann wandte sie sich wieder ihrem Mann zu. »Und heute am Heilig Abend, kannst du von draußen aus ins Fenster gucken. Mal sehen, was du von unserer Bescherung mitkriegst. Wir wollen ja nicht, dass du uns da drüben noch die ganze Bude voll furzt. Man kann hier in der Scheune ja schon kaum mehr atmen.«
Arnold hob schützend die Arme vor sein Gesicht, als wäre er von einem gleißenden Licht geblendet worden oder als wollte er sich vor dem wütenden Mob schützen. »Das

könnt ihr nicht machen, Leute. Draußen ist es so kalt«, wimmerte er.

»Ha! Wusste ich es doch. Das ist wie ein Geständnis!«, schnaubte seine Frau.

»Hört auf!« Die Stimme zerteilte wie ein Schuss die dicke Luft.

Oma Gertrude stand auf einmal im Tor zur Scheune und zeigte mit anklagendem Finger auf die ganze Familie, als würde sie jeden einzelnen von ihnen verfluchen wollen.

»Lasst meinen Sohn in Ruhe. Ihr wollt Arnold gerne zum Sündenbock machen für eure Taten? Wagt es ja nicht! Nicht mit mir. Du als Bruder solltest ihm beistehen, Benno. Außerdem hast du von einer Wolke geredet. Das ist bei Arnold nicht möglich. Er kann es nicht alleine gewesen sein. Ich sollte es ja wohl am besten wissen als eure Mutter. Mich kannst du nicht an der Nase herum führen. Ich habe eure Windeln gewechselt und mir eure Pupsereien schon damals und bis heute um die Nase wehen lassen müssen. Ich habe mich schon gewundert, warum ihr dieses Jahr so gut miteinander gespielt habt. So konzentriert. Ihr habt euch gegenseitig so zugehört und beachtet. Ihr wart auf einmal so präsent. So beweglich. Ihr habt eure Gänge so motiviert gespielt. Habt so schnell eure Positionen gewechselt. Alles so lebendig. Das war sehr eindrucksvoll. Habe ich in den letzten Jahren nichts von gesehen. Und als dann auch noch der beißende Gestank dazu kam, wusste ich, dass jeder von euch einfach nur eine Gelegenheit gesucht hat einen Furz zu lassen, um es dann den anderen in die Schuhe schieben zu können. Als dann einer damit angefangen hat, dachte der Nächste, er darf auch. Jeder hat in seiner Unwissenheit dem anderen ein Alibi gegeben. Ihr wart alle daran beteiligt. Jeder Einzelne von euch. Das ist also der Dank dafür, dass ich gestern Abend so lange am Herd gestanden, Linseneintopf für euch gekocht und Zwiebelkuchen für euch gebacken habe.«

Fast schon synchron sackten alle Köpfe nach unten. Aber Oma Gertrude war noch lange nicht fertig. »Schämt euch. Nicht nur, dass ich meinen Mann aus der Schusslinie

schleifen musste. Ihr seid noch nicht mal in der Lage ehrlich zu euren Pupsereien zu stehen. So habe ich euch nicht erzogen.« Sie schüttelte resigniert den Kopf.
Benno im Schafskostüm ergriff zögerlich das Wort. »Hat Vater überhaupt geweint, weil es so emotional war, oder wegen der Blähungen.«
Gertrude zuckte mit den Schultern. »Ich weiß es nicht, mein Sohn. Die Luft war so beißend. Ich weiß es nicht.«
Da erhob sich Arnold wieder. »Doch, du weißt es sehr wohl, Mutter. Du hast selber gesagt, dass ich diese Wolke nicht alleine verursachen konnte. Aber sie wütete nicht nur vor mir, wo die anderen standen. Ich habe sie auch neben mir wahrgenommen. Wo ihr gesessen hattet. Kurz bevor ihr den Platz gewechselt habt.«
Bennos Schafskopf schoss nach oben. »Ist das wahr, Mutter?«
Ein Blitz hätte nicht passender einschlagen können.
Jetzt senkte Oma Gertrude den Kopf. »Ja, es ist wahr. Ich habe auch gebläht und Reinhold sowieso. Der merkt das schon gar nicht mehr. Bei dem geht das schon seit Jahren so. Um ehrlich zu sein, seit der Hochzeitsnacht.«
Stille.
Allgemeines Entsetzen.
Arnold zeigte sich mitfühlend. »Mutter, wie hast du das all die Jahre ausgehalten.«
Sie lachte resigniert. »Man gewöhnt sich nach 50 Jahren Ehe an einiges, mein Junge. Nach einiger Zeit kann man sich gar nicht mehr riechen, doch eines Tages gewöhnt man sich daran, man stumpft einfach ab und irgendwann riecht man so was wie das hier schon gar nicht mehr. Übrigens war er wirklich sehr berührt gewesen. Deswegen habe ich mich mit ihm weggesetzt. Ich wollte eure wunderbare Aufführung nicht kaputtmachen. Und jetzt gehen wir alle schön ins warme Haus, trinken einen Fencheltee und danach gibt es Bescherung. Reinhold freut sich schon auf euch.«
Das tat dann die Familie.
Und es wurde ein besinnliches Weihnachtsfest.
Mit Duftkerzen.

HÖR AUF ZU BRENNEN

1

29.April 2003

Die Sonne war dabei unterzugehen und färbte den Himmel rosa. Es war sehr warm, aber ein kühler Wind ließ nicht zu, dass mir zu warm wurde.
Pauline und ich hatten Gras gepflückt und ein paar Pferde durch den Zaun gefüttert. Anschließend gingen wir eine ganze Weile über einen Feldweg spazieren und ließen uns nun auf einer Wiese unter einer Eiche nieder. Der Schatten ihrer großen Krone sorgte für noch mehr Kühlung. Ich betrachtete meine Freundin. Mir fiel auf, wie ähnlich wir uns sahen. Von wegen Gegensätze ziehen sich an. Wir beide haben mandelförmige blaue Augen. Nur ihr Gesicht war um einiges runder als meins, welches eher herzförmig war. Sie hatte fast schon die Kopfform eines Apfels. Ich liebe es, wenn sie verlegen ist. Wenn ihre runden Bäckchen rot wurden. Deswegen ärgerte ich sie auch manchmal ganz gerne. Dann stellte sich die Färbung schnell ein. Aber noch mehr liebe ich ihr Lächeln und ihre schönen Grübchen. Nur davon war gerade keine Spur mehr da. Eine Furche lag auf Paulines Stirn. Ich betrachtete sie weiter. Meine Freundin schien wieder über irgendwas zu grübeln. Es lag wie eine dunkle Wolke über uns. Die unbekümmerte Fröhlichkeit, die sie noch bei den Pferden gehabt hatte, war verschwunden. Aber vielleicht zog mich gerade das an. Genauso wie ihre blühende Lebensfreude mein Herz verzauberte, war es vielleicht auch diese geheimnisvolle Aura an ihr, die mich anzog. Sie strahlte auch etwas Düsteres aus. Eine tiefe Sehnsucht zog mich wie ein Magnet zu Pauline, etwas anderes in mir warnte mich vor ihr. Wie eine Vorahnung, dass diese ganze Geschichte nicht gut ausgehen würde. Ich spürte, dass sie ein dunkles Geheimnis mit sich trug, und wusste selbst nicht, ob ich es überhaupt wissen wollte. Nicht, dass es mich nicht interessieren würde. Aber konn-

te ich es überhaupt ertragen? Ich hielt das Schweigen nicht mehr aus.
»Alles gut?«
»Ja, ja«, sagte sie in Gedanken.
»Bist du sicher? Irgendwas ist doch los.«
Keine Antwort.
»Hast du heute Abend schon was vor?«, fragte ich dann.
»Ich muss meiner Mutter helfen.«
»Ich brauch auch deine Hilfe. Wir schreiben in zwei Tagen diese Klausur in Englisch und ich habe wirklich gar keinen Plan. Ich stehe sowieso schon auf der Kippe.«
Pauline seufzte. »Ach Gerald. Das sind wir doch schon letztens durchgegangen.«
»Ja, ich weiß. Ich ... ich kriege es einfach nicht in meinen Schädel. Die Grammatik und so«, stöhnte ich. Ich brauchte tatsächlich Hilfe. Aber ich wollte auch einfach, dass sie bei mir war.
Sie sagte nichts.
»Ja, ich verstehe. Ist schon klar«, sagte ich resigniert.
»Vielleicht bin ich auch einfach nur dumm.«
»Nein das bist du nicht. Warum sagst du denn so was?«, Pauline sah mich streng an. Unter dem Baum wurde es noch kühler. »Ist es Ok, wenn wir es morgen Nachmittag durchgehen?«, fragte sie dann. »Ich denke, dann wirst du auch noch genug vorbereitet sein. Ich glaube, du stresst dich einfach zu sehr.«
Auf den Unterarmen von Pauline bildete sich eine Gänsehaut. Ich strich sanft darüber.
»Du hast große Hände«, sagte Pauline.
»Ach ja?«
»Ja. Vielleicht bist du noch in der Wachstumsphase?«
»Das glaube ich eher nicht.« Ich legte meinen Arm um ihre Schultern.
»Das war nicht böse gemeint«, sagte Pauline. »Ich mag deine Hände, auch wenn sie im Vergleich zum Rest von dir riesig sind.«
Etwas pikiert nahm ich meine Hand wieder weg.
»Ist das so?«
»Jetzt sei bitte nicht sauer.«

»Ich bin nicht sauer«, sagte ich und studierte die weiten Felder vor uns. Dann sah ich zum Himmel. Mir gefiel das Farbenspiel. »Schöne Aussicht.«
»Gerald?«
»Ja.«
»Glaubst du an die Hölle?«, fragte mich Pauline plötzlich. Ich fing laut an zu lachen. »Willst du mich verarschen?
»Hör auf so dumm zu lachen! Das ist nicht witzig!«, rief sie wütend.
Mein Lachen ebbte ab. So erlebte ich sie selten. Ich wurde ernst.
»Kommt drauf an, welche Hölle du meinst.«
»Ich glaube nicht, dass es mehrere gibt.« Sie schmiegte ihren Kopf an meine Schulter.
»Na ja, ich denke, jeder lebt doch auch so in seiner eigenen Hölle. Sagen wir mal mehr oder weniger.« Ich pflückte ihr einen Grashalm aus dem Haar.
»Hast du eine eigene Hölle?« Sie zupfte Gras vom Boden und warf es in die Luft.
Ich fragte mich, ob sie wollte, dass ich ihr weiterhin Halme aus den Haaren zog.
»Manchmal bestimmt. Aber das ist nicht die Regel. Ich glaube allerdings, dass manche Menschen quasi die ganze Zeit in der Hölle leben. Na ja, jeder andere Moment ist dann für sie vielleicht viel schöner als für uns. Weil wir es selbstverständlich nehmen.«
»Ach ja?«
»Ja, wenn du die Nachrichten schaust und die ganzen Kriege siehst oder Hungersnöte. Oder irgendwelche Leute mit Krankheiten oder so.«
»Da ist wohl was dran. Ja, ich meine aber nicht diese Hölle.« Sie riss nun ganze Wurzeln heraus.
»Du glaubst doch nicht wirklich jetzt ans ewige Fegefeuer, oder?« Es entstand eine Pause, dann nickte sie.
»Ernsthaft jetzt?« Ich sah sie an. Pauline konzentrierte sich hingegen weiter auf das Gras unter ihr.
»Mir erzählen sie dauernd etwas davon. Sie kontrollieren mich die ganze Zeit.«

Ich ahnte, von wem sie sprach. Ich stellte keine Fragen mehr. In solchen Momenten war es das Beste zuzuhören und sie weiter reden zu lassen.
»In ihren Augen kann ich gar nicht mehr aufhören zu brennen. Ich mache alles falsch. Meine Gedanken sind Gift. Alles, was ich tue, ist schlecht. Ich kann machen, was ich will.«
»Ich schätze mal, dass dein Vater dir diesen Bullshit erzählt«, vermutete ich.
Sie nickte verhalten.
»Ich möchte deine Eltern echt mal kennenlernen.«
»Das ist jetzt wirklich kein guter Zeitpunkt, Gerald«, sagte sie etwas säuerlich.
Ich startete einen neuen Versuch, sie aus ihren düsteren Gedanken zu befreien.
»Warum denn nicht. Vielleicht wird es ja gar nicht so schlimm. Ich bring auch ein Geschenk mit«, schlug ich vor.
Pauline verdrehte die Augen. »Hör mal auf jetzt.«
»Ich schenke ihm eine Peitsche, dann kann er sich selbst damit kasteien. Wird sich bestimmt freuen.«
Pauline lachte endlich wieder. Doch es klang bitter. »Kasteien. Da hast du wohl ein neues Wort gelernt, was? Ne, lass mal. Sich selbst wird der bestimmt nicht damit schlagen. Er macht ja keine Fehler. Dafür bin ich zuständig.«
»Du machst gar nichts falsch, Pauline. Du bist einer der liebsten Menschen, der mir je begegnet ist. Du bist cool, voll lieb, fleißig und hilfsbereit. Was ist daran bitte falsch? Du tust mir gut. Du tust jedem gut. Bei dir ist es so, ich weiß nicht, aber … Du bringst den Leuten Glück, glaube ich. Du machst sie glücklich. Du hellst ihr Leben auf. Du hellst mein Leben auf. Ich habe dich bis jetzt noch nie wirklich gemein erlebt. Und selbst wenn, wäre das nur menschlich. Das sind wir ja alle mal. Wir haben auch alle mal giftige Gedanken. Ich …« Ich wollte ihr sagen, dass ich sie liebe. Aber obwohl es so war, entschied ich mich dagegen. Warum, wusste ich selbst nicht und ärgerte mich darüber.
»Danke. Leider sehen das nicht alle so.«

»Du meinst deine Eltern oder was?«
»Ja. Besonders mein Vater nicht. Für den bin ich das ganze Gegenteil von dem, was du erzählt hast.«
»Na ja. Er hat vielleicht Angst, dass du auf den dunklen Pfad wechselst oder was weiß ich denn«, sagte ich. »Sorry, dass ich das so sage. Aber was seinen Glauben angeht, ist er, wenn ich mir das Ganze so anhöre, wohl etwas hängen geblieben.«
»Was ist, wenn er recht hat?«
»Dann sind wir wohl alle am Arsch. Aber ich denke nicht, dass er recht hat.«
»Wie kannst du dir da so sicher sein.« Jetzt sah sie mich an. Fast schon herausfordernd.
»Was weiß ich denn, Pauline. Wie soll ich mir da sicher sein. Ich kann mir das halt nicht vorstellen.«
»Du bist ja auch nicht gerade gläubig, würde ich mal behaupten.«
»Wie kommst du darauf? Nur weil ich nicht an einen strafenden Gott glaube und nicht alles wörtlich nehme, was in der Bibel steht? Wir sind doch alle mit unseren Lastern erschaffen worden. Warum sollte man uns dafür auch noch bestrafen?«
Sie nickte und schien etwas beruhigter zu sein. »Wie auch immer. Ob du recht hast oder nicht. So redet kein dummer Mensch, Gerald. Also sag nicht noch mal, dass du dumm bist. Lass uns weitergehen.«
Wir gingen weiter über den Feldweg. Ein paar Bäume und ein Wall trennten den Weg von den Feldern. Dann kamen wir an einer Kuhweide vorbei. Die Kühe betrachteten uns scheinbar gelangweilt. Ich zog ein paar Grimassen und hampelte vor ihnen herum, um sie aufzuscheuchen. Als das nicht klappte, versuchte ich eine Kuh zu imitieren. Keins von den Tieren reagierte.
»Du bist manchmal noch ein richtiges Kind, echt«, sagte Pauline kopfschüttelnd.
Ich reagierte nicht darauf und kickte gedankenverloren einen Stein weg. »Ich glaube schon an was«, sagte ich. »Ich denke, was die Menschen draus machen ist eher das Problem. Die missionieren andere, obwohl die es gar

nicht wollen. Sie führen Kriege und behaupten, es wäre im Namen Gottes. Sie stellen sich über andere und tun so, als wären sie fehlerfrei. Oder sie verüben terroristische Anschläge. Ob nun die Bibel, der Koran oder sonst was. Die Leute sollten das nicht alles so wörtlich nehmen, sondern eher zwischen den Zeilen lesen.«
»Du lässt ja nicht so viel Gutes an den Religionen.«
»Doch. Es kommen ja auch gute Sachen dabei rum. Viele helfen auch anderen. Kümmern sich um die Armen oder bilden eine Gemeinschaft. Einige machen das ja auch sehr gut. Kann man eigentlich über fast jede Religion sagen.«
»Mensch Gerald, du klingst so erwachsen«, sagte Pauline nun um einiges fröhlicher. »Das kennt man ja sonst gar nicht.«
»Tja, du musst mich halt erst mal richtig kennenlernen«, scherzte ich. Plötzlich verfing ich mich mit meinem Fuß in einer Vertiefung und knickte um. Ich wedelte mit den Armen nach Halt, griff einen Strauch. Doch ich rutschte ab und fiel der Länge nach hin. Ich fluchte.
»Alles Okay?«, fragte Pauline sorgenvoll und reichte mir die Hand.
Ich nahm sie und Pauline zog mich mit erstaunlicher Kraft und Geschwindigkeit hoch. Ein stechender Schmerz fuhr durch meinen Fußknöchel.
»Mist!«, schimpfte ich.
Plötzlich brach Pauline in tränendes Lachen aus.
»Falsch. Scheiße!«, lachte sie und mir wurde bewusst, dass ich beim Aufstehen in einen riesigen Haufen Hundekot getreten war. »Warum lassen die Penner denn all ihre Hunde hier hinscheißen?«, schimpfte ich.
»Hallo! Das ist ein Feldweg«, sagte Pauline immer noch lachend. Aber mir gefiel es. Ich liebte ihr Lachen, das war mir lieber als ihre düsteren Gedanken. Da würde ich sogar durch ein ganzes Meer aus Hundekot waten, wenn es sie glücklich machte.
Trotzdem traf mich jetzt auch ein beunruhigender Gedanke. Ich war genau nach dem Gespräch gestürzt, hatte mir dabei wohl den Fuß verstaucht und war auch noch in

Hundekacke getreten. Vielleicht war das ein Zeichen? Vielleicht habe ich etwas Falsches gesagt? Vielleicht war das eine Warnung oder eine Bestrafung?
Ihr ganzes Gerede färbt schon auf mich ab, dachte ich und verdrängte den Gedanken. Ich nahm ihre Hand, die wie immer warm war. Unsere Finger verflochten sich ineinander. Jetzt lächelte sie mich an. Dieses Lächeln, in dem so viel drin lag. So viel Lebensfreude und Liebe. Mein Herz machte einen Sprung.
»Ich ... Äh ... muss dir was sagen«, begann sie und drückte meine Hand, dass es mir schon fast wehtat.
»Ja?«, fragte ich.
»Ich liebe dich«, sagte sie dann.
»Ich liebe dich auch«, sagte ich. Mist, jetzt hat sie es zuerst gesagt, dachte ich dann.
»Und da wäre noch was. Ich bin ..«, begann Pauline, doch plötzlich fuhr ihre Hand zurück, als hätte sie einen elektrischen Schlag bekommen.
An einer Buche vor uns lehnte lässig ein Mann und beobachtete uns. Ich schätzte ihn auf Ende dreißig. Er war groß und hager und trug einen Hut. »Hallöchen«, sagte er grinsend und stieß sich vom Baum ab.
»Hallo Korben«, sagte Pauline und ihre Augen leuchteten eigenartig.
Das gefiel mir nicht. Auch das schiefe Lächeln, das Korben ihr zuwarf, gefiel mir gar nicht.
»Feiern wir eine kleine Party?«, fragte der Mann.
»Wir gehen spazieren«, antwortete Pauline.
Der Mann starrte auf meinen Fuß. »Ich habe dich hinken sehen. Ist alles in Ordnung?«
Ich schnaufte und machte eine wegwerfende Handbewegung. »Ich bin umgeknickt. Es ist halb so wild.«
»Hast du schon überprüft, ob der Fuß geschwollen ist?«
»Ne, ne. Alles gut. Hab ihn wohl ein bisschen überdehnt.«
»Nicht, dass wir einen Arzt rufen müssen«, rief Korben.
Ich war mir sicher, einen spöttischen Unterton herausgehört zu haben.
Ich winkte ab. »Alles cool.«

»Cool«, wiederholte Korben und deutete auf ein Waldstück hinter ihm. »Da drüben gibt es einen Hof. Dort gibt es Apfelbäume. Die schmecken köstlich. Sehr süß. Habt ihr schon einen gepflückt?«
Pauline und ich schüttelten synchron den Kopf.
»Ist es nicht schön hier draußen. Herrlich. Wie Pauline ja weiß, bin ich hier eine Zeit lang aufgewachsen, bevor meine Eltern mit mir wieder nach Amerika gezogen sind«, sagte der Mann und ich bemerkte einen dezenten Akzent, den ich auch als amerikanisch einstufte. Auch sein Name kam mir irgendwie bekannt vor.
»Ja, wir waren spazieren. Das Wetter genießen«, schwärmte Pauline.
»So, so. Das Wetter genießen«, wiederholte Korben und das schräge Grinsen unter seiner Adlernase wurde breiter.
Paulines Bäckchen nahmen einen rötlichen Farbton an. Nun sah sie für mich wieder wie ein süßer Apfel aus.
»Ja, ist schon cool hier draußen. Da hängt man gerne ab, nicht wahr.«
Er zwinkerte mir zu. Dann trat er auf mich zu und streckte die Hand aus. »Ich bin Korben. Korben Applegate. Wie heißt du?«.
»Gerald.« Wir schüttelten die Hände. Es fühlte sich an, als hätte ich einen Aal gefangen.
»Freut mich. Freut mich sehr. Der Sommer kommt endlich wieder. Pauline, bist du dieses Jahr auch wieder mit dabei?«, fragte Korben meine Freundin und musterte sie eindringlich von oben bis unten. Dabei stand er immer noch sehr dicht vor mir.
»Ja, ich freue mich schon riesig«, rief sie.
»Wo ist sie denn dabei?«, fragte ich, denn ich wollte nicht außen vor bleiben. Außerdem war ich eifersüchtig auf diesen Mann. Obwohl er eigentlich für Pauline viel zu alt sein sollte. Meiner Meinung nach.
»Es ist ein Freizeitcamp«, antwortete Korben. »Wir zelten, grillen und sitzen am Lagerfeuer. Führen Gespräche übers Leben und so. Coole Sachen halt. Wir machen aber auch Konzerte. Sehr coole Bands. Sehr coole Leute. Da

wird was los sein. Kannst gerne mitkommen, wenn du willst.«

Ich fragte mich, warum Korben so oft das Wort *Cool* einbauen musste. Das klang aus seinem Mund etwas merkwürdig, aber ich war nicht abgeneigt. Auch wenn mich das Gefühl beschlich, dass Korben irgendwas im Schilde führte. Der Mann hatte so ein merkwürdig verkniffenes Lächeln. Fast schon verbissen.

Er erinnerte mich an eine bestimmte Art von Greifvogel mit seinen buschigen Augenbrauen und der schnabelähnlichen Nase. Jedoch gehörte Korben eindeutig zu den Menschen, die etwas ausstrahlten. Er schien mit seiner Präsenz überall in der Luft zu sein. Im Guten wie im Schlechten. Ich kannte solche Menschen. Sie konnten irgendetwas daher reden, ganz egal welcher Inhalt, und die Leute hingen an ihren Lippen. Das machte sie so faszinierend und gleichzeitig so gefährlich. Und was er sagte, hörte sich alles gar nicht so übel an. Jetzt wusste ich auch wieder, woher ich den Namen kannte. Herr Eber, der Pastor dieser Gemeinde, hatte ihn in den Mund genommen. Nicht gerade im freundlichen Sinne. Er hatte ihn als PR Prediger bezeichnet, der nun auch in Brandenburg wütete, um seinen Schäfchen das Geld aus der Tasche zu ziehen. Korben war eine führende Persönlichkeit einer freikirchlichen Bewegung. Ich wusste den Namen der Gemeinde nicht mehr. Alles wäre bei ihm wie ein riesiger Werbespot, hatte Herr Eber geschimpft. Zudem bezeichnete er Korbens Anhänger als eine Art Sekte, die nur aus radikalen Evangelikalen und extremen Spinnern bestehen würde. Damals fragte ich mich noch, ob der Pastor vielleicht etwas neidisch auf seinen Konkurrenten gewesen war. Ich mochte Herrn Eber, bei dem ich konfirmiert worden war. Er war ein milder Pastor, der über niemanden urteilte, ohne sich auch selber dabei zu reflektieren. Im Konfirmandenunterricht hatte er gerne mit einem Augenzwinkern einen Schwank aus seiner Jugend zum besten gegeben, was oft sehr unterhaltsam gewesen war. Ein generell sehr toleranter und auch humorvoller Prediger war Herr Eber. Allerdings war er auch etwas lahm und kopflastig in seiner Rhetorik. Fast schon einschläfernd in seinen Predigten. Dieser Mann hier, auch wenn ich ihn etwas seltsam fand, schien hingegen Pep zu haben und ich mochte Zeltlager, Konzerte und Lagerfeuer.

»Wir wollten doch mal gemeinsam zelten gehen«, sagte ich zu Pauline.

Auf einmal zog Korben eine gequälte Miene. »Sorry, Kumpel. Aber bei uns zelten Mädchen und Jungen natürlich getrennt.«

»Okay«, sagte ich gedehnt.

Was soll das denn bitte? Ich dachte, ich hätte mich verhört. Na ja, dann musste ich mich halt irgendwie in ihr Zelt schleichen.

Korben schien meine Gedanken gelesen zu haben. »Ja, ich weiß. Ich war ja auch mal jung und wollte die ganzen süßen Äpfel pflücken. Die Gelegenheiten sind so verlockend. All die süßen Versuchungen. Die Mädchen und die Knaben.«.

Ein Speicheltropfen traf meine Stirn. Aber mich störte weniger Korbens feuchte Aussprache, als die Art wie er sprach. Auf einmal mutierte er von cool zu jemandem aus dem Mittelalter. Die Blicke die Korben dabei über uns beide warf, gefielen mir auch nicht. Wie Briefmarken, die geleckt werden sollten.

»Und die verlockenden Einfahrten, die wir überall sehen«, sagte Korben und schmatzte. Dabei ließ er wieder den Blick über Paulines Körper schweifen. Ich dachte, ich höre und sehe nicht richtig. »Aber das sind alles Einbahnstraßen«, fuhr Korben seinen Monolog mit weicher Stimme fort. Sein Ton war dabei so süßlich, dass ich das Gefühl bekam, jemand würde mir den Kragen hochziehen und kalte Bratensoße über meinen Nacken kippen. »Und irgendwann ist es zum Wenden zu spät. Dann geht es nur noch abwärts.« Korben schmatzte wieder.

Ich spürte die Soße meinen Rücken herunterlaufen.

»Wir werden uns schon benehmen. Keine Sorge«, versuchte ich ruhig zu sagen.

Doch der Mann ignorierte mich einfach und wandte sich direkt an meine Freundin.

»Oh Pauline. Du wirst uns doch nicht schon wieder Ärger machen?«
Sie zuckte zusammen und studierte ausgiebig den Feldweg unter ihren Füßen.
»Pauline ist ein herzensguter Mensch und sie macht keinen Ärger«, sagte ich.
»Na ja. Ich würde mal behaupten, dass ich etwas mehr Lebenserfahrung habe als du, mein junger Freund.« Korben lächelte dünn. »Aber es ist noch nicht zu spät. Der Herr liebt alle, die ihn lieben!«, donnerte der Amerikaner auf einmal laut, als würde er auf einer großen Bühne im Scheinwerferlicht stehen. »Kommt einfach bei mir vorbei. Dann können wir über alles reden«, bot Korben uns an und benetzte mit der Zunge seine Lippen.
Damit du ihr weiter so einen Mist einreden kannst, du mieses Arschloch, dachte ich und spielte mit dem Gedanken dem Prediger einen gelben Klumpen vor die Füße zu rotzen. »Wir danken für die Einladung und denken darüber nach«, sagte ich stattdessen Pauline zu Liebe, die scheinbar zu diesem Mann aufsah. Warum auch immer. Doch dieser gab sich damit nicht zufrieden. »Denken, denken, denken!«, versuchte er mich nachzuäffen. »Für das Denken ist es zu spät. Ihr müsst handeln!«
Jetzt sah ihn auch Pauline trotzig an. »Ich habe alles gemacht, was ihr von mir wolltet. Ich habe alles ertragen und ich habe niemandem etwas getan!«, rief sie.
»Oh, das arme Mädchen!«, sagte Korben wieder mit bebender Stimme. »Bist du jetzt hier das Opfer, oder was? Wenn du meinst. Wenn du das unbedingt glauben willst. Rede dir ruhig weiter alles schön. Mach es dir bequem. Alles eine Party, oder? Warum an die Zukunft denken? Deine Eltern leiden jedenfalls jetzt schon unter dir. Dein Vater schämt sich für dich. Ich weiß wirklich nicht, ob er dich noch lieben kann.«
Das traf wie Faustschlag. Pauline fiel zusammen wie ein schlecht gebackener Kuchen. Sie blinzelte eine Träne weg. In mir hingegen stieg der Hass auf. »Warum tun Sie ihr das an? Ist das etwa christlich einem Kind einzureden, dass es in die Hölle kommt? Ihm zu sagen, dass ihre El-

tern sie nicht lieben? Pauline ist ein viel besserer Mensch als Sie!«, schrie ich. Ich musste tatsächlich schreien, denn der Mann brach in ein grelles Gelächter aus. »Sie haben doch bestimmt viel mehr verbrochen! Sie benutzen doch nur Ihre Religion, um sich über andere zu erheben und sich an Ihrer Macht aufzugeilen! Sie sind ein Heuchler!« Ich war redlich bemüht, das Lachen des Mannes zu übertönen, aber ich war mir sicher, dass meine Nachricht angekommen war. Jedenfalls hatte Korben vor Lachen schon Tränen in den Augen.
»Du dummer Bengel. Du bist ja noch jünger als sie und willst mir was übers Leben erzählen?«, sagte er und schmunzelte.
Ich fragte mich, woher Korben das mit dem Alter wusste. Irgendetwas stimmte hier nicht. Die warnende Stimme in meinem Kopf schlug wieder Alarm.
Korben lächelte stolz und reckte die Brust. »Ich habe meinen Frieden mit mir und Gott gemacht. Ich bin mit mir im Reinen. Es hat alles seine Konsequenzen. Im Guten, wie im Schlechten. Aber ich glaube, sie hat ihre Entscheidung schon getroffen. Nicht wahr, Pauline?« Der Mann schmatzte wieder.
Für mich war das wie ein dunkles Märchen. Wir waren auf den Wolf getroffen. Je mehr ich ihn beschimpfte und gegen ihn ankämpfte, desto mehr grub er seine Klauen und Zähne in Pauline und zerfetzte ihren Geist und ihre Seele. Die Lebensfreude, die sie oft ausstrahlte, wenn sie mal keine düsteren Gedanken hatte, war wieder wie weggeblasen. Ich konnte alles sagen. Der Mann beachtete mich kaum, lachte höchstens und ließ alles an ihr ab.
»Ich will doch niemanden wehtun. Ich gebe mir doch Mühe«, sagte sie mit Tränen erstickter Stimme.
»Hört, hört!«, rief Korben und seine Stimme zitterte.
»Pauline gibt sich also Mühe! Das ist ja sehr nett von dir, Pauline! Dann ist ja alles in Ordnung! Das ist mal wieder typisch! Unsere Pauline. Arrogant, hochmütig und undankbar.«
»Was willst du von mir?«, fragte sie mit dünner Stimme und schniefte.

»Hör nicht auf ihn! Das ist alles Gift! Du darfst ihn nicht Ernst nehmen. Du bist wunderbar. Ein viel besserer Mensch als er! Lass dir nichts von ihm einreden!«, schrie ich nun Pauline an.
Korben überging mich und setzte mit einem wissenden Lächeln die Zerstörung meiner Freundin fort.
»Vielleicht solltest du endlich damit anfangen, dich mal nicht wie eine Hure zu benehmen«, riet er ihr und sah sie mitleidig an.
Ich wollte aufschreien, doch Pauline kam mir zuvor. Der Trotz war wieder in ihren Augen. »Pass auf, was du sagst! Das stimmt nicht! Ich benehme mich nicht so!«, schrie sie.
»Na ja, wenn du meinst«, sagte Korben plötzlich mit sanfter Stimme. »Denk doch mal an deine Eltern. Sie leiden wegen dir. Deine Mutter ist schon krank. Sieh, wie sie abgenommen hat. Sie ist nur noch ein Schatten ihrer selbst.«
Das war für mich neu. Aber jetzt machte es durchaus Sinn. *Ich muss meiner Mutter helfen.* Und ich war ihr mit meinen Englisch Hausaufgaben gekommen. Ich betete zu Gott, dass es nichts Ernstes war.
»Dann solltet ihr sie mal endlich zum Arzt schicken!«, rief Pauline wütend.
»Zum Arzt!«, Korben lachte, als hätte sie einen besonders guten Witz gerissen. »Sie braucht keinen Arzt. Sie braucht Vergebung und das du ihr eine gute Tochter bist.«
Ich verstand nicht, wovon der Mann redete und was sein Problem war. Wieso hackte er so auf Pauline herum? Wofür bräuchte ihre Mutter Vergebung? Was war hier überhaupt los?
»Ich bin eine gute Tochter!«, schrie Pauline und rannte weg. Die Schultern hochgezogen. Einmal stolperte sie, fiel aber nicht hin. Ich wollte ihr gerade hinterherlaufen. Doch Korbens nächste Bemerkung brachte mich vollkommen aus der Fassung. »Ja, lauf nur. Lauf weg, wie immer! Lauf dem Feuer entgegen! Es leuchtet schon für dich! Du

bist eine Enttäuschung für deinen Vater! Du brichst ihm das Herz!«, brüllte er ihr hinterher.
»Hören Sie endlich auf!«, fuhr ich ihn an.
Doch Korben hatte gerade erst angefangen. »Für so was habe ich eine Rippe geopfert«, murmelte er und starrte mit einer angeekelten Grimasse der weglaufenden Pauline nach.
»Halt die Fresse!«, knurrte ich. Ich war mittlerweile auch bereit, meine Freundin mit Gewalt zu verteidigen.
Doch Korben ignorierte mich weiter. Sein Blick auf Pauline hatte sich wieder verändert.
Jetzt starrte er ihr wieder mit dem eindringlichen Blick nach, der mir absolut missfiel. Besonders worauf er bei ihr starrte. »Da stolziert sie davon und wie sie auch jetzt noch frivol mit ihrem Hintern wackelt!«, rief er mir laut zu, als wäre ich auf einmal sein Verbündeter. »So kokett! So falsch! Wie eine billige Nutte!«, schrie Korben weiter, dass es Pauline auf jeden Fall noch hören musste, wenn nicht gleich das ganze Dorf.
Ich hatte genug gehört und stürzte mich auf ihn. »Du Wichser!«
Doch Korben wich mir aus und trat gegen meinen verletzten Fuß. Der stechende Schmerz explodierte in meinem Knöchel. Ich stürzte brüllend zu Boden.
»Tut ganz schön weh, nicht wahr?«, rief Korben mir lächelnd zu, hob seine Hand hoch und richtete sie gegen mich, als würde er einen Fluch auf mich schicken.
Fick dich!«, presste ich am Boden schmerzverzerrt hervor.
»Du dummer, respektloser Junge. Du wirst noch viel tiefer fallen. Du bist verloren. Dein ganzes Leben wird eine einzige Talfahrt sein«, zischte Korben mir zu. Dann tippte er an seine Hutkrempe und ging mit erhobenem Haupt und federnden Schritten davon, als hätte er gerade eine gute Tat getan. Dabei pfiff er ein Kirchenlied, das mir bekannt vorkam, aber ich wusste nicht mehr, welches es war.
Ich blieb eine ganze Weile liegen. Mein Fuß pochte. Ich hatte den Geschmack von Erde im Mund. Diesen Kampf

habe ich vorerst verloren. Aber ich würde weiter kämpfen. Für Pauline. Für mich selbst. Jetzt habe ich Blut geleckt. Ich würde mich mit ihrem Vater mal ernsthaft unterhalten müssen. Vielleicht konnte ich zu ihm durchdringen. Falls mir das nicht gelang, würde ich mit Pauline durchbrennen.
Ich kannte jemanden, der nach Berlin ziehen wollte. Ein Freund von mir und Klassenkamerad von Pauline, der ein paar Ortschaften entfernt wohnte, hatte es mir angeboten. Meine Eltern würden meine plötzlich aufkeimende Selbstständigkeit begrüßen. Ich musste nur noch etwas sparen und Pauline überreden. Das wird schon wieder werden. Vergiss das dunkle Gefühl von vorhin, sagte ich mir. Alles wird gut werden.
Leider sollte ich mich in dieser Hinsicht fatal irren.

2

15 Jahre später *20. Oktober 2018*

Frank war froh, dass er nicht nackt war. Eigentlich lief er gerne entblößt durch seine Wohnung. Er fühlte sich dann mit seinem Körper im Einklang und sexy. Doch eine Vorahnung hatte ihn davon abgehalten.
Als er gerade dabei war, seinen Kaktus zu gießen, sah er einen Mann unten im Hof stehen, der zu seinem Fenster hinauf starrte. Ihn anstarrte. Die Haltung des Mannes war angespannt, als wollte er zum Sprung ansetzen. Es war zwar erst Vorabend, aber schon dunkel. Doch Frank schien deutlich die toten Augen zu sehen, mit denen der bärtige Mann zu ihm aufsah. Sie waren tot und auch wieder nicht. Denn in dem leeren Blick lag zugleich eine bedrohliche Intensität. Frank konnte die abstruse Mischung nicht genau beschreiben, aber sie war unheimlich. Doch Frank beruhigte sich schnell wieder. Er wohnte schließlich im zweiten Stock. Der Mann konnte sich unmöglich zu ihm hinaufhangeln. So sportlich sah der Typ nicht aus. Sicher war das nur ein neidischer Penner, der mich irgendwann ausrauben will, dachte er und zeigte dem Mann den Mittelfinger. Dieser antwortete mit einer anderen Geste. Langsam fuhr er mit dem Zeigefinger über seine Kehle. Frank wurde wütend. Er stürmte in die Küche und bewaffnete sich mit einer Blätterteigpastete. Er riss das Fenster auf und warf sie auf den Mann.
»Hier hast du etwas zum Essen. Mit Liebe gemacht, du Penner!«
Er verfehlte ihn jedoch und der Mann starrte ihn weiter ungerührt an.
»Was glotzt du so? Du musst dich nicht bedanken! Guten Hunger!«
Der Mann wandte sich ab und ging. Doch Frank reichte das nicht.
»Geh arbeiten, du Arschloch!«, brüllte er ihm noch nach.
Er überlegte, dem Mann noch etwas nachzurufen. Doch

dann beschloss er, sich selbst an die Pasteten heranzuwagen.

Er brach sich ein Stück ab und erschauderte. Sie waren mittlerweile warm und glitschig und Frank hatte immer weniger Motivation, sich eine von ihnen einzuverleiben. Er schob es noch auf und versuchte fluchend, das sperrige Fenster wieder zu schließen. Nach einigen akrobatischen Einlagen und Flüchen brachte er es schließlich hinter sich.

Er stärkte sich mit einem Bissen von der Pastete und schmeckte gleich, dass sie von vorgestern war. Frank kaute langsam und lustlos. Auf der Jubiläumsfeier waren die Dinger noch ganz köstlich gewesen. Deswegen hatte er in einem günstigen Augenblick die Gunst der Stunde genutzt, um ein paar der Pasteten heimlich mit einer Serviette einzupacken. Jedoch hatte er vergessen, sie in den Kühlschrank zu stellen. Das schmeckte er nun deutlich heraus. Zusätzlich stellte er sich vor, wie die Pasteten von den Gästen mit ihren schmierigen Fingern betatscht worden waren. Kein appetitanregender Gedanke für Frank.

Er dachte an Bärbel, die Sekretärin von Herrn Kunz und ihr großes Bläschen an der Lippe. Wer weiß, was die alles mit ihren Wurstfingern auf die Pasteten geschmiert hat, fragte sich Frank und spielte mit dem Gedanken die Dinger in den Müll zu kloppen.

Eine war ja schon aus dem Fenster geflogen. Aber das war ja schließlich für einen guten Zweck gewesen.

Doch dann kam dieses stechende Gefühl in seiner Brust. Er wusste nicht warum. Schließlich warf doch jeder mal Essen weg. Aber dann sah er Lisas enttäuschten Gesichtsausdruck. Meine Verlobte hat mich wohl zu sehr erzogen, stellte er verbittert fest.

Na ja, dann musste er die Teile halt seiner Nachbarin andrehen. Pia. Sie würde ihn ja bald besuchen kommen. Darauf freute sich Frank schon. Nicht nur aufgrund der Tatsache, dass er durch sie die Pasteten endlich loswerden konnte. Sie wurde nur langsam etwas zu anhänglich.

Auf der einen Seite genoss er es, auf der anderen Seite war er ja immer noch verlobt. Noch. Wer weiß, wie lange das Drama noch gut gehen konnte? Er wusste es jedenfalls nicht. Vielleicht sollte er doch noch eine Pastete essen? Lisa zuliebe.
Er biss zaghaft ein weiteres Stück ab. Es schmeckte nach Bärbel. Er hatte zwar keine Ahnung, wie die Sekretärin schmeckte, aber so stellte er es sich vor. Frank verzog das Gesicht und seine Lippen begannen zu jucken. Die werde ich mir wohl heute Abend eincremen müssen, dachte er und bemerkte, wie Magensäure hochstieg. Hatte er es sich nur eingebildet oder war Herr Kunz unfreundlicher zu ihm gewesen? Er wurde das Gefühl nicht los, dass sein Verleger ihm auf der Feier bewusst aus dem Weg gegangen war. Er musste sogar wie ein Anfänger um einen Termin betteln. Aber so war Herr Kunz nun mal. Das war einfach seine Art. Das durfte Frank nicht persönlich nehmen. Schließlich hatte er ihm ja auch einiges zu verdanken. Dessen war sich Frank durchaus bewusst. Wegen seines neuen Buches musste er sich doch keine Gedanken machen. Das war wasserdicht. Sein Verleger hätte es ihm bestimmt noch bestätigt. Nur war er halt auch ein viel beschäftigter Mann. Es war immerhin die Feier seines Verlages gewesen.
Eigentlich wollte Frank sich ins Ledersofa schmeißen und einen Film konsumieren, da bekam er auf einmal eine bessere Idee. Er würde sich erst einmal einen schönen Merlot gönnen und sich damit den vermeintlichen Geschmack von Bärbel ausspülen. Frank konnte die Desinfektion kaum noch erwarten. Euphorisch ging er ins Bad und klatschte sich eine beträchtliche Menge Gel in die Haare. Dann schlüpfte er in seine Lederjacke und wollte sich gerade ein paar Sneakers anziehen, als sein Handy klingelte. Die Nummer war unterdrückt und Frank zögerte. Dann fiel ihm wieder Igor ein und er beschloss, den Anruf anzunehmen. Den Mann wollte er nicht verärgern.
»Frank Freibrodt? Guten Tag?«
»Falsch. Guten Abend«, schnarrte eine belegte Stimme. Dann kam erst mal nichts. Es war eine männliche Stim-

me. Doch es war eindeutig nicht Igor oder einer seiner Laufburschen.

Frank verlor nach einer Weile die Geduld. »Ja, Sie sind ja ganz schlau. Es ist jetzt Abend. Zufrieden? Was wollen Sie, bitte?«

Es folgten tiefe Atemzüge. Es klang, als würde der Mann am anderen Ende jeden Moment das Zeitliche segnen.

»Geht es Ihnen gut? Brauchen Sie einen Arzt?«, fragte Frank etwas besorgt.

Wieder ein tiefes geräuschvolles Atmen. Es klang nun wie ein leises Knurren. Frank war sich mittlerweile sicher, dass der Mann Hilfe brauchte. Allerdings keine physische.

Er dachte, diese Anrufe wären mittlerweile Geschichte. Doch nach fünf Jahren war es nun wieder so weit. Nur war es diesmal ein Mann. Sonst hatte ihn immer eine hysterische Frauenstimme am Telefon bedroht. Aber Frank wollte nicht auflegen. Sie sollten ruhig wissen, dass er keine Angst mehr hatte. Er begann die Atemgeräusche des Mannes nachzuäffen. Eine Weile atmeten beide um die Wette. Schließlich wurde Frank das Ganze zu blöd. »Finden Sie nicht, dass Sie sich ganz schön behindert anhören?«

Der Mann am anderen Ende der Leitung antwortete mit einem langen Stöhnen.

»Du bist ja gar nicht nackt«, sagte er und klang auf einmal sehr weich dabei. Fast schon zärtlich. Frank zitterte vor Wut und Ekel.

»Schade. So schade. Ich konnte sonst immer deine Wampe wabbeln sehen. Hast ja schon richtige Brüste bekommen«, flötete die Stimme. Frank erschauderte. War das etwa der Mann aus dem Hof?

»Ich bin vergeben, du Schwein.«

»Ja, ich weiß.« Ein dreckiges Lachen folgte.

Frank schluckte. Der Mann wusste eine Menge.

»Woher haben Sie meine Nummer, Mann!«.

»Die kann ich auswendig«, sagte der Mann und stieß einen weiteren tiefen Atemzug aus.

Frank verfluchte sich innerlich. Das kam nur dadurch, dass er seine Nummer immer wieder bei jedem neuen Anbieter mitgenommen hatte. Der Mann schien ihn gut zu kennen. Er schien in seiner Vergangenheit eine Rolle gespielt zu haben. Außerdem konnte er seine Nummer auswendig. Das grenzte an Besessenheit.
»Du sagst ja gar nichts, Frank. Geht es dir nicht gut?«, hauchte die Stimme.
»Es geht so.«
»Mir geht es sehr gut.«
»Ach ja. Wie schön. Warum denn?«, fragte Frank süßlich.
»Weil es dir bald sehr schlecht gehen wird.« Wieder ein dreckiges Lachen.
Frank äffte es nach.
»Jetzt habe ich aber Angst. Du kannst mir gar nichts.«
»Doch, Hängebauchschwein. Ich werde dich brennen lassen«, zischte die Stimme. Nun schwang aufrichtiger Hass mit. »Bald wirst du keine Mädchen mehr schänden können. Du perverses Stück Dreck!«
»Pass auf, was du sagst!«, schrie Frank und konnte sich beim besten Willen nicht erinnern, jemals so etwas getan zu haben. Klar, er hatte nicht immer seine Finger bei sich lassen können. Besonders wenn er betrunken war. Aber dieser Vorwurf schien für ihn weit hergeholt zu sein. Er hatte das Gefühl, dass er irgendwas übersah. Das er irgendein Ereignis verdrängt hatte. Manchmal hatte er ja auch nach einem Trinkgelage einen Filmriss gehabt. Doch so die Kontrolle zu verlieren, etwas derart Widerwärtiges getan zu haben, das konnte er sich einfach nicht vorstellen.
»Du wirst brennen«, knurrte die Stimme.
»Ja, ja. Ist klar. Schon kapiert. Bist ja auch ein ganz Mutiger. Kannst mir das ja nicht mal ins Gesicht sagen.«
»Wir werden uns bald sehen. Ich werde dich besuchen kommen. Du wirst genauso wie das arme Mädchen leiden. Ich werde dich verbrennen und schänden.«
Frank lachte auf. »Ach so ... ja ... das klingt ja aufregend. Genau in der Reihenfolge?«

»Du solltest nicht lachen. Ich habe schon mal jemanden getötet.«

Nun bekam Frank etwas Angst. Der Mann schien das ehrlich gemeint zu haben.

»Was meinst du damit?«, erkundigte er sich mit dünner Stimme.

»Der Herr liebt alle, die ihn lieben. Dich liebt er nicht.«

»Hör mal gut zu. Ich …«

Frank wurde von einem röhrenden Geräusch unterbrochen. Es klang wie ein tierischer Aufschrei. Frank fragte sich ob der Mann erfolgreich einen Bären imitiert oder ihm tatsächlich gerade ins Ohr gerülpst hat.

»Jetzt ist aber gut. Jetzt hör mal …«

Doch dann registrierte Frank, dass der Mann aufgelegt hatte.

Danach bemerkte er, dass auch Lisa wohl zur selben Zeit versucht hat, ihn zu erreichen. Frank war nicht nur von dem Anruf des Unbekannten verstört. Schockiert bemerkte er die Erleichterung darüber, dass der Fremde seine Verlobte aus der Leitung geschmissen hatte.

Er dachte ernsthaft über die Zukunft ihrer Beziehung nach, während er sich ein weiteres Stück der abgelaufenen Pastete in den Mund steckte.

3

Lisa beneidete das junge Pärchen. Die beiden liefen schon eine ganze Weile Hand in Hand hinter ihr und tollten herum. Diese Zeiten waren bei ihr und Frank vorbei. Sie sahen sich kaum noch. Er nahm ja schon gar nicht mehr ihre Anrufe entgegen. Trotzdem beschloss sie, kurz bei ihm vorbei zu fahren, bevor sie ihren Vater besuchen würde. Es war so, als würde sie zwei verfeindete Parteien hintereinander aufsuchen und sie stand wie immer dazwischen. Lisa hörte hinter sich schmatzende Kussgeräusche. Die beiden schienen noch in der Blüte ihrer Beziehung zu sein, dachte Lisa. Sie passten ja auch gut zusammen mit ihren Jogginghosen.

Sie lief die Treppe der S-Bahnstation Prenzlauer Berg herunter und hörte, wie die S-Bahn hielt. Mist, sie musste ja noch ein Ticket lösen. Lisa hechtete zum Automaten und löste eine Tageskarte. Sie schaffte es gerade noch, das Ticket zu lösen und sich anschließend etwas umständlich durch die schließenden Türen zu quetschen, als die Bahn auch schon anfuhr.
Natürlich war sie überfüllt. Es waren nur noch zwei gegenüberliegende Sitzbänke frei und auf der einen saß auch schon das junge Pärchen. Lisa überlegte, die beiden wegen eines freien Platzes anzusprechen, denn der junge Mann hatte eins seiner Beine ausgestreckt. Das andere war zwischen den Beinen seiner Freundin eingehakt, die es sich auch sehr bequem machte. Sie wollte den beiden ihre Romanze nicht versauen, schließlich musste sie ja nicht viele Stationen fahren.
Lisa bemerkte einen hageren Jugendlichen hinter sich, der ihr vermutlich die ganze Zeit auf den Hintern gaffte. Er trug ein viel zu großes Muskelshirt, hatte schwarze nach hinten gekämmte Haare. Um seinen Hals hing eine ausladende Goldkette, die großzügig seine magere Brust bedeckte. Bis auf die Kette könnte das eine jugendliche Version von Frank sein, dachte Lisa. Sie sah ihm fest in die Augen. Nun sah er verstohlen weg. Dennoch war es Lisa unangenehm.

Der glückliche Liebhaber schien ihre Gedanken gelesen zu haben.
»Entschuldigen Sie. Wir haben nicht aufgepasst. Setzen Sie sich doch.«
Die Frau neben ihm lachte laut auf und nickte Lisa dann einladend zu.
»Bitte. Setzen Sie sich. Wir beißen nicht.«
Lisa setzte sich und der junge Mann zog seine Beine an. Er war blond und hatte braune Augen. Volle Lippen zierten sein weiches Gesicht. Lisa fand ihn attraktiv. Die Frau neben ihm hatte pechschwarze Haare und große blaue Augen. Sie hatte ebenfalls ein hübsches Gesicht und füllige Lippen. Dennoch wirkte sie auf Lisa etwas älter als ihr Freund. Sie trug bauchfreie Kleidung und war sehr durchtrainiert. Etwas zu extrem für Lisas Geschmack. Sie hatte genauso so breite Arme wie ihr Freund, der wie sie ein ärmelfreies Shirt trug. Dicke Sehnen traten aus ihren Armen hervor. Beide waren tätowiert. Doch die Frau schien schon mehr aus Tattoo als aus Haut zu bestehen. Ihren Tätowierungen nach war sie wohl eher der romantische Typ. Rankende Rosen zierten ihre sehnigen Arme und den entblößten Bauch. Zudem hatte sie sich um den mandelförmigen Nabel ein Herzchen stechen lassen. Lisa fand die Tattoos ziemlich kitschig und auch etwas zu bunt. Dennoch war sie etwas neidisch auf die Chemie, die zwischen den beiden ablief.
Bei Frank und ihr selbst konnte sie davon immer weniger entdecken. Er war ständig weg. Selbst wenn er da war. Sie konnten sich ja kaum noch in die Augen sehen. Und sie selbst war nur noch gereizt in seiner Nähe. Das tat ihr auch oft sehr leid. Sie wollte nicht so zu ihm sein, aber er wollte einfach nicht erwachsen werden. Sie mochte seine Träume, aber er musste auch mal wieder zurück in die Realität finden. Er könnte doch auch lernen, Verantwortung zu übernehmen, ohne dabei seine Unbekümmertheit ganz aufgeben zu müssen. Sie wollte ihn doch nicht verbiegen, aber er musste sich endlich entscheiden auch mit ihr gemeinsam zu leben. Doch Frank schien sich im-

mer mehr dagegen zu entscheiden. Dabei wollte sie ihn nicht verlieren.
Plötzlich tätschelte der blonde Mann ihre Hand.
»Ist alles in Ordnung bei Ihnen?«, fragte er mit sanfter Stimme.
Lisa schrak zurück. Seine Hand lag immer noch auf ihrer. Sie war sehr warm und sie ertappte sich dabei, dass er ihr Trost gab. Der junge Mann schien das jedoch anders zu interpretieren. Er nahm seine Hand weg.
»Entschuldigen Sie. Das war so ein Reflex. Sie sehen so traurig aus.«
Er sah sie dabei mit großen Augen an. Lisa fand seine Augen sehr schön.
»Alles in Ordnung. Danke«, sagte sie knapper, als sie beabsichtigt hatte. Der Mann nickte und wandte sich seiner Freundin zu. Sie fingen wieder an sich zu küssen und Lisa ertappte sich, den beiden neidisch dabei zuzuschauen. Irgendetwas hatte der Mann, was sie sehr faszinierte. Gar nicht sein weiches Gesicht oder der scheinbar so durchtrainierte Körper. Er erinnerte sie an den Mann, mit dem sie vor Frank zusammen war. Auch er hatte sich immer mehr innerlich von ihr zurückgezogen. Wahrscheinlich hatte er jetzt ein tragisches Ende gefunden. Ihr Ex-Freund schien das sogar bewusst angestrebt zu haben. Falls er überhaupt noch lebte. Nun hatte sie Frank und er tat mittlerweile dasselbe. Sich zurückziehen. Eine Wand aufbauen. Sie schien wohl solche Männer anzuziehen. Deswegen war dieser aufmerksame junge Mann sehr erfrischend für sie. Doch er hatte ja diese aufgepumpte Freundin, mit der sich Lisa lieber nicht anlegen wollte. Außerdem hatte sie trotz allem nicht vor ihren Verlobten zu betrügen, obwohl sie manchmal den Verdacht hegte, dass er es selber mit der Treue nicht so ernst nahm. Es gab da ein paar ungewöhnliche Vorfälle. Aber man redete sich auch gerne das eine oder andere ein. Sie hatte ihn ja auch mal mit ihrem Verdacht konfrontiert. Er hatte ihn nicht bestätigt und ihr dabei tief in die Augen gesehen. Sie sei die Frau seines Lebens, hatte er zu ihr gesagt. Über Lisas Verdacht war er zutiefst bestürzt gewesen. Er

hatte ihr aufrichtig geschworen, dass er ihr immer treu bleiben würde, und Lisa wollte ihm glauben. Misstrauen würde einer Beziehung nur schaden.
Ein anderer junger Mann mit Kopfhörern lugte verstohlen zu den Sitzplätzen. Lisa nickte ihm zu und rutschte an die Fensterseite. Nun saß sie der Freundin des Blonden gegenüber. Diese nahm ihre Beine jedoch nicht zurück, sodass Lisa ihre Knie anwinkeln musste. Dabei sah sie Lisa ausdruckslos an. Ihr Freund zog höflich lächelnd seine Beine für den anderen Mann an. Der setzte sich einfach hin, ohne davon Notiz zu nehmen. Irgendein Popsong dröhnte aus seinen Ohrschützern.
Ein kahlköpfiger Mann im Anzug stand neben den Vieren und seufzte. Der junge Mann ließ sich auf den Schoss seiner Freundin fallen und winkte auch den Anzugträger lächelnd heran. Seine ächzende Freundin war davon nicht so begeistert. Lisa auch nicht, denn jetzt hatte sie noch weniger Beinfreiheit. Die Beine des Blonden hingen schon fast über ihr. Dieser bemerkte das sofort.
»Entschuldigen Sie. Da habe ich nicht nachgedacht. Ich kann auch gerne stehen«, sagte er wieder unbeschwert höflich mit seiner jugendlichen Stimme und lächelte verschmitzt.
»Kein Problem. Ich muss ja sowieso nicht mehr lange fahren«, sagte Lisa und genoss auf einmal die Nähe zu ihm.
Vielleicht sollte sie mit Frank einfach eine offene Beziehung führen, dann müsste sie sich nicht immer aufregen und er hätte seine Ruhe, dachte sie.
Eine ältere Frau mit Kopftuch stieg ein. Sie war sehr dünn und hatte zwei Einkaufstüten. Unter der Last schien sie fast zusammenzubrechen. Sofort sprang der kahlköpfige Anzugträger auf und wollte der Frau seinen Platz anbieten.
»Bleib sitzen«, knurrte der blonde junge Mann und jegliche Freundlichkeit war aus seiner Stimme verschwunden. Sein Lächeln allerdings nicht.
»Aber ..«, begann der Geschäftsmann.

»Setz dich hin. Hier sitzen nur Deutsche«, sagte der Blonde kalt.
»Was soll denn das? Das können Sie …«, stammelte der große Mann.
»Setz dich hin, du Spast!«, schrie der Blonde auf einmal. Sein hübsches Lächeln war mit einem Schlag zu einer hässlichen Fratze geworden. Der Anzugträger setzte sich schnell wieder hin. Er war fast zwei Meter groß und Lisa fragte sich, warum er sich von dem jungen Burschen so einschüchtern ließ.
Der andere Mann mit den Kopfhörern seufzte und drehte die Musik lauter. Lisa konnte nun jedes Wort eines bekannten Songs aus den Charts mithören. Lisa hatte genug. Sie erhob sich.
»Das gilt auch für dich, Süße«, flötete der junge Mann und seine Augen wanderten wild hin und her.
Lisa war sich sicher, dass er sich irgendwas eingeworfen hatte. Dennoch blieb sie stehen.
»Hören Sie nicht hin. Setzen Sie sich einfach«, sagte sie zu der älteren Frau.
Diese antworte etwas, was Lisa nicht verstand. »Die kann noch nicht mal Deutsch. Für diese vergammelte Oma willst du aufstehen?«
Der junge Mann schien in der Tat fassungslos zu sein. Seine Freundin lachte grell auf. Auch wenn die ältere Dame die Sprache nicht wirklich verstand, schien sie jedoch verstanden zu haben, dass der junge Mann sie nicht mochte. Sie murmelte wieder etwas Unverständliches und schüttelte dabei den Kopf.
»Was? Was willst du? Hast du mich gerade in deiner Sprache beleidigt? Hä? Denkst du etwa, ich checke das nicht, du vertrocknete Hexe?«, rief der junge Mann. Nun erhob er sich und streckte seine muskulöse Brust heraus, als hätte er eine starke Gegnerin vor sich, die er damit beeindrucken musste. Er schlug ihr eine Tüte aus der Hand. Ein paar Orangen und Konservendosen kullerten heraus. Die Frau zuckte ängstlich zurück und fing an zu wimmern.

»Was ist denn los? Jetzt habe ich dir gerade eine Tüte abgenommen. Das ist also der Dank. Immer nur nehmen! Dabei habe ich doch schon ein Herz für Tiere«, rief er lachend.
Der Mann im Anzug hielt die Luft an und blickte betreten zu Boden. Der Mann mit den Kopfhörern hatte seine Musik weiter aufgedreht. Ansonsten war es im überfüllten Wagen totenstill. Hier sitzen so viele Typen, die es mit dem Knirps aufnehmen könnten, dachte Lisa bitter. Sie merkte, wie ohnmächtige Wut in ihr aufstieg.
»Das reicht jetzt. Lassen Sie doch einfach die Frau in Ruhe«, rief Lisa.
Der junge Typ zog eine kindliche Schnute.
»Was denn? Ich helfe ihr doch nur bei den Tüten«, sagte er und trat gegen die andere Tüte der Frau, sodass auch die aus ihrer Hand flog. Schützend hob die ältere Dame die Hände vor ihr Gesicht.
»Was soll das denn jetzt? Gehst du schon in Stellung, Oma? Willst du dich etwas mit mir boxen?« Auch der junge Mann hob seine Hände. Lisa sah, wie die panische Angst im Gesicht der älteren Frau zunahm. Dann sah sie, wie alle anderen Fahrgäste mit ihren Blicken den Boden nach Schmutz absuchten. Sie wusste nicht, was sie wütender machte. Dieses Arschloch, seine lachende Freundin oder die anderen untätigen Fahrgäste, die das alles geschehen ließen. Jedenfalls konnte sie ihre Wut nicht mehr an sich halten.
»Lass sie endlich in Ruhe!«, schrie sie. Der Blonde drehte sich höhnisch grinsend zu ihr um.
»Oh, wie süß. Da hat wohl noch jemand ein Herz für Tierchen. Bist du etwa Veganerin? Was willst du denn machen, Schätzchen?«
Lisa verpasste ihm einen Stoß vor die Brust. Es war, als würde sie gegen eine Wand schlagen.
»Oh. Du gehst ja ganz schön aggressiv ran, Zuckermaus. Macht ja nichts. Komm ruhig näher. Ich stehe auf Blond und nicht auf Burkas«, sagte er und deutete abfällig auf die ältere Frau.

»Das ist keine Burka. Sie trägt ein Kopftuch. Kennst wohl nicht den Unterschied, du dummes Arschloch!«, schrie ihn Lisa an.
»Bist wohl eine richtige Klugscheißerin«, mischte sich nun seine Freundin mit ihrer heiseren Stimme ein. Sie hatte einen osteuropäischen Akzent. Was Lisa etwas merkwürdig fand, denn der junge Mann vor ihr schien ja Ausländer eindeutig nicht zu mögen.
»Ja, du hältst dich wohl für was Besseres. Linksversiffte Schlampe!«, zischte er und verpasste Lisa einen Stoß, dass sie nach hinten flog.
Freundlicherweise nahm der große Mann im Anzug seine Beine zur Seite. Sie konnte sich gerade noch an dem Mann mit den Kopfhörern festhalten, sonst wäre sie auch auf dem Schoss der durchtrainierten Frau gelandet. Der Mann nahm das genervt zur Kenntnis und wippte mit dem Kopf zu einem neuen Lied. Die Freundin des Blonden kommentierte den Vorgang mit einem weiteren dreckigen Lacher.
»Hey, das reicht jetzt!«, rief plötzlich ein bärtiger Mann ein paar Sitzreihen weiter und erhob sich.
Auch der große Anzugträger erhob sich etwas unsicher, aber er stand zumindest.
»Ja, es reicht. Hören Sie bitte auf damit«, sagte er leise.
Dann trat auch der Jugendliche mit der Goldkette dazu.
»Lass sie in Ruhe, Mann«, sagte er.
Der junge Blonde nickte und sah Lisa tief in die Augen.
»Dich fick ich noch«, zischte er und seine Freundin lachte wieder.
Die S-Bahn blieb schließlich stehen und Lisa stieg sofort aus. Sie registrierte, dass sie zwei Stationen zu weit gefahren war. Na und, dann würde sie halt laufen. Sie würde keine Sekunde länger in der Bahn aushalten. Hastig stieg sie die Treppe hinauf, trat aus der S-Bahnstation und war sichtlich erleichtert, als sie die frische Luft einatmen konnte. Sie bog in eine kleine Seitenstraße ein.
Sie ging gerade in ihrem Kopf halb gare Argumente durch, mit denen sie Frank dieses Mal vor ihrem Vater verteidigen konnte, als sie schnelle Schritte hinter sich

hörte. Sie wollte sich umdrehen, aber es war zu spät.
»Rechts vor links, du Schlampe!«
Der blonde Mann packte sie grob am Arm und zog sie in einen Hinterhof. Dort stieß er sie grob gegen eine Mauer, sodass Lisas Rücken wuchtig gegen die Wand knallte.
»Na, bist du jetzt immer noch so frech? Mach weiter so. Ich bin schon ganz geil, du Miststück«, zischte er und presste sich an sie, dass Lisa zwischen der Mauer und seinem harten Körper eingequetscht war. Seine bauchfreie Freundin stand daneben und funkelte Lisa an.
»Dein Freund hat Scheiße gebaut«, sagte sie. Dieses Mal lachte sie nicht.
Der junge Blonde warf mit einer Kopfbewegung seine lange Mähne zurück und lächelte. Dann presste er sein Gesicht an ihre Wange.
»Genau. Das hat er. Und jetzt gehörst du mir … Lisa.«
Lisa bekam kein Wort heraus. Sie spürte die kalte Mauer in ihrem Rücken, während der junge Mann seinen Bauch gegen ihren drückte und sich an ihr rieb. Sein Unterkörper prallte mit wippenden Bewegungen gegen ihren, während Lisa immer noch verstört darüber war, dass die beiden ihr die ganze Zeit gefolgt waren und auch noch ihren Namen kannten. Woher? Was wollten sie von ihr?
»Wollen wir einen Dreier machen?«, fragte seine Freundin und strich sich eine Haarsträhne aus dem Gesicht.
Der junge Mann betrachtete Lisa kalt. Die sanfte Freundlichkeit aus der S-Bahn war verschwunden. Das Gesicht des Typen war ganz nah an ihrem eigenen, während er sie hasserfüllt anfunkelte.
»Na, wie fühlst du dich jetzt, hä? Es ist auf einmal so still hier. Wo ist denn jetzt deine große Fresse, hä?«
Seine Freundin lachte wieder. Der Blonde schob Lisa eine Hand unter ihr Oberteil. Sie spürte die Hand des Mannes auf ihrer Haut zu ihrer Brust hoch wandern und versuchte, sie wegzudrücken. Er ließ nicht locker und lächelte sie triumphierend an.
»Checkst du es immer noch nicht. Dein Freund hat dich in die Scheiße geritten. Ich kann mit dir machen, was ich will. Du gehörst jetzt mir.«

4

Frank spürte, dass ihn jemand beobachtete. Das war natürlich nichts Besonderes bei seinem Ruf. Er sehnte sich sogar regelrecht danach und genoss jede Form von Aufmerksamkeit. Aber dieses Mal war es etwas anderes. Ein anderes Gefühl von Beachtung, auf das Frank gut verzichten konnte. Es war, als würde ihn ein Stalker auspähen. Wie ein Raubtier, das den richtigen Zeitpunkt abwartet, um zuzuschlagen und sich seine Beute zu krallen. Die Blicke brannten sich wie Laserstrahlen in seinen Rücken. Das ging ihm schon so, seit er die Unterführung durchquert und einem Bettler Kleingeld zugeschoben hatte, möglichst bedacht, den Mann nicht zu berühren. Seitdem musste er sich ständig umdrehen. Er hasste so was. Nur unsichere Leute ohne Selbstbewusstsein drehten sich dauernd um. Dann doch lieber mit hervorgestreckter Brust ins Messer laufen. Aber da hatte er auch keine Lust drauf. Einmal schien ihm eine Gestalt mit Kapuze auf der gegenüber liegenden Straßenseite aufgefallen zu sein, welche sich dann schnell wegdrehte, als Frank sie sah. Aber sicher war er sich da auch nicht. Trotzdem wurde er das Gefühl nicht los. Schließlich hatte er vorhin einen ziemlich unheimlichen Anruf erhalten. Doch das war ja nichts Neues. Die Dinge, die der Mann angeblich über ihn wusste, konnte er auch erraten haben. Die anderen Anrufe waren auch sehr gruselig und persönlich gewesen. Selbst da hatte ihn ja auch nie jemand auf der Straße verfolgt. Oder doch? Vielleicht verfolgten ihn seine Feinde ja schon die ganze Zeit?

Frank umklammerte seine Rotweinflasche, die er sich in einem Fachgeschäft gekauft hatte. Ein edler Merlot. Er konnte es kaum erwarten, dass seine Geschmacksknospen explodierten. Am besten noch mit Pia auf seinem Schoss. Nun gab es jedoch diesen Störfaktor, der seine Vorfreude hemmte. Er drehte sich wieder um. Aber die gegenüberliegende Straßenseite war nun voller Menschen. Hauptsächlich waren es Leute, die nach einem langen Arbeitstag nach Hause wollten sowie einige angeheiterte Partygänger und Nachtschwärmer. Also war es schwierig, seinen Verfolger direkt auszumachen. Und seinen vermeintlichen Stalker mit der Kapuzenjacke konnte er nicht mehr entdecken. Er durfte das nicht mehr tun, ermahnte er sich. Er durfte keine Angst zeigen. Leider waren auch die falschen Leute auf ihn aufmerksam geworden. Der Preis des Erfolges. Weil er die falschen Leute um einen Gefallen gebeten hatte. Aber nicht nur die waren hinter ihm her. Seitdem sein letztes Buch erschienen war, hatte er den tiefsten Hass von ein paar Fanatikern auf sich gezogen. Als ob er jemanden umgebracht hätte, dachte Frank bitter. Das hatte sich wohl eher umgekehrt abgespielt. Schließlich hatte er das tote Mädchen nicht zu verantworten. Die Spinner waren vielleicht nicht so professionell wie Igor und seine Leute, aber dafür mindestens genauso verrückt und weniger berechenbar. Irgendjemand postete vor ein paar Jahren ein Foto von ihm mitsamt Privatadresse im Internet. ZUM ABSCHUSS FREIGEGEBEN, hatte der anonyme Wutbürger da drunter geschrieben. Danach hatte Frank Monate lang Probleme mit wütenden Trollen gehabt. Doch dann war mit einem Schlag alles vorbei gewesen. Ruhe war eingekehrt. Die Drohbriefe und die nächtlichen Anrufe hörten auf. Auch der Shitstorm in den sozialen Medien war nur noch ein laues Lüftchen. Frank dachte damals, dass diese Verrückten ihr Interesse an ihm verloren hätten. Wie es oft bei irgendwelchen aufflammenden Trends der Fall war. Aber vielleicht war das ja nur die Ruhe vor dem eigentlichen Sturm? Vielleicht wollten sie nun zuschlagen? Der Anrufer war noch um einiges besessener als die Frau davor gewesen. Auch die Gemeinde von Korben bekam immer mehr Zulauf. Immer mehr zogen sich die Fanatiker aus der Öffentlichkeit zurück. Gleichzeitig rekrutierten sie, was das Zeug hielt. Journalisten wurden immer mehr attackiert und bedroht. Frank hatte einige äußerst bedenkliche Berichte gelesen. Vielleicht hätte er sich Polizeischutz besorgen sollen? Denn die Mitglieder aus Korbens Verein wurden immer radikaler. Vielleicht wollte sich nun einer von ihnen beweisen und ihm ein

Messer in den Rücken rammen? Leute wurden schon wegen weniger auf offener Straße umgebracht, dachte er und ihm wurde kälter.
Ihm fiel wieder der Mann ein, der zu ihm hoch gestarrt hatte mit seinem dämonischen Blick. War das der Wahnsinnige gewesen, der ihn am Telefon bedroht hatte? Falls es sich bei den beiden um dieselbe Person handeln sollte, musste er sich wohl oder übel Gedanken machen. Dann hatte er es definitiv mit einem Wahnsinnigen zu tun. Aber hier sind ja überall Menschen. Da passiert dir schon nichts, sagte sich Frank.
Nieselregen klatschte ihm ins Gesicht. Seine Ohren waren schon fast taub. Konnte dieser scheiß Winter nicht endlich aufhören? Frank fluchte. Er musste schnell in seine Wohnung und dann würde er es sich dort gemütlich machen und einen Schlachtplan entwickeln. Nun wollte er erst mal seinen Geist tanken, bevor er sich weiter stressen musste. Was brachten die ganzen Sorgen. Jeden Tag konnte man durch irgendetwas sterben. Also warum nicht in der Gegenwart bleiben und sich an den kleinen Köstlichkeiten des Lebens erfreuen. Er hatte es ja schon fast geschafft. Sein neues Buch würde einschlagen, da war er sich sicher. Ein historisches Epos über eine Familie im Mittelalter deren Konflikte und Liebschaften sich über etliche Generationen zog. Genial. Ein absolutes Meisterwerk. Da war sich Frank ganz sicher. Sein Verleger musste es nur noch absegnen. Eine reine Formalität. Er hatte seine Frist erfüllt und konnte wieder aufatmen. Denn bald hatte er wieder Geld und seine Ruhe. In Zukunft würde er sich genau überlegen, wem er noch vertrauen konnte.
Frank bog in die Rigaer Straße ein, welche sich durch Friedrichshain zog. Kurz blieb er stehen und betrachtete an einer Mauer ein paar Plakate, die zum Protest gegen Polizeigewalt und Wohnraumverdrängung aufrufen. Vielleicht konnte er sich dazwischen mischen, einen auf aufgebracht machen und Kontakte knüpfen. Das könnte bei der Bewerbung seines neuen Buches nützlich sein. Frank notierte sich den Termin der nächsten Versammlung im

Kopf und bahnte sich einen Weg durch eine Gruppe alkoholisierter Teenager, die ihm in seine kalten Ohren grölten. Einer besaß sogar die Frechheit, ihn anzurempeln. Frank legte alle Kraft in sein steif gefrorenes Gesicht und guckte ihn so böse an, wie er konnte. Aber das schien dem schmalschultrigen Jugendlichen egal zu sein. Er lachte und ging weiter. Früher wäre das nicht so gewesen. Da hätte sein böser Blick noch Wirkung gezeigt. Ich werde alt, dachte Frank und blieb vor dem Spätkauf stehen, wo er sich ab und an einen Glühwein genehmigte. Tarek war gerade in ein Gespräch vertieft, als Frank ihm zuwinkte. Dennoch wollte er warten. Glühwein war jetzt genau das Richtige. Eine geschmackliche Vorstufe zu seinem Merlot. Tareks Gesprächspartner war ein älterer Mann. Sein Kopf erinnerte Frank an einen Vollmond. Rund und sehr bleiche Haut. Narben, vermutlich durch eine Akne gezeichnet, lagen wie Krater in seinem Gesicht. Er trug einen schwarzen Mantel und einen Hut auf dem Kopf. Auf seinem runden Gesicht saß eine Hornbrille. Frank hatte ihn zuvor nie in diesem Viertel gesehen, aber der Mann warf ihm andauernd Blicke zu, während er mit Tarek sprach. Frank war das unangenehm.
Er widmete sich einer schöneren Angelegenheit zu. Vor ihm saß eine Frau auf der Bank, auf der im Sommer die Kunden vom Späti saßen, ihr Bier tranken und rauchten. Ihre Handtasche lag auf einem klappbaren Tisch, worunter sie ihre langen Beine bugsiert hatte. Auch sie beobachtete Frank. Das war wieder die Art der Aufmerksamkeit, die er mochte. Mit routiniertem Geschick ließ er verstohlen seinen Verlobungsring in die Hosentasche gleiten. Er würde ihn sowieso verkaufen müssen, wenn sein neues Buch nicht anschlug. Oder er warf ihn Lisa beim nächsten Streitgespräch einfach an den Kopf. Schon das letzte Mal war er kurz davor gewesen. Immer diese Nörgelei. Als wäre sie perfekt. Wenn dem so wäre, sollte ihre Hoheit sich doch einfach einen neuen Mann suchen, der keine Fehler machte, dachte Frank und bekam immer mehr Lust auf die Frau vor ihm.

Er wunderte sich, dass sie nicht fror. Sie hatte ihren Mantel offen und trug darunter nur ein Feinripp Hemd. Ein Tattoo in Form einer Schlange züngelte sich bis zu ihrem Hals empor. Frank gefiel das. Er lächelte ihr zu. »Guten Abend.«

»Hallo«, sagte sie und guckte schnell wieder weg. Frank sah das als Einladung sich zu setzen, doch dann winkte ihn Tarek zu sich heran. Sein Gesprächspartner war verschwunden.

»Ich bin gleich wieder da«, sagte er noch bedeutungsvoll zu der Frau und setzte ein breites Lächeln auf. Der Kioskbesitzer deutete Frank mit einer Kopfbewegung an ihm in seinen Laden zu folgen. Das tat Frank. Er gab Tarek die Hand. Dieser schüttelte sie fest.

»Dein Freund sucht dich«, sagte er und Frank wunderte sich über den kalten Tonfall des sonst immer so freundlichen Kioskbesitzers.

»Wer?«

»Dieser Maik.« Bei Frank schrillten die Alarmglocken. Als Freund würde er ihn nicht gerade bezeichnen.

Tarek musterte ihn. »Ich will dir ja nicht vorschreiben, mit wem du dich abgeben sollst. Ich bin ja nicht deine Mama oder dein Kindermädchen. Es geht mich auch gar nichts an«, sagte Tarek. »Aber wenn dein Nazikumpel in meinen Laden marschiert, mich ausfragt und beleidigt, ist es auch meine Angelegenheit, Frank.«.

Frank schluckte. »Was ist passiert?«. Tarek wischte sich einen imaginären Fussel aus seinem Bart. »Er kam hier rein. Wollte wissen, wo du bist. Ich habe ihm gesagt, ich weiß es nicht. Er hat dreimal so getan, als hätte er mich nicht verstanden. Sagte, ich soll laut und deutlich sprechen. Das habe ich die ganze Zeit. Du verstehst mich doch auch, Frank. Oder spreche ich auf einmal so undeutlich. Verstehst du mich jetzt nicht mehr, Frank?«

»Natürlich verstehe ich dich.«.

»Na also. Dann hat er sich nach meiner Frau erkundigt. Wie es ihr denn so geht. Und mich gefragt, ob ich sie auch gut behandeln würde. Kennt der mich etwa? Kennt der meine Frau, Frank?«

»Natürlich nicht, Tarek.«
»Will ich auch hoffen. Dann würde er nämlich wissen, dass ich meine Frau sehr gut behandle. Ich bete sie an. Ich würde sie auch meinetwegen die ganze Zeit auf Händen tragen. Nur will sie das gar nicht. Wir respektieren uns gegenseitig. Sind auf Augenhöhe. Ich weiß ja nicht, was du deinem Freund da erzählt hast.«
»Ich habe ihm gar nichts über dich oder deine Frau erzählt.« Frank sagte die Wahrheit.
Tarek schien ihm jedoch nicht zu glauben. »Pass auf, was du laberst. Das steht dir gar nicht, Frank. So kenne ich dich nicht. Ich dachte, wir wären Freunde. Warst immer so ein netter Kerl gewesen. Vielleicht ist dir der ganze Ruhm auch etwas zu Kopf gestiegen. Kommt öfter vor, als man denkt, dass manche Leute vergessen, wo sie hergekommen sind. Nur da können meine Frau und ich jetzt auch nichts für. Ich reiße mir hier stundenlang im Laden den Arsch auf. Bin die ganze Woche hier durchweg beschäftigt. Und da latscht dieser Heini hier herein und macht einen auf dicken Macker mit seiner Jogginghose. Kommandiert mich herum, trinkt meinen Glühwein und will mich auch noch verhören. Der Milchbubi hat wahrscheinlich noch nicht mal Haare am Sack und macht hier einen auf Eheberater. Echt, Frank. Was soll ich dazu sagen?«
Frank musterte einen der Kühlschränke im Laden. Er betrachtete ausgiebig eine ihm unbekannte Biermarke. Der Name klang mexikanisch. Er hatte null Interesse, sich damit die Kante zu geben. Aber durch seine aufkommende Verlegenheit bekam er auf einmal Anreize, dass Getränk genauer zu studieren.
»Er ist nicht mein Freund.«
»Was ist er dann für dich?«
»Ein notwendiges Übel.«
Tareks Gesicht wurde etwas weicher.
»Hast du Probleme, Frank? Brauchst du Hilfe?«
Frank schüttelte den Kopf. Jeder Eingriff von außen würde die Situation nur verschlimmern.
»Alles in Ordnung.«

»Du weißt, dass wir hier füreinander da sind.«
Frank wollte auf keinen Fall Tarek in diese pikante Angelegenheit verwickeln. Der Mann hatte Familie. »Nein, nein. Mach dir keine Sorgen.«
»Tja. Das tue ich bereits. Und ich frage mich, ob ihr nicht doch Freunde seit. Er hat dir schließlich schon beim Umzug geholfen, als du hier wieder hergezogen bist. Ich habe dich schon damals vor ihm und seinen Leuten gewarnt. Und jetzt sehe ich, dass ihr immer noch in Kontakt steht. Du weißt ja, was in Neukölln abgegangen ist. Maik war dabei gewesen. Mein Cousin hat ihn wieder erkannt.«
»Vielleicht hat er sich ja auch geirrt?« Allerdings war Frank sich sicher, dass sich der Cousin nicht irrte. Schließlich hatte er sich ansehen müssen, was für eine Tätowierung auf Maiks Rücken prangte.
»Denkst du etwa, Ismael hat etwas mit den Augen? Er hat Maik eindeutig wiedererkannt, als der deine Möbel geschleppt hat.«
»Das beweist noch gar nichts. Wie du schon angedeutet hast, er hat sehr junge Gesichtszüge. Dann ist er blond. Da kann ich dir einige aufzählen. Ich habe ihn sogar schon mal mit diesem kanadischen Popsänger verwechselt. Wie hieß der noch gleich?«
Tatsächlich sah Maik diesem jungen Musiker äußerlich etwas ähnlich. Beide haben jugendliche Gesichtszüge und einen athletischen Körperbau. Frank lag nur sein Name nicht auf der Zunge, obwohl er sehr bekannt war. Doch seinem Gesprächspartner schien das auch relativ egal zu sein. Wütend starrte Tarek ihn an.
»Na, dann könnt ihr euch ja gegenseitig Autogramme geben. Bist du jetzt sein Anwalt, oder was?«
»Tarek, es tut mir wirklich leid, was dir da passiert ist. Das musst du mir glauben.«
»Es tut dir leid?«, fragte Tarek und lachte bitter. »Frag mal mein Patenkind. Der Junge kann dir leidtun. Sie sind in Neukölln über ihn hergefallen. Haben ihn zusammengeschlagen. Musste mit acht Stichen am Kopf genäht werden. Acht Stiche, Frank. Er ist erst fünfzehn.«

Frank schluckte einen Kloß herunter. Das tat ihm wirklich leid. Allerdings würde vermutlich kein Arzt mehr in der Lage sein, seinen Kopf zuzunähen, wenn Maik ihn früher oder später finden würde.

»Ein Kind. Und Maik war dabei«, fuhr Tarek fort. »Ich musste mich vorhin richtig beherrschen, dass ich dem grinsenden Hurensohn nicht sein dreckiges Maul einschlage. Aber ich weiß ja ganz genau, wie das Ganze dann weitergelaufen wäre. Also, willst du mir nicht endlich sagen, was da los ist?«

Das wollte Frank ihm gerne sagen.

Nur konnte Tarek ihn nicht beschützen.

Niemand konnte das.

Frank war schon längst verloren. Denn nun war die Jagdsaison auf ihn eröffnet.

5

Immer noch stand Lisa mit dem Rücken zur Wand. Der blonde Mann genoss das sichtlich und presste seinen Körper gegen ihren, wenn er sie nicht gerade befummelte.
Lisa konnte um Hilfe schreien, wie sie wollte. Sie hatte ja gesehen, was in der S-Bahn passiert war. Nein, sie musste sich selbst retten. Erstaunt über ihre eigene Entschlossenheit, ließ sie langsam ihre Hand über seinen flachen Bauch gleiten, bis sie an seinem Schritt angelangt war.
Nun war der Blonde erstaunt und stieß Luft aus.
»Alles klar«, hauchte sie. »Dann ist das wohl so. Vielleicht gefällt mir das ja.«
Der junge Mann lächelte erleichtert, bis ihm Lisa mit aller Kraft, die ihr zur Verfügung stand, die Eier zusammendrückte. Er brüllte auf wie ein verwundetes Tier und sank zu Boden.
»Glaub mir, du willst mich gar nicht«, presste sie aus zusammengebissenen Zähnen hervor und rammte ihm ihr Knie gegen den Kopf. Der Typ kippte zur Seite und nun musste es Lisa mit seiner Freundin aufnehmen. Diese stand breitbeinig vor ihr und lachte wieder.
»Na dann«, sagte sie und hob die Fäuste.
Lisa starrte auf ihre Arme, die doppelt so dick waren wie ihre eigenen und scheinbar nur aus sehnigen Muskeln zu bestehen schienen. Doch bevor sie sich weiter über die physische Verfassung ihrer Gegnerin Gedanken machen konnte, wurde sie von dem Typen zu Boden gerissen. Er drückte sie mit seinem ganzen Gewicht zu Boden. Lisa schrie wütend auf, als der Blonde seufzend auf ihr lag und fast schon zärtlich seine Zähne in ihren Hals grub.
Als sie angewidert ihr Gesicht zur Seite drehte, entdeckte sie eine Bierflasche, die umgekippt auf dem Boden neben ihr lag. Sie wollte gerade nach ihr greifen und sie dem aufdringlichen Angreifer auf seinen Schädel kloppen. Da richtete sich der Typ plötzlich auf, griff ihre Hand und drückte sie auf den Boden. Seine andere Hand legte er

um Lisas Hals, während er sich rittlings auf ihren Brustkorb setzte. Dabei sah er sie wieder triumphierend an.
»Wow. Du hast eben ganz schön zugegriffen. Willst du ihn unbedingt sehen? Willst du das, hä? Na, dann legen wir mal los.«
Er fing an, sich die Hose herunterzuziehen.
Da traf ihn ein Fußtritt ins Gesicht.
In der S-Bahn waren Lisa seine Blicke noch unangenehm gewesen. Nun sollte sich der Jugendliche mit der Goldkette als ihr Retter erweisen. Der Blonde purzelte von Lisa herunter, die immer noch erstaunt auf dem Rücken lag und froh war, dass sie wieder Luft bekommen konnte. Doch die Erleichterung hielt nicht lange an. Der Blonde wich dem nächsten Fußtritt aus und zog den anderen jungen Mann an der Goldkette zu sich heran. Dabei stolperte der Blonde über seine eigene heruntergelassene Hose und riss den anderen mit sich zu Boden. Bevor Lisa sich aufrichten konnte, warf sich die Frau auf sie. In der Zwischenzeit hatte der Blonde den anderen Mann zu Boden gedrückt und verpasste ihm ein paar Kopfnüsse. Lisa versuchte, die Frau von sich herunter zu schieben, aber diese nagelte sie unerbittlich am Boden fest.
»Du hast dir den falschen Freund ausgesucht. Das ist erst der Anfang. Bald wirst du gepfändet. Dann wirst du mein Spielzeug sein.«.
Die Frau wollte ihr einen Kuss geben, doch Lisas Kampfgeist war noch nicht erstickt. Sie biss ihr in die Unterlippe. Die Frau schrie auf und fluchte irgendetwas, dass Lisa nicht verstand. Dann verpasste ihr die Frau eine schallende Ohrfeige, bevor sie von ihr herunterstieg. Lisas Kopf schlug hart auf den Boden.
»Du hast mich gebissen. Was soll denn das, du Schlampe! Meine Lippe hat viel Geld gekostet. Da steckt eine Menge Arbeit drin!«, schimpfte die Frau.
Dann fiel ihr Blick auf die Flasche, die Lisa schon ihrem Freund über den Schädel ziehen wollte.
Die Frau nahm sie und schlug sie gegen die Mauer. Ein Stumpf mit scharfen Zacken blieb in ihrer großen Hand zurück.

Lisa schielte hilfesuchend zu ihrem vermeintlichen Retter. Doch der schien genug eigene Sorgen zu haben. Der blonde Mann kniete nun auf seiner Brust und verpasste ihm in Endlosschleife Ohrfeigen.
Die Frau beugte sich über Lisa und der zackige Stumpf kam ihrem Gesicht bedrohlich nahe.
»Wow!«, rief die Frau und strahlte Lisa an. »Ich mag deine Grübchen. Du hast so ein schönes Gesicht. Ich werde mir eine Scheibe davon abschneiden.«
Die Zacken waren nur noch wenige Zentimeter von Lisas Gesicht entfernt.
»Hilfe!«, schrie Lisa und ihre Rufe wurden sofort erhört.
»Was ist hier denn los?«
Ein untersetzter Mann stand einige Meter entfernt und scheiterte ebenfalls daran, sich die Hose hochzuziehen. Scheinbar hatte er ungestört im Hinterhof sein Geschäft verrichten wollen. Der Mann zückte demonstrativ sein Handy.
»Ich rufe die Polizei!«
Die Frau ließ die Flasche fallen und zog den Blonden von dem anderen jungen Mann herunter.
»Wir müssen los«, sagte sie.
Der Blonde ließ widerwillig von dem Jugendlichen ab.
»Soll er sie doch rufen«, zischte er. Seine Freundin stieß ihn weg.
»Wir müssen weg, Mann!«, schimpfte sie und zerrte ihren wütenden Freund mit sich. Sie drehte sich nochmal zu Lisa um und warf ihr eine Kusshand zu.
»Wir sehen uns bald wieder, Lisa. Du kannst nicht weglaufen.«
Lisa schluckte. Wer waren die? Was wollten die von ihr? Sie hatte doch keine Freunde, die sich mit solchen Leuten abgaben. Frank nahm zwar sehr gerne mal Schulden auf, aber dann höchsten von ihrem Vater oder Igor. Und Letzterer würde sich doch nicht mit solchen Schlägern abgeben. Der Mann hatte auf sie immer einen ruhigen und kultivierten Eindruck gemacht. Er besaß mehrere Restaurants und hatte so einen Auftritt doch gar nicht nötig. Zudem würde er sich bestimmt nicht mit einem

rechtsextremen Psychopathen abgeben. Das konnte sie sich beim besten Willen nicht vorstellen. Außerdem hatte Frank ihr mit großen Augen geschworen, dass er sich nie wieder Geld leihen würde, nachdem er von ihrem Vater noch einmal ein großzügiges Darlehen erhalten hatte. Und ihr Ex-Freund war schon lange aus ihrem Leben verschwunden. Der konnte sie gar nicht mehr in solche Angelegenheiten hineinziehen. Das konnte nur eine Verwechslung sein.

Der kräftige Mann hatte sich mittlerweile erfolgreich die Hose wieder hochgezogen und trat an die beiden heran.

»Alles in Ordnung?«, fragte er.

Nein, dachte Lisa. Gar nichts ist in Ordnung. Dann nickte sie.

»Soll ich die Polizei rufen?«, fragte der Mann etwas lustlos und deutete auf den Jugendlichen, der stöhnend am Boden lag.

»Nein. Darauf hab ich keinen Bock«, sagte der junge Mann und erhob sich.

Auch Lisa konnte darauf getrost verzichten. Sie wollte das alles schnell wieder vergessen. Das verrückte Pärchen war ohnehin schon längst über alle Berge, da musste sie das ganze nicht noch mal bei der Polizei durchkauen. Sie schüttelte den Kopf. Der untersetzte Mann steckte sichtlich erleichtert sein Handy wieder ein. »Ich geh dann mal.«

Das tat er dann auch. Lisa fasste den jungen Mann am Arm.

»Ist wirklich alles in Ordnung?«.

Der Jugendliche streifte ihre Hand ab.

»Lass mich. Ich hab keinen Bock auf Stress.«

Dann eilte er davon.

Auch Lisa lief schnell zurück zum Bahnhof und stieg dort in ein Taxi. Auf eine weitere Tour mit der S-Bahn hatte sie keine Lust. Zum Glück redete der Taxifahrer kaum mit ihr, während sie verzweifelt versuchte Frank zu erreichen. Besetzt. Wie immer. Ihre Verzweiflung verwandelte sich wieder in Wut. Sie ließ auch nicht ab, als der Fahrer sie vor Franks Haustür absetzte.

Sie drückte seine Klingel. Nach einer ganzen Weile, in der sie Sturm geklingelt hatte, gab sie resigniert auf. Sie musste ja noch zu ihrem Vater und war schon spät dran. Mittlerweile konnte sie auch gut auf Franks Anwesenheit verzichten. Er wäre ihr im Hinterhof wahrscheinlich auch keine große Hilfe gewesen. Frustriert bog sie in die Rigaer Straße ein, um sich ein neues Taxi zu suchen.
»Du wirst auch brennen«, sagte der Mann, der auf Franks Rückkehr wartete und sie aus der Ferne beobachtete. Es klang wie ein wehmütiges Wimmern.

6

»Jetzt sag mir endlich, was du mit diesem Nazi zu schaffen hast!«, forderte Tarek und wurde zunehmend ungeduldiger.
»Er ist Teil meines neuen Buches«, log Frank und studierte nun ausgiebig ein Regalfach mit Salzgebäck, obwohl er Salzgebäck nicht mochte.
»Was? Inwiefern das denn?«
»Er ist eine Feldstudie«, log Frank weiter und fand die Chips mit Meersalz-Aroma immer interessanter.
»Und wozu soll das gut sein?«
»Ich studiere ihn als Charakter. Mein neuer Roman soll eher autobiografisch angelegt werden.« Er versuchte Tarek überzeugt anzusehen. Wäre Frank Pinocchio, dann hätte er den Kioskbesitzer jetzt aufgespießt.
Tarek sah Frank an, als hätte er nicht mehr alle Tassen im Schrank.
»Also eine Biografie über Nazis, oder was?«
»Die heißen heute Neonazis.«
»Komm mir nicht mit Klugscheißerei. Was soll das werden, wenn es fertig ist?«
»Das kann ich noch nicht sagen«, sagte Frank verschwörerisch. »Auf jeden Fall dient er mir zu Inspiration.«
Tarek zupfte Frank am Ärmel und zog ihn zum Fenster. »Guck mal raus.«.
Frank sah raus und sah die Bürger Berlins jeglichen Alters und jeglichem Gesellschaftsstatus, die gegen den Wind ankämpften. Ab und an wurden sie von einem zahnlosen Bettler angesprochen. Manche gaben ihm etwas. Die meisten machten einen Bananen Bogen um ihn. Ein schwarzer BMW aus dem laut Rapmusik dröhnte, fuhr durch eine Pfütze und der Obdachlose bekam einen Schwall Wasser ab. Wütend reckte er die Faust empor.
Frank wartete darauf, dass Tarek ihm einen Tipp geben würde, was er da suchen sollte. Dieser kam prompt. »Da hast du deine Inspiration. Ist das etwa nicht genug? So viele Menschen, so viele Geschichten. Geh doch mal raus

und frag sie mal. Was hat Maik, was die Menschen hier im Kiez nicht haben.«
»Maik hat eine ganz besondere Geschichte.«
»Oh, eine ganz besondere Geschichte, meinst du?«. Tarek schien jedes Wort auszukotzen. »Weil er meinen Landsleuten die Fresse poliert, oder was?«
Frank dachte, dass wohl auch sein Gesicht bearbeitet werden würde, sollte Maik ihn finden. Und das würde früher oder später der Fall sein. Schließlich war Maik schon mal in seiner Wohnung gewesen. Er könnte wegziehen, aber was sollte das bringen? Schließlich fanden diese Leute einen überall. Und er war immer noch optimistisch, dass er das Problem bald lösen konnte.
»Ich wollte gerne mal die Perspektive des Täters annehmen.« Frank merkte, dass er sich immer weiter in den Schlamassel redete.
»Ach ja. Natürlich! Der Täter ist ja immer viel interessanter für euch alle. Der ist jeden Buchstaben wert. Immer wird über den Täter geschrieben. Kaum über die Opfer. Sein Name hat Bedeutung. Die Namen der Geschädigten nicht. Du tippst da zu Hause herum, während ich mir jeden Cent mühselig erarbeite. Du reißt alte Wunden auf und dann setzt du solchen Leuten auch noch ein Denkmal. Setzt sie auf einen Sockel und hebst die Messlatte für jeden Psycho an, der ihm nacheifern will. Ganz toll, Frank!«
Frank dachte, dass das so nicht stimmte. Ein Buch zu schreiben war doch Arbeit. Es erforderte schließlich ein hohes Maß an Recherche und Vorbereitung. Dann hatte er noch die ganze Zeit vor dem Rechner sitzen müssen. Jeder Knochen tat ihm weh. Seine Knie. Der Rücken. Seine Augen waren irgendwann überstrapaziert worden und nun durfte er sich mit Kopfschmerzen herumschlagen. Auch geistig hatte es ihm einiges abverlangt. Es fiel ihm immer schwerer, sich auf Details zu konzentrieren. Manchmal vergaß er sogar schon, den Kühlschrank wieder zu schließen. Das neue Buch hatte ihm alles abverlangt. Unter Druck zu schreiben, war eine Qual. Jedes Wort musste er sich herauspressen. Als hätte er Drillinge

in die Welt gesetzt. So stellte er sich das jedenfalls vor. Außerdem hatte er auch schon über Opfer geschrieben. Die Hauptperson in seinem letzten Bestseller war zum Beispiel eins gewesen. Und das beruhte schließlich auf wahren Begebenheiten.
»Hast du mein letztes Buch etwa nicht gelesen?«, fragte er Tarek und zog einen Schmollmund.
»Ich scheiß auf dein Buch.«
Nun war Frank aufrichtig verletzt. Scheinbar um Trost zu suchen, streichelte er über seine Weinflasche. »Kann ich jetzt meinen Glühwein haben?«, fragte er steif.
»Das ist vorerst dein Letzter hier. Ich will dich hier erst einmal nicht mehr sehen. Bevor du deine Beziehungskisten nicht geklärt hast, solltest du meinen Laden nicht mehr betreten.«
Frank legte ihm einen Zehn-Euro-Geldschein auf den Tisch ohne Tarek dabei anzugucken. »Stimmt so.« Dann verließ er den Kiosk.
Die Frau saß immer noch draußen. Ganz schön kälteresistent, dachte Frank. Er setzte sich ihr gegenüber auf die andere Bank und stellte den Becher mit dem dampfenden Glühwein auf den Tisch. »Da bin ich wieder.«.
Sie lächelte, aber sah ihn nicht direkt an. Dafür bemerkte Frank, dass Tarek ihn missbilligend beobachtete. Scheinbar galt das Hausverbot auch für den Tisch und seine Bänke. Eigentlich wollte Frank das auch respektieren, aber durch den ganzen Stress brauchte er eine willkommene Ablenkung. Er musste Druck ablassen. Sie hatte ihn schon die ganze Zeit von draußen aus im Laden beobachtet, das wusste er. Er lächelte Tarek entschuldigend zu. Dieser drehte sich gekränkt weg. Frank fixierte die Frau vor ihm. Sie hatte einen dunklen Teint, die Haare waren wasserstoffblond gefärbt. Der Kontrast gefiel ihm. Eine Weile sagte keiner von beiden was. Er überlegte, ob er sich den Verlobungsring wieder anstecken sollte. Manche Frauen standen auf solche Herausforderungen und kamen dann richtig in Fahrt. Aber das war ihm dann doch zu umständlich. Natürlich könnte er auch einfach bei seiner Nachbarin Pia klopfen. Da war er immer willkommen.

Aber es konnte ja auch nicht schaden, mal was Neues auszuprobieren. Man lebt ja nur einmal. Falls sie ihn überhaupt noch lange leben ließen. Und Frank wollte so viel mitnehmen wie nur möglich. Sie hatte hohe Wangenknochen. Das fand Frank gut. Auch war sie sehr dünn. Fast schon wie eins dieser Laufstegmodels. Auch darauf stand Frank. Früher hatte er gerne mehr zum Anfassen gehabt, aber mit zunehmendem Alter bevorzugte er den hageren Typ Frau. Lisa und Pia waren der Beweis dafür, die beide sehr durchtrainiert und asketisch waren. Er fragte sich sowieso, warum sich alle über die abgemagerten Models aufregten. Wenn sie unbedingt hungern wollten, dann sollten sie doch. Ihn störte das nicht. Klar war ihm auch, dass einige Medien und die Werbeindustrie den jungen Menschen eine Illusion von Perfektionismus vorhielt und diejenigen von ihnen, die nicht so gefestigt oder selbstbewusst waren, in dieses Korsett zwang. In den reichen Ländern war es der letzte Schrei dünn zu sein, während sich woanders die Menschen freuten, wenn sie überhaupt eine Mahlzeit am Tag zu sich nehmen durften. Früher hatte er sich über so viele Dinge aufgeregt und wollte Gerechtigkeit. Aber je älter er wurde, desto gleichgültiger war es ihm einfach, sodass er mittlerweile gerne ein Teil von dem System war und Gefallen daran gefunden hatte. Ihm war es auch egal, ob das den anderen gefiel oder nicht. Schließlich zwang er ja auch keinen, sich mit ihm abzugeben.
»Wie heißt du?«, fragte Frank und versuchte, nicht auf ihre hervorspringenden Schlüsselbeine zu starren.
Sie lächelte und sah ihn nun direkt an. Dann beugte sie sich zu ihm vor. So weit, dass Frank ihren warmen Atem spüren und tiefer in ihren Ausschnitt starren konnte, als er sich erhofft hatte.
»Du kriegst bald Besuch.« Ihre Stimme war viel tiefer, als er gedacht hatte.
Frank hielt ihrem Blick stand und lächelte verschmitzt.
»Wirklich? Das freut mich aber.«.
Sie blieb weiter nahe an seinem Gesicht. »Igor freut sich auch schon.«

Frank schreckte zurück. Er sah nun aus, als hätte sein Arzt ihm gerade mitgeteilt, dass er sich eine Geschlechtskrankheit eingefangen hatte. Frank musste nun eine unnötige Katastrophe abwenden. Ein Blutbad verhindern. Schließlich brauchte er nur noch wenig Zeit um das Ganze friedlich zu klären. Er wollte leben. Und wenn er schon sterben musste, dann nicht heute. Er packte ihr knochiges Handgelenk, als sie sich gerade erheben wollte.
»Sag ihm, es ist bald erledigt! Ich brauch noch zwei Tage! Zwei Tage!«
Sie sah auf seine klammernde Hand, als würde sie auf ein Insekt starren. »Ich werde es ihm ausrichten.« Dann ließ sie einen verstörten Frank zurück. Der Glühwein vor ihm war inzwischen kalt geworden. Frank nahm davon gar keine Kenntnis. Er sah verloren aus. Zumindest kam es dem Mann mit der Hornbrille so vor, der ihn aus sicherer Entfernung beobachtete.

7

Morgen sollte es wohl Eintopf geben. Oder war es doch wieder Kartoffelsalat? Nadja wusste, dass Igor Zweites priorisierte. Jedenfalls stand vor ihm eine große Schüssel mit rohen Kartoffeln die er etwas linkisch mit seinem Sparschäler bearbeitete. Das Werkzeug verschwand fast vollkommen in seiner riesigen Pranke. Nadja kannte es eigentlich so, dass man die Kartoffeln zuerst kochte und dann pellte, aber sie ließ ihn machen. Seine Laune war sowieso nicht die Beste.
Gerade war er von Svetlana angerufen worden, die ihm Franks Verzögerung mitteilte. Igor war ausgerastet und hatte ins Telefon geschrien. Mitten vor ein paar Badegästen, die in der Hotelschwimmhalle gerade ihre Runde drehen wollten. Igor störte das nicht. Er brüllte ins Telefon, als wäre er zu Hause. Sie waren in dieses Hotel, welches einem Geschäftspartner von Igor gehörte, umgesiedelt. Durch einen Rohrbruch war in seiner Villa ein enormer Wasserschaden entstanden. Und nun machte ihm auch noch dieser Autor Schwierigkeiten. Mal wieder. Genauso wie die wenigen Gäste war Nadja über seinen Ausbruch erstaunt gewesen. Meistens blieb er bei so etwas ruhig und zog einfach die Konsequenzen. Doch er schien Frank wohl zu mögen. Nadja mochte den windigen Schriftsteller nicht. Er war ihr viel zu schmierig. Fast wie das Haar-Gel, dass er sich in seine dunklen Haare klatschte. Und er war narzisstisch und eitel. Allein wie er sie angesehen hatte, als sie sich begegnet waren. Wie er sie gemustert hatte. Von oben bis unten. Nadja kannte diesen Blick. Viele Männer hatten ihn ihr zugeworfen, bevor sie über sie hergefallen waren. Oder es zumindest versucht hatten. Sie wusste sich mittlerweile gut zu helfen. Aber solche Männer waren eine ständige Bedrohung für andere Frauen, die es nicht so gut konnten. Sie war sich sicher, dass Frank zu diesen Männern zählte. Deswegen konnte sie es gar nicht erwarten, dass er es endlich schaffen würde, bei Igor in Ungnade zu fallen. Dann würde sie sich um ihn kümmern dürfen. Er würde ein gutes

Haustier abgeben. Nachdem sie ihn erst mal kastriert hatte. Doch egal wie Frank sich anstrengte, ihr Boss schien ihm immer noch wohlgesonnen zu sein. Igor schien tatsächlich eine Schwäche für seinen Schreibstil zu haben. Aber was wusste sie denn schon. Sie konnte ja nicht mal lesen.

Sie hatte seiner Tochter Mila, die Igors Ausbruch mit Erstaunen und Ehrfurcht beobachtet hatte die Schwimmflügel umgeschnallt und war mit ihr ein paar Bahnen geschwommen. Sie sollte in ihrem zarten Alter von sieben Jahren noch nicht so viel von seinen Geschäften mitkriegen. Nun kam sie mit ihr wieder aus dem Wasser. Sie trockneten sich ab und Igor warf Nadja einen dankbaren Blick zu. Dabei blieb es aber auch. Die anderen Männer warfen sonst noch ganz andere Blicke auf ihren durchtrainierten Körper mit seinen zahlreichen Tätowierungen. Aber das hatte sie bei Igor bis jetzt nicht beobachtet. Er schien gänzlich frei von solchen Hintergedanken zu sein. Igor winkte sie zu sich.

»Setzt euch.«

Mila schien seinen Wutanfall schon vergessen zu haben. Fröhlich fläzte sie sich in den einen Stuhl. Nadja in den anderen. Igor schob seiner Tochter einen Obstteller hin. Es waren ein paar Apfelstückchen und eine Birne drauf. Seine Tochter sah das Obst etwas missmutig an. »Hast du nicht auch Schokolade?«

Igor schüttelte den Kopf. »Das ist doch auch süß, mein Schatz. Und gesund.«

Mila aß zaghaft etwas von dem Obst. Igor beobachtete sie dabei »Hast du die Mathe Aufgaben schon gemacht?«

»Ja.«

Er sah sie prüfend an. »Sicher?«

Sie schüttelte den Kopf. »Bin aber fast fertig.«

»Mach sie einfach zu Ende.«

»Mathe ist doof.«

Igor lachte. »Weiß gar nicht, was alle haben. Ich habe Mathe immer gemocht«, sagte er zu Nadja.

»Wann besuchen wir Onkel?«, fragte Mila.

»Gute Frage.« Er überlegte kurz. »Wie wäre es mit übermorgen?«, fragte er sie dann.
»Das ist aber noch lange hin.«
»Desto länger kannst du dich drauf freuen.«
»Meinst du, er freut sich auch, mich zu sehen?«
»Natürlich tut er das, mein Schatz.«
»Kann er mich denn überhaupt sehen? Er hat immer die Augen zu, wenn ich da bin«, fragte Mila.
»Ja. Da hast du recht«, sagte Igor. Nadja glaubte ein Zittern in seiner Stimme wahrzunehmen. »Er schläft viel. Aber er freut sich. Ganz bestimmt.«
Damit gab sich Mila zufrieden. »Ich bin ganz viel geschwommen heute.«
»Das hast du sehr gut gemacht. Du wirst immer besser. Wie heißt das Sprichwort?«
Mila überlegte kurz. Ihre Kulleraugen schossen in alle Richtungen. Schließlich schnipste sie aufgeregt mit den Fingern. »Ich weiß es, glaub ich! Übung macht den Meister?«
»Genau.« Igor lächelte.
»Warum warst du so böse am Telefon?«
»War ich böse?«
»Ja.« Mila nickte vorsichtig.
»Nadja, was sagst du? Stimmt das.«
»Ja, du warst böse.«
Das ließ Igor eine Weile wirken. »Ja, ihr habt recht. Ich war böse.«
»Warum?«, fragte Mila.
»Du hast mir doch mal von deinem doofen Mitschüler erzählt. Wie hieß er noch mal?« Igor tat so, als würde er nicht drauf kommen. Nadja war sich sicher, dass er ganz genau wusste, wer seine Tochter ärgerte.
»Paul.«
»Ja, genau. Paul. Und was hat der noch mal gemacht?«
»Er war gemein und hat mich geärgert.«
»Genau. Und ähnlich ging es mir eben am Telefon. Da war so ein doofer Mann, der mich geärgert und genervt hat.«
»Ach so.«

Igor sah sie an. Sein ganzer Ärger war verflogen. Ein milder, fast schon weicher Ausdruck lag auf seinem Gesicht, als er seine Tochter betrachtete. Sie war seine Tochter aus seiner ersten Ehe in Ungarn. Nadja hatte ihre Mutter noch nie gesehen. Igor hatte sie auch kaum erwähnt. Auch die zweite Ehe hatte nicht lange gehalten. Aber sie war ja selber auch nicht gerade eine Expertin in langen Beziehungen. Er liebte Mila von ganzen Herzen, das wusste Nadja. Genauso wie seinen Bruder. Sie selbst mochte er wohl auch.
»Du, Schatz. Ich muss was mit Nadja besprechen. Warum gehst du nicht zu Anton ins Restaurant, wo wir gestern gegessen haben?
»Da wo es die leckeren Pommes gab mit Majo?«
»Genau. Er hilft dir bei den Mathe Aufgaben und dann macht ihr ein Brettspiel.«
Nun war Mila ganz neugierig. Sie wippte auf ihrem Stuhl und ihre kleinen Füße schlugen aneinander. »Was für ein Spiel?«
Igor musste erst mal überlegen. »Mensch ärgere dich nicht.«
»Das ist doof.«
»Warum?«
»Ich ärger mich da immer.«
Igor ließ sich ihren Einwand durch den Kopf gehen. »Hm … dann versuch dich doch einfach mal nicht zu ärgern. Ist viel einfacher. Und dann ärgert sich der andere viel mehr.«
Mila sah das ein und nickte langsam.
»Bekomm ich dann auch Pommes?«
»Ok. Du bekommst deine Pommes. Einen ganz großen Teller.«
»Mit viel Majo?« Ihre Augen leuchteten.
»Ja, mit viel Majo. Aber vorher machst du deine Hausaufgaben. Sind wir im Geschäft?« Er reichte seiner Tochter die Hand. Sie schlug ein und flitzte ins Restaurant zu seinem Geschäftspartner.
Er nickte Nadja zu und kam sofort zur Sache. »Wir haben ein paar Probleme.«

»Ich weiß. Die Razzia.«
»Genau. Wir mussten einiges verschwinden lassen. Das war kostspielig.«
»Hat jemand geredet? Was meinst du?«
»Ich weiß es nicht. Ich vertraue nur meiner Familie und dir.«
»Vertraust du Maik?
»Ich habe doch gerade gesagt, wem ich vertraue.«
»Er ist ein kleiner Nazi. Warum beziehst du ihn so ein?«
Igor zuckte mit den Schultern. »Er ist mir nützlich«, sagte er. »Noch.«
»Du arbeitest sonst nicht mit solchen Typen.«
»Ich will wissen, was die treiben. Außerdem brauchen wir bessere Kontakte. Wir brauchen mehr Geld.«
Das war für Nadja nichts Neues. Schon vor Igor hatten reiche Männer zu ihr gesagt, dass sie mehr Geld bräuchten.
»Ich will einen Neuanfang. Für mich und meine Tochter«, fuhr Igor fort.
»Willst du das alles hinter dir lassen?«
»Das meiste, ja. Meine Tochter braucht ein Vorbild.« Er sah Nadja an. »Ich glaube, dir würde das auch guttun.«
»Meinst du, du kannst Maik kontrollieren?«
»Sag du es mir. Du hast ihn doch abgecheckt.«
Das hatte Nadja in der Tat. Sehr gründlich sogar. Manchmal genoss sie es geradezu, Grenzen zu überschreiten. Mit Maik zusammen. In jeglicher Form.
Sie hatte es bei Lisa gespürt. Die Frau schien ja ganz anständig zu sein. Jedoch hatte sie auf Nadja auch einen eingebildeten Eindruck gemacht. Nadja mochte Frauen nicht, die nicht wussten, wann sie ihre Schnauze zu halten hatten. Deswegen hatte sie auch diese Grenze gern mit Maik überschritten. Eigentlich sollten die beiden ja Lisa nur ein bisschen einschüchtern, um Frank abzumahnen. Doch dann musste Maik ja so übertreiben mit seinem Nazigetue. Daraufhin musste die Lisa so eine Szene machen. Die hätte sich mal nicht so anstellen sollen, fand Nadja. Es gab schlimmere Typen als Maik und so hässlich war er nun auch nicht. Beides wusste Nadja aus

eigener Erfahrung. Trotzdem hatte sie ein komisches Gefühl in der Magengegend.
»Ja, habe ich. Er hat sich allerdings wieder geändert. Nicht gerade zum Guten. Ist viel verrückter geworden.«
»Er hat Potenzial.« Igor schälte eine Kartoffel, bevor er Nadja wieder ansah. »Nicht ganz so viel wie du. Aber es lässt sich was damit anfangen.«
»Viel weniger als ich. Du überschätzt ihn. Er ist noch fast ein Knirps. Er hat keine Power.«
Igor lächelte sie kurz an und schälte dann die Kartoffel zu Ende.
Nadja merkte, dass sie Maik mochte und gleichzeitig hasste. Das war schon von Anfang an so gewesen. Aber sie konnten bis jetzt gut zusammenarbeiten. Sie hatten sogar Spaß dabei.
Ein älterer Badegast kam und deutete auf den leeren Stuhl, wo vorhin noch Mila gesessen hatte. »Brauchen Sie den noch?«
»Verpiss dich«, sagte Nadja, während Igor eine weitere Kartoffel schälte. Pikiert suchte der Gast das Weite.
Nadja sah, dass Igor die Kartoffel immer weiter verstümmelte. Seine Hand war verkrampft. »So geht das nicht«, murmelte er und schüttelte den Kopf. »So nicht, Frank.« Er lief rot an.
Nadja dachte, dass er vielleicht selber den Ratschlag befolgen sollte, den er seiner Tochter gegeben hatte. Aber Igor steigerte sich wieder in seinen Ärger hinein. Er zog ein langes Messer und hackte wie ein Berserker die Birne auf dem Obstteller in Stücke.
»Was ist denn los?«
»Hol Maik.«
»Der ist beschäftigt. Das weißt du doch.«
»Ist mir egal.«
Nadja hatte eigentlich keine Lust, wieder Maiks Tätowierungen zu sehen. Igor hatte ihm eins seiner Mädchen aufs Zimmer geschickt. Sie sollte ihm einen Eistee bringen. Unter anderem.
Nadja sah auf den Sparschäler in Igors Hand. Er hatte dieselbe Form und Farbe, wie der Sparschäler vor zwei

Tagen. Da hatte Igor ein klärendes Gespräch mit einem abtrünnigen Geschäftspartner geführt. Da hatte sie gelernt, wie man so ein Haushaltswerkzeug auch effektiv als Waffe nutzen konnte. Igor hatte es am Gesicht des Mannes demonstriert.
»Jetzt hol ihn schon her.«
»Der verarscht dich. Scheiß drauf. Scheiß auf Frank«, sagte Nadja leichthin und versuchte, ihre eigene Erregung zu unterdrücken.
Igor nahm ein größeres Stück Birne von dem Obstteller und warf es sich in den Mund. Nadja beobachte ihn bei seiner Schluckbewegung und fragte sich, ob er das Obststück vorher überhaupt gekaut hatte. Sie legte nach.
»Ach komm. Lass dir die Laune nicht verderben. Vergiss ihn einfach«, sagte sie und hoffte, dass er es nicht tat.
»Nein«, sagte Igor und schälte das Gemüse in seiner Hand weiter. Die Kartoffel war hinüber. »Ich will ihn sehen.«
Nadja wusste, dass es nun endlich so weit war. Nun war Igor sauer. Nun war seine Höflichkeit ausgereizt. Frank war fällig. Sein Gesicht würde bald so aussehen, wie die verstümmelte Kartoffel in Igors Pranke. Wenn er Glück hatte. Wenn er den heutigen Abend überleben sollte.

8

Ich wartete auf Frank. Nun hob ich gerade ein benutztes Taschentuch auf, was mit meinem Gepäck auf dem Rücken gar nicht so einfach war. Ein Schlafsack hing an meiner Schulter. Ein großer Reiserucksack war auf meinen Rücken geschnallt. Ich schmiss das Taschentuch in den Mülleimer. Nun war wieder Ordnung und das Stechen in meiner Brust ließ nach.
Ich konnte es kaum erwarten, den Schriftsteller zu treffen. Doch Frank hatte sich unerwartet für die andere Richtung entschieden und war nicht zurück zu seiner Wohnung gegangen, wo ich vor der Haustür auf ihn wartete.
Ich stand im Innenhof von dem Wohnblock und hatte trotzdem eine gute Aussicht auf die Rigaer Straße und ihr geschäftiges Treiben. Und auf Frank. Dieser schien ziemlich verzweifelt zu sein. Eine Frau vor dem Kiosk hatte irgendetwas zu ihm gesagt und schon war er auf der Bank in sich zusammengesackt. Ich beobachtete das alles. Ich konnte natürlich nicht genau wissen, was die Frau da zu ihm gesagt hat. Vielleicht war der reiche Prolet von Schriftsteller es auch einfach nicht mehr gewohnt, eine Abfuhr zu kriegen, und meinte nun sich wie ein kleines Kind benehmen zu müssen. Für mich sah es so aus, als hätte Frank geweint. Auch ein anderer Mann hatte Frank beobachtet. Allerdings wohl eher aus Sorge und Wohlwollen im Gegensatz zu mir. So ein Vollmondschädel mit Hut und Brille. Er hatte versucht, Frank anzusprechen, wohl um ihn zu beruhigen. Dieser hatte ihn dann weg gewedelt wie eine lästige Fliege. So dankte es Frank den Leuten, wenn sie es gut mit ihm meinten. Ich hingegen meinte es nicht gut mit ihm. Frank sollte Buße tun. Frank sollte bluten, für das, was er dem armen Mädchen angetan hatte.
Aber nun war er wieder unerwartet in die andere Richtung gegangen und mir wurde langsam kalt. Ich war an Kälte gewöhnt. So weit es ging. Das war auch gut so, denn ich hatte schon vor einiger Zeit meine Wohnung

verloren. Meine Familie und die weiteren Verwandten konnten und wollten meinen Werdegang ins Elend nicht weiter unterstützen. Was ich ihnen nicht verübeln konnte. Auch mit dem Amt habe ich es mir verscherzt. Nach zahlreichen Sanktionen, die ich auch zum großen Teil ganz bewusst selber provoziert hatte. Die letzten Wochen lebte ich von meinen restlichen Ersparnissen und war in meinem alten Wagen durchs Land gefahren. Der graue Kleinstwagen war zu meiner neuen Bleibe geworden. Nur war die Heizung im Wagen ausgefallen. Ich hatte das Kühlwasser schon öfter ausgetauscht. Es hatte nichts gebracht. Auch mein Rücken und der Nacken waren mittlerweile vom Schlafen im Wagen strapaziert. Ich spürte es immer noch. In Berlin war es sowieso recht schwierig, für längere Zeit irgendwo zu parken. Das Problem allerdings war, dass ich seit einem Saufgelage überhaupt nicht mehr wusste, wo ich meinen Wagen geparkt habe. Aber die alte Kiste hatte sowieso ausgedient.
Seit ein paar Tagen schlief ich abwechselnd in irgendwelchen Notunterkünften oder Bahnhöfen. Dabei klaute ich mir einiges zusammen. Dietrich ein Obdachloser, der älter und schmächtiger war als ich, war ein gutes Opfer gewesen. Ich habe ihn mehrmals abgezogen. Viele hatten Mitleid mit Dietrich gehabt, besonders wegen seines Alters und der Kälte. Ich habe also einiges in neuen Alkoholvorrat investieren können. Dank Dietrich. Auch ich selber war im Betteln ganz gut. Die Kälte weckte das Mitgefühl der Bürger. In den ersten Tagen hatte ich Zeitungen verkauft und den Leuten die Tür aufgehalten. Nur irgendwann reichte es mir, demütig auf den Boden zu starren und ich beschloss eine andere Strategie. Ich rückte den Leuten so auf die Pelle, dass sie mir einfach etwas gaben, um ihre Ruhe zu haben. Bei manchen klappte es, bei manchen wieder nicht. Aber es machte mir eindeutig mehr Spaß.
Eine jüngere Frau, die sich aus einer Gruppe vor einem thailändischen Restaurant gelöst hatte, lief nun im Innenhof an mir vorbei. Betont darauf bedacht Abstand von mir zu halten. Das führte mich gleich doppelt in Ver-

suchung. Ich konnte ihren Ekel und ihre Angst riechen. Sie würde mir schnell was geben. Außerdem habe ich einen guten Pegel intus. In solchen Momenten geilte es mich auf, wenn jemand Angst vor mir hatte. Im normalen Zustand hingegen wäre es mir zuwider gewesen. Aber allmählich änderte sich das auch. Ich wurde abgestumpfter. *Du wirst immer tiefer fallen.* Da war sie wieder, die Stimme in meinem Kopf. Mal sehen, wie lange ich sie heute ausblenden konnte. Ich fixierte meine Beute. Sie war recht dünn angezogen. Trotz des Wetters. Aber sie wohnte hier ja auch irgendwo. Ich versuchte, dicht an ihr dran zu bleiben.
»Eine kleine Spende oder etwas zu essen?« Mein Magen knurrte. Ich habe Hunger. Das machte mich zusätzlich aggressiv.
Sie schüttelte mit dem Kopf, ohne mich zu beachten, und beschleunigte ihre Schritte. Das machte mich noch geiler. Geräuschvoll zog ich Schleim hoch.
»Lady, ich habe Sie etwas gefragt.«
»Und ich habe Nein gesagt«, sagte sie.
»Hast du nicht und du meinst doch eigentlich Ja.« Ein dreckiges Lachen folgte von mir. Dann ein trockenes Husten.
»Gehen Sie weg. Bitte.«
Ich befolgte den Befehl. Nicht weil ich ihre Bitte respektierte oder weil es langweilig wurde. Ich sah eine andere Dame aus dem Augenwinkel, die sich an der Haustür von dem Gebäude, wo auch Frank wohnte, mit einem Schlüssel zu schaffen machte. Sie schloss die Tür auf und ich rannte los. Sie trug Ohrenstöpsel, hörte irgendeinen Popsong und tippte irgendetwas in ihr Handy, dass sie mich gar nicht bemerkte als ich nun dicht hinter ihr stand. Ich begutachtete ihre enge Röhrenjeans, während ich mich nach ihr hinein schlängelte. Jetzt bemerkte sie mich doch, bedachte mich mit einem Stirnrunzeln, um sich dann wieder ihrem Mobiltelefon zu widmen. Sie lief die Treppe weiter, während ich im zweiten Stock vor Franks Tür stehen blieb. Ich wusste noch immer genau, dass er hier wohnte.

Ich stand vor der Tür und konnte mein Glück nicht fassen. Frank schien viel mehr durch den Wind zu sein, als ich vorhin beobachtet hatte. Seine Tür stand offen.
Nicht, dass ich so eine Zerstreutheit nicht schon öfter bemerkt habe. Ich war oft die letzten Wochen durch Brandenburg gefahren und hatte an Seen gehalten. Die reichen Schnösel, die dort am Ufer Häuser bezogen hatten, fühlten sich wohl besonders sicher und unantastbar. Selbst im Winter ließen die Leute in ihren Wochenendhäusern öfter ihre Tür einfach offen stehen, während sie im Wald spazieren waren oder Ähnliches. Durch deren Arroganz habe ich fette Beute machen können. Schade, dass ich alles wieder versaufen musste. Das ging immer sehr schnell.
Hier würde ich jedoch nicht einfach mit Diebesgut wieder unbemerkt hinausspazieren. Das hier würde viel länger dauern. Das hier war persönlicher.
Ich stieß mit einem langen Seufzer Luft aus. Warme Heizluft schlug mir schon hier im Treppenhaus aus Franks Wohnung entgegen. Aber ich musste vorsichtig sein. Vielleicht lebte Frank inzwischen nicht mehr allein. Ich zog wieder Schleim hoch, um meine belegten Stimmbänder zu befreien. Jetzt musste ich erst einmal seriös vorgehen.
»Hallo? Jemand zu Hause?«, sagte ich mit der förmlichen Stimme eines Verkäufers.
Keine Antwort.
Ich versuchte es noch einmal. Meine Rufe blieben weiterhin unerwidert.
Ich beschloss, es zu riskieren und in Franks Wohnung einzudringen. Langsam betrat ich sie. Ich überlegte, erst die Tür hinter mir ran zu ziehen, entschied mich dann aber sie offen zulassen. Frank sollte ruhig Zeuge seiner eigenen Dummheit werden.
Im Hausflur brannte eine Energie Sparlampe, was für mich nicht so viel Sinn machte, wenn man sie brennen ließ. Auch die Tür zum Wohnzimmer stand offen. Ich schaute nach. Alles war dunkel. Hier hatte Frank nicht vergessen, dass Licht auszumachen. Ich tastete an den

Wänden neben dem Türrahmen nach dem Lichtschalter. An der linken Wand wurde ich fündig und betätigte ihn. Das Licht blendete mich. Ich musste ein paar Mal blinzeln. Als erstes sah ich ein rotes Ledersofa. Frank schien eine Vorliebe für diese Farbe zu haben. Bis auf die weißen Wände und die Schränke war fast alles rot. Auch der Teppich.
Impressionistische Bilder von ländlichen Landschaften hingen überall an den Wänden. Gemalte Obstplantagen, Felder und Gutshöfe. Mir gefielen sie nicht. Viel zu einfallslos und trist. Vielleicht erinnerten sie mich aber auch zu sehr an meine eigene Kindheit.
Plakate von Filmen aus den Siebzigern brachten wiederum etwas Pep rein.
Ein antiker Schreibtisch stach besonders heraus. Darüber Zeitungsartikel. Ein Dutzend. Ich überflog sie kurz. Natürlich handelten alle von Frank selbst.
Die Wohnung war sehr aufgeräumt. Mir gefiel das. Ich fühlte mich gleich besser.
Ich probierte die nächste Tür neben dem Wohnzimmer aus. Hier brannte wieder Licht. Ich schüttelte resigniert den Kopf. Es war ein Ankleideraum mit zwei begehbaren Kleiderschränken, einer Waschmaschine sowie einer alten Kommode. Ich machte das Licht wieder aus und probierte den nächsten Raum, der wieder dunkel war.
Als ich dort den Lichtschalter betätigte, sah ich das Schlafzimmer. Das war schlichter gehalten. Ein Bett, ein Nachttisch und ein Sessel. Zudem ein großes Bücherregal. Ein paar Klassiker, Sachbücher aber auch moderne Literatur. Zuletzt natürlich Franks eigenes Buch in mehreren Ausgaben und Auflagen. Diese nahmen einen beträchtlichen Teil seines Regals in Anspruch. Auch im Schlafzimmer war niemand. Ich pfefferte meinen Schlafsack aufs Bett. Frank würde sich an ihn gewöhnen müssen. Ich wollte nicht mehr zurück in die Kälte gehen.
Jetzt war Frank dran. Er musste bezahlen. Wir würden teilen, ob er wollte oder nicht. Frank würde jetzt seinen Besitz mit mir teilen müssen. Dafür würde ich ihm die Hälf-

te von meinem Leid abgeben. Das war ein guter Deal, fand ich. Das war ich ihm schuldig.

Auch als ich auf der anderen Seite von dem Wohnzimmer aus in die Küche trat, die wieder sehr luxuriös ausgestattet war, fand ich keinen Menschen vor. Aber eine große Auswahl an Weinen und Spirituosen. Darauf würde ich noch zurückkommen. Ich habe schon eine gute Menge intus. Sollte ich noch mehr saufen, würde ich wahrscheinlich direkt einschlafen. Alles schrie danach. Mein Körper. Mein Kopf. Meine Seele. Aber ich musste mich beherrschen. Ich brauchte einen klaren Kopf, wenn ich Frank gegenüber trat.

Jetzt blieb nur noch das Badezimmer. Ich trat an die geschlossene Tür und lauschte. Vielleicht war Franks neue Perle am duschen und hat mich deswegen nicht gehört? Aber ich hörte kein entsprechendes Geräusch. Also betrat ich auch das Bad. Eine riesige Badewanne und eine begehbare Dusche mit mehreren Duschköpfen erwarteten mich. Zusätzlich eine großzügige Sammlung an kosmetischen Artikeln auf der Ablage. Ich richtete notgedrungen ein paar der Hautcremedosen, sodass sie gerade in einer Reihe standen, und sah mich um. Besonders hatte Frank in Parfüms und Haar-Gele investiert.

Ich zog als Erstes meine Handschuhe aus.

Ich ging zum Waschbecken, drehte den Wasserhahn auf und ließ warmes Wasser über meine steif gefrorenen Hände laufen. Es brannte wie die Hölle, besonders an den Fingerkuppen. Aber wenigsten lebten sie jetzt wieder.

Anschließend spritzte ich mir Wasser ins Gesicht. Am liebsten wollte ich ein Bad nehmen und mich reinwaschen. Mein ganzer Körper sehnte sich danach, vom Dreck erlöst zu werden. Ich blieb hart und stoppte auch meinen zweiten Drang. Denn zum einen könnte ich in dem jetzigen Zustand in der Badewanne einschlafen und gegebenenfalls ertrinken. Zum anderen sollte mich Frank genauso wahrnehmen wie ich jetzt war. Mit all seinen Sinnen. Er sollte an meinem Gestank ersticken und das sollte erst der Anfang sein.

Mich überkam Schwindel. Ich stützte mich auf das Waschbecken und betrachtete mich im Spiegel. Sah noch ein paar Reste von dem stattlichen jungen Menschen, der ich mal gewesen war. Der Alkohol, das Wetter und der Dreck hatten schon einiges zerstört. Meine Nase, wenn ich sie überhaupt noch als Nase bezeichnen konnte, war dreifach gebrochen. Durch eine Sauftour war ich schon zu Zeiten meines Autoaufenthaltes mal im Freien eingeschlafen. Unter einer Unterführung war eine Gruppe Jugendlicher auf mich gestoßen, die nicht so viel für Obdachlose übrig hatte. In ihren Augen war ich ein Untermensch gewesen, ein Stein im Getriebe des Systems auf den man ruhig mal treten konnte. Ich hatte zu viel Alkohol intus gehabt, um mich zu wehren, also hatten sie einen Tanz auf meinem Gesicht vollzogen. Der Arzt hatte meine Nase nur halbherzig wieder hergerichtet. Ich war mir nicht mal sicher, ob Frank mich überhaupt noch wiedererkennen würde.
Ich ging ins Wohnzimmer zurück. Scheinbar schien Frank seiner Heizung alles abverlangt zu haben oder ich war Wärme schlichtweg nicht mehr gewöhnt, denn ich fing an stark zu schwitzen. Hunger habe ich auch, aber mein Magen musste weiter leer bleiben. Ich würde mich sonst so vollfressen, dass ich träge werden würde. Nein, ich musste weiter hungrig bleiben. Hungrig und aggressiv. Ich legte meinen Rucksack ab, möglichst bedacht, dass er gerade lag, und ließ mich auf dem roten Ledersofa nieder. Der Ausschlag auf meinem Rücken fing wieder an zu jucken. Ich schälte mich aus meinen Klamotten, bis ich Oberkörper frei auf dem Sofa saß, um mich mit meinen langen Fingernägeln zu kratzen. Vor mir stand ein Glastisch. Ich legte meine Füße dort ab. Ein bisschen konnte ich mich hier ja auch zu Hause fühlen. Frank schuldete mir genug, um mir einiges abzugeben.
Eigentlich hatte ich schon längst vorgehabt mich zu Tode zu saufen. Vor ein paar Tagen war für mich der richtige Zeitpunkt gewesen. Ich hatte mir diese Gegend dafür ausgesucht. Sie hatte auch gute Erinnerung für mich gehabt. Meine zweite große Liebe Lisa habe ich hier ken-

nengelernt. Ein bisschen hatte ich mir wohl insgeheim erhofft sie noch mal wiederzusehen. Vielleicht hätte sie mich noch retten können. Stattdessen aber habe ich Frank wieder gesehen.
Ich war an einer Kaffeestube vorbeigelaufen und hatte ihn durch die Glasscheibe gesehen. Mit einer lachenden jungen Frau. Braungebrannt und sicher einige Jahre jünger als er. Natürlich hing sie an seinen Lippen, während er aufgeplustert wie immer und groß gestikulierend irgendwas erzählt hatte. Vielleicht einen Witz wie früher. Er selbst lachte immer am lautesten über seine Pointe, bevor seine Zuhörer höflich in sein brüllendes Gelächter eingestiegen waren.
Frank war wieder in seine alte Wohnung zurückgezogen, die ich gut kannte. Denn ich war schon mal hier gewesen. Ich atmete tief aus und betrachtete dabei meine hervorspringenden Rippen.
Nun musste Frank bezahlen. Ich bezahlte schließlich auch jeden Tag für meine Tat. Die Hölle war mein ständiger Begleiter. Nun war es auch für Frank Zeit, seinen Beitrag zu leisten. Er würde mit Zinsen zahlen, für das, was er dem Mädchen angetan hatte. Genau wie ich selbst. Bis jetzt hatte Frank nur davon profitiert. Dafür sollte er meinen ganzen Zorn zu spüren bekommen. Ich werde wie ein Taifun über ihn kommen. Ich werde ihn vernichten, so wie ich schon mal ein unschuldiges Leben vernichtet habe. Nur war Frank nicht unschuldig. Er war das Gegenteil. Ich wusste, was meine Wut anrichten konnte. Frank wusste es auch. Ich hatte ja schon mal getötet. Es gab kein Zurück mehr. Das Feuer wartete auf mich. Jetzt sollte auch Frank brennen.

9

15 Jahre vorher 30. Juni 2003

Pauline tat der Nacken weh. Die Decke im Keller war sehr niedrig. Sie hatte ihren Vater oft fluchen gehört, wenn er den Raum entrümpelt hatte. Mittlerweile konnte sie das immer besser nachvollziehen. Ständig stieß sie hier mit dem Kopf an. Sie war nicht sonderlich groß. Aber ihre Größe reichte schon aus, dass sie keine Möglichkeit fand, hier aufrecht zu verweilen. So bekam er dann doch noch seinen Willen. Ob sie wollte oder nicht, sie musste ihr Haupt senken.

Sie spürte deutlich die kleinen Füßchen der Spinne auf ihrem Unterarm, die sich zielgerichtet nach oben arbeitete. Früher hätte Pauline unentwegt geschrien, bis sie keine Stimmbänder mehr zur Verfügung gehabt hätte. Klaus, ein Sandkastenfreund von ihr, der sie immer gerne mit irgendetwas neckte, hatte ihr erzählt, dass manche Spinnen auch in der Lage waren unter die Haut zu kriechen und dort Eier zu legen. Er sagte ihr, dass sie irgendwann eine Spinnenmutter werden würde, wenn ihr Vater sie weiterhin in den Keller sperrte.

Nun war sie schon seit zwei Tagen hier unten. Ihr Vater Ernst hatte mal wieder seinem Vornamen alle Ehre gemacht. Und das alles nur weil sie verliebt war. Natürlich hatte sie auch eine Sünde begangen. Sie hatte vor der Ehe Geschlechtsverkehr mit Gerald gehabt. Aber es war doch nichts Schmutziges daran gewesen. Sie hatten es aus Liebe getan. Und diese Liebe war rein und frei von Sünde, dachte Pauline. Gott hatte sie schließlich mit dieser Liebe erschaffen. Und Gerald auch. Und was jetzt seit ein paar Monaten in ihr heranwuchs, war auch ein Geschenk Gottes. Ein Geschenk der Liebe.

Viel ging es ja auch um Liebe bei den Konzerten, zu denen Ernst sie immer mitgenommen hatte, wenn er in den Süden von Deutschland fuhr. Er stand schon länger mit Korben in Verbindung. Auch Pauline hatte bis vor Kurzem den Amerikaner gemocht. Bis zu der heftigen

Aussprache vor ein paar Monaten. Seitdem hasste sie ihn. Besonders nach dem er Gerald im Feld zu Boden getreten hatte. Zudem stellte sie mittlerweile fest, dass jedes Treffen mit Korben ihren Vater veränderte und das nicht gerade zum Guten. Er wurde immer ernster, kleinlicher und Pauline musste immer öfter Tage im Keller zubringen so wie jetzt.

Sitzgelegenheiten hatte sie wenigstens genug. Überall standen Kartons voller Bücher, die ihr Vater schon mal aussortiert hatte. Bücher, die voller geschriebener Sünde waren. Voller Verlockungen, welche direkt in die Hölle führten. Pauline wunderte sich, dass ihr Vater diese Bücher noch nicht verbrannt hatte. Auch war es merkwürdig, dass all diese Bücher vor ihrer Nase standen. Hatte er sie schon aufgegeben? Allerdings konnte sie hier sowieso kaum etwas erkennen, bei dem schwachen Schein der Petroleumlampe.

Pauline hatte das Gefühl, dass irgendetwas quer in ihrem Hals steckte und musste husten. Überall lag Staub. Die Spinne, die nun unter ihren Blusenärmel gekrochen war, versuchte sie, zu ignorieren. Sie stand ganz still da und stellte sich vor, sie wäre unsichtbar. So wie sie es bei den Gefühlsausbrüchen von Ernst gelernt hatte. Manchmal funktionierte das. Manchmal nicht. Aber sie musste stark bleiben. Bald würde sie Mutter sein. Es war noch nicht viel von außen zu sehen, obwohl die Schwangerschaft schon fortgeschritten war. Sie trug ja auch meistens weite Kleidung und war nicht gerade zierlich. Trotzdem hatte Ihre Mutter es mit bekommen. Wohl aus eigener Erfahrung. Ihr Vater wusste nichts. Wenn er es herauskriegen würde, da war sich Pauline sicher, konnte sie davon ausgehen bis zu ihrem Ende in diesem staubigen Keller zu verrotten. Der Arzt würde nichts sagen. Auch ihre Mutter würde nichts verraten, da war sich Pauline sicher. Sie war schon recht entsetzt gewesen. Aber da Ernst dazu neigte, ihrer Mutter für jegliche Umstände auf dieser Welt die Schuld zu geben, war sie wahrscheinlich auch nicht so erpicht darauf ihm reinen Wein einzuschenken.

Von oben hörte sie Gepolter und laute Stimmen. Entweder hatte ihr Vater wieder Besuch von ein paar Trinkgenossen, oder er ging gerade ihre Mutter an. Pauline hoffte, dass nicht der Kopf ihrer Mutter Ursache für das Gepolter war. Wenn sie einen Schwächeanfall hatte, war sie manchmal einfach wie ein nasser Sack zu Boden gefallen. Da ihre Mutter früher einiges an Masse vorzuweisen hatte, gab es dann schon die ein oder andere Erschütterung. Doch mittlerweile hatte sie ja reichlich an Gewicht eingebüßt. Wenigstens hatte Ernst einmal nicht auf Korben gehört und war mit ihr vor ein paar Tagen beim Arzt gewesen. Der hatte jedoch nichts körperlich Gravierendes feststellen können. Sie sollte mehr auf die Ernährung achten und sich nicht so viel Stress aussetzen. Leichter gesagt als getan. Meistens fiel sie um, wenn sie sich mit ihrem Mann länger gestritten hatte. Vielleicht war sie auch gar nicht von alleine umgefallen? Diese Frage hatte sich Pauline schon öfter gestellt. Sie hatte es ja nie mit eigenen Augen gesehen. Aber sie glaubte es eigentlich nicht. Ernst machte so was mit Worten. Er konnte schon fast so giftig sein wie Korben. Nur mit Pauline redete er mittlerweile kaum noch. Sie sperrte er in den Keller, wenn er die Nase voll von ihr hatte. Ernst wollte ihr anscheinend auch seine Trinkgelagen ersparen. Wahrscheinlich um ihr so ein christliches Vorbild zu sein, schätzte Pauline.
Je fanatischer ihr Vater wurde, desto mehr fiel Pauline von Glauben ab. Wofür sie sich hin und wieder schuldig fühlte. Denn sie glaubte fest an Gott und Jesus. Zumindest noch. Manchmal, wenn sie ewige Stunden allein mit den Spinnen und den beunruhigenden Geräuschen war, begann sie sich Sorgen zu machen. Dann kamen die Zweifel und Ängste. Aber bald musste sie von dem Ganzen hier nichts mehr ertragen und hören. Bald würde Gerald sie mit nach Berlin nehmen. Sein Kumpel Frank zog dort nämlich hin und er wollte sie auch mitnehmen. Gerald wollte noch mal alles mit ihm besprechen. Aber es war so gut wie sicher, hatte er gesagt.

Es lag eine schwüle Hitze in der Luft. Pauline war in dieser Hinsicht sogar dankbar, dass sie in diesem kühlen Keller ausharren musste. Wobei sie unentwegt eine leichte Gänsehaut hatte, wenn sie an Gerald mit seinen schönen Grübchen, ihr Kind, welches nur schön werden konnte, und an Berlin dachte. Berlin, die Stadt der Sünde. Da würde Ernst endgültig das kalte Kotzen kriegen. Auch Korben hatte bei einer seiner Predigten vor Berlin, dem Sündenpfuhl, gewarnt. Doch Pauline hatte keine Angst mehr. Selbst wenn es eine schlimmere Hölle als hier in diesem kalten, trostlosen Ort wäre. Es konnte nur wärmer werden. Eine Sorge hatte sie dennoch. Gerald hatte auf die Neuigkeit eher verhalten reagiert. Fast schon resigniert. Dabei hatten sie schon so oft über gemeinsame Kinder gesprochen. Bei dem letzten Treffen war er noch reservierter aufgetreten. Eine eigenartige Stimmung ging von ihm aus. Besonders wenn es um das Kind ging. Dann war er manchmal ganz schön fahrig, fast schon abweisend. Aber vielleicht war er ja auch einfach nur aufgeregt. Oder er hatte Angst vor der neuen Verantwortung. Er war ja noch jünger als sie. Und Mädchen waren ja bekanntlich reifer. Vielleicht fiel ihm auch einfach noch der Schritt schwer, ein Mann mit Verantwortung zu werden. Was verständlich war. Er war zwei Jahre jünger als sie und wirklich noch ein Kind. Oft benahm er sich ja auch dementsprechend. Aber wenigstens würde er sein Kind lieben und niemals in so einen dunklen Keller sperren. Auch da war sich Pauline sicher.
Sie hoffte, dass sie bald hier rauskam. Dann konnte sie mit Gerald ihre Flucht planen. Sie glaubte nach wie vor an Himmel und Hölle. Es machte ihr immer noch große Angst. Aber vielleicht hatte Gerald ja recht. Die Hölle war vielleicht schon mehr oder weniger da und man musste einfach das Beste daraus machen. Sie war sich sicher, dass es in Berlin nur besser werden konnte. Sie sah Gerald vor sich. Irgendwie liebte sie seine Zurückhaltung, die einfach nur süß für sie war. Sie merkte aber auch, dass er immer mehr aufgetaut war, seitdem sie zusammen waren. Sie liebte seine schönen Hände und wunder-

te sich ein bisschen, dass er kein Klavier spielen konnte. Sie mochte seinen Duft. Das Strahlen in den blauen Augen, wenn er lächelte. Und sie liebte die Nähe zu ihm. Gar nicht nur sexuell. Es reichte für sie einfach, den Kopf an seine Schulter zu schmiegen und seine Wärme zu spüren. Oder wenn er ihr durchs Haar strich. Das war es alles wert gewesen. Jede Sünde, die sie dafür begangen hatte. Jede Stunde in diesem Keller mit all seinem Staub und all seinen Spinnen.
Pauline war so in Gedanken vertieft, dass sie gar nicht bemerkte wie sich von außen der Schlüssel im Schloss drehte. Erst als die schwere Kellertür knarrend aufging und ein Mann plötzlich im Keller stand, schreckte sie aus ihren Gedanken. Hinter dem Mann war es dunkel. Der Flur war nicht beleuchtet. Nur der schwache Schein der Petroleumlampe gab etwas von seinem Gesicht preis. Blaue Augen sah sie oder waren sie Schwarz? Jedenfalls schien sein ganzes Gesicht zu lächeln, nur seine Augen nicht, was Pauline etwas gruselig fand. Der Mann kam ihr nicht bekannt vor. Irgendetwas war da schon. Aber sie konnte ihn nicht zuordnen. Es war ihr dann aber auch egal.
»Kann ich endlich hier raus?«
Der Mann lächelte wehmütig, sagte aber nichts.
»Schickt Sie mein Vater?«
Der Mann antwortete nicht. Seine Mundwinkel allerdings zogen sich noch mehr in die Länge.
»Was ist? Kann ich hier raus?«
Keine Antwort.
»Wer sind Sie?«
Das Lächeln wurde noch wehmütiger.
Der Mann wusste mehr als Pauline. Denn sie ahnte nicht, dass Ernst bereits von ihrer Schwangerschaft erfahren hatte und das der Mann hier im Keller sie viel besser kannte, als sie je erahnen sollte.
»Wer sind Sie?«
Der Mann schluckte eine Antwort herunter, um anschließend die Tür abzuschließen.
Von innen.

10

20. Oktober 2018

Frank spürte gleich, dass etwas nicht stimmte, nachdem er die letzten Treppenstufen zu seiner Wohnung erklommen hatte.
Er war noch zweimal um den Block gelaufen um sich abzureagieren, dabei hatte er seine Mails auf dem Smartphone gecheckt und festgestellt, dass der Termin mit seinem Verleger schon heute Abend war. Er war schockiert darüber, wie fahrig er sich schon in letzter Zeit verhielt. Der ganze Stress schien ihm doch mehr zuzusetzen, als er gedacht hatte, und ließ scheinbar sein Gehirn erweichen. Er war dann noch etwas weiter gelaufen. Doch dann wurde es ihm zu kalt. Nun sollte ihm noch kälter werden.
Das komische Gefühl kam zurück. Nachdem die Erleichterung abgeklungen war, dass er gleich von der schneidenden Kälte draußen in die wohlige Wärme seiner gut beheizten Wohnung wechseln konnte. Vor dem Schock kam dann noch die ernüchternde Erkenntnis, dass seine Wohnungstür, während seiner Abwesenheit, die ganze Zeit offen gestanden hatte. Hatte er also den Hausflur gleich mit geheizt, dachte er als Erstes. Hatte er das wirklich vergessen? So viel hatte er doch heute noch gar nicht getrunken. Er hatte schon früher das Problem gehabt, bei zu viel Stress oder Zielen, die ihm sehr wichtig waren, die Schritte dazwischen einfach auszuklammern oder zu vergessen. Scheinbar gehörte es mittlerweile bei ihm dazu, nicht mehr die Tür hinter sich zu zuziehen. Mensch, er war doch noch nicht senil. Er war schließlich gerade erst zweiunddreißig geworden. Frank ärgerte sich maßlos.
Dann kam die Hoffnung. Seine Nachbarin Pia hatte doch einen Zweitschlüssel. Und seit einiger Zeit war ja ihre Beziehung schon über nachbarschaftliche Verhältnisse hinausgewachsen. Darauf hatte er Lust. Gerade nach diesem kalten und stressigen Tag. Je mehr Druck auf ihn ausge-

übt wurde, desto mehr Druck staute sich auch in ihm auf und musste raus. Der Schlachtplan konnte auch noch warten. Igor würde ihm sicher zwei Tage Kulanz einräumen. Sie kannten sich ja schon länger. Außerdem lag auch bald das Treffen mit Herrn Kunz an. Sein Verleger würde sich sicher auf einen Vorschuss einlassen, falls Franks neues Buch wasserdicht war, wovon er überzeugt war. Und selbst wenn es schief gehen sollte. Heute lockte das Leben. Heute lockte Pia. Ihr perfekt geformter Körper und das jugendliche Lächeln konnten sein Herz durchaus aufwärmen. Und nicht nur sein Herz. Gut, dass er eine Flasche von dem guten Rotwein dabei hatte.
Es könnte allerdings auch Lisa sein. Seine Verlobte. Darauf hatte er nicht so Lust. Die war in letzter Zeit nur am Stressen gewesen. Einen weiteren sauren Monolog von ihr musste er sich jetzt nicht geben. Dann sollte er lieber auch gleich seine Weinflasche verstecken. Sie kritisierte gerne in letzter Zeit sein Trinkverhalten. Es reichte nicht, dass er schon sämtliche Süßigkeiten unter ihren strengen Blicken aus seiner Wohnung verbannt hatte. Sie würde ihm auch gleich wieder einreden, dass er sich mehr bewegen musste, weniger Fleisch essen sollte und generell auf alles verzichten sollte, was Spaß machte. Er würde sich das alles wieder brav anhören müssen und der erhoffte Sex danach würde ausbleiben. Nein, das musste jetzt nicht sein.
Dann lieber Pia und ihr jugendlicher Körper. Vielleicht hatte sie sich wieder dieses Parfüm aufgetragen, dass so eine angenehme Note verstreute, ohne dass irgendein chemischer Nebengeruch seine Nasenhäute wegätzte. Er liebte es, wenn dieser Geruch noch nach Tagen an seinen Klamotten haftete. Er musste sie unbedingt fragen, wo sie dieses Parfüm gekauft hatte. Dann konnte er es Lisa schenken, wenn sie sich irgendwann mal wieder vertragen sollten.
Nun strömte aber ein anderer Geruch durch seine Wohnungstür. Ein beißender Gestank, der ihm den Atem raubte. Hatte er nach seinem letzten Geschäft etwa nicht gespült?

Die Antwort fand Frank, als er seine Wohnung betrat und in sein Wohnzimmer ging. Die Antwort war ein heruntergekommener, halb nackter Mann auf seinem roten Ledersofa, der ihn mit gelben Zähnen blöd angrinste. Es sah schon eher wie ein Zähnefletschen aus. Erst dachte Frank, es wäre Maik. Der gleiche trockene Körperbau. Nur dieser Mann war noch dünner.
»Hallo«, sagte der Mann und dehnte dabei das Wort so komisch, als hätte er gerade erst sprechen gelernt.
Frank hätte um ein Haar seine Weinflasche fallen gelassen. Erst kam der Schock. Dann spürte er Angst, die sich erstaunlich schnell in Wut umwandelte. Konnten einen diese Penner nicht einfach mal in Ruhe lassen? Er gab doch jedem schon draußen etwas. Es war zwar Klimpergeld, aber davon konnten sie sich was zu Essen kaufen und das war doch das Wichtigste. Wieso hatte er gerade ihn ausgewählt? Der Altbau war von außen schlicht und unauffällig. Die Häuserwand war rissig und mit Efeuranken bewachsen. Das einzig Schöne an der maroden Außenfassade waren ein paar Graffitis, welche die alte Wand verzierten. Keiner von draußen würde da drin seine gut ausgestattete Luxuswohnung vermuten. Jetzt war er hier und sah das Geld, das Frank gar nicht mehr hatte.
»Verdammte Scheiße! Wer sind Sie?«, schrie Frank, als er sah, wie der Mann seine nackten Füße mit den dreckigen langen Fußnägeln auf seinem teuren Glastisch platzierte. Frank drehte schon durch, wenn einer seiner Gäste Gläser, ohne für einen Untersatz gesorgt zu haben, auf diesen Tisch abstellte. Das machte besonders Lisa gerne und auch Pia musste er dafür schon rügen. Aber die hatte es dann wenigstens verstanden, während seine Verlobte konsequent sein Gebot missachtete. Und nun wuchtete dieser Penner seine Käsestullen, die womöglich seit Monaten keine Hygiene mehr abbekommen hatten, auf seinen Tisch.
»Dreimal darfst du raten«, sagte dieser, ohne sein dreckiges Lächeln aufzugeben.
»Ich kenne Sie nicht«, schrie Frank. Woher denn auch?

»Und was ist mit Pauline?«, fragte der Penner. Hatte der etwa sein Buch gelesen? Frank fragte sich, wie er sich das leisten konnte. Das hatte ihm gerade noch gefehlt. Ein durchgeknallter Fan im Penner-Outfit.
»Was hat das jetzt mit Pauline zu tun? Wollen Sie ein Autogramm, oder was?«, fragte Frank unwirsch zurück.
»Du hast meine Pauline zerstört. Gib mir meine Pauline zurück«, lallte der Mann. Der hat wohl endgültig seinen Verstand versoffen, dachte Frank. Er konnte die Fahne deutlich riechen. Vielleicht sollte er selber sein Trinkverhalten etwas reduzieren. Der Typ war eine Messlatte, die er bestimmt nicht erreichen wollte.
»Was reden Sie da?«
Der Mann lachte bitter. Es klang schon fast, als würde er weinen. »Weißt du nicht mehr, was wir ihr angetan haben?«
Frank klappte der Kiefer auf. *Was wir ihr angetan haben?* Frank fragte sich, wovon der Kerl redete und schluckte eine dunkle Ahnung herunter, die er nicht zuordnen konnte.
»Was soll ich denn getan haben?«
»Das solltest du doch selbst am besten wissen.«
»Jetzt reicht es aber! Sagen Sie mir endlich, was Sie wollen?«
Der Typ kratzte sich am Rücken, anstatt zu antworten. Über seinem Körper lag ein glänzender Film aus Schweiß. Von seiner Stirn tropfte es. Besorgt dachte Frank an sein Sofa und seinen roten Teppich, die nun wahrscheinlich an vielen Stellen mit einer Marinade aus dessen Körpersäften durchtränkt waren. Der Typ kontaminiert meine ganze Wohnung, dachte Frank säuerlich.
»Sie ist in deinem Buch gefangen«, flüsterte der Mann, als würde er ein aufregendes Märchen erzählen. Dabei leuchteten seine blauen Augen sonderbar. Oder waren sie schwarz? Er schien zu den Menschen zu gehören, die je nach Lichteinflüssen, die Augenfarbe wechseln konnten.
Frank schätze den Mann so um die vierzig. Er hatte zwar ein weiches und jugendliches Gesicht, was allerdings

durch den Alkoholkonsum aufgequollen und durch Wettergerbung gezeichnet war. Ansonsten waren seine Züge fast schon mädchenhaft. Seltsamerweise schienen der Suff und sein langer Bart seine jugendliche Ausstrahlung nicht abzumildern. Frank war sich sicher, dass dieser Kerl sich schon seit Jahren ordentlich die Kante gab. Frank sammelte allen Mut zusammen. »Verpissen Sie sich!«. Der Typ schien Franks Aufforderung gar nicht gehört zu haben.
»Ich brauche Hilfe«, entgegnete der Mann seltsam ruhig.
»Na, dann müssen Sie zum Amt!«. Frank war fassungslos. Die Art von dem Typen sich Hilfe zu suchen hätte durchaus subtiler ausfallen können.
»Mit denen will ich nicht reden«, sagte der Mann.
»Die sind dafür aber zuständig. Nicht ich!«, entgegnete Frank kalt.
»Du bist für mich zuständig. Das schuldest du mir. Und noch einiges mehr.«
Frank glaubte, sich verhört zu haben. Er schuldete ihm gar nichts. Er konnte doch nichts dafür, dass es draußen so kalt war und teilweise so elendig zuging auf der Welt. Da konnte sich der Lümmel ja auch mal an die eigene Nase fassen. Zudem hatte Frank ihm auch nicht gestattet, dass er ihn duzen durfte. Als würden sie sich kennen. Und das war nämlich nicht der Fall. Oder doch?
»Was machen Sie in meiner Wohnung, Mann?«, fragte Frank.
Der Mann erhob sich aus dem Sofa.
»Du hast die Tür aufgelassen. Danke für die Einladung.«. Er war recht schmächtig, aber Muskeln zeichneten sich deutlich auf seinem Körper ab. Für den jahrelangen Suff hatte sich der Typ ganz gut konserviert, dachte Frank. Und jetzt wollte er Hilfe. Von Ihm? Die Hoffnung wollte Frank ihm schnell wieder nehmen. »Verschwinden Sie. Sofort!«
Der Typ lachte und Frank konnte ein paar fehlende Zähne in seinem Gebiss ausfindig machen. Er wich zurück. Der Gestank des Mannes war wie eine Phalanx, die Frank fast mit dem Rücken zur Wand trieb. Eine Mischung aus süßli-

chem Alkohol, abgestandenem Schweiß und Blähungen, die nach verdorbenem Zwiebelmett rochen.
»Draußen ist es kalt. Du hast es so gemütlich hier«, sprach der Mann recht feierlich.
Frank hatte die Schnauze voll. »Ich rufe jetzt die Polizei.«. Demonstrativ zückte er sein Handy. Vielleicht fruchtete das ja.
Der Typ lachte wieder. »Aber, aber ...« Der Mann stieß eine weitere dreckige Lache aus. Seine Pupillen sprangen dabei fast aus den Augen.
Nun bekam Frank doch etwas Angst. Wahrscheinlich hatte der Mann nicht viel zu verlieren.
»Was wollen Sie? Ich habe kein Geld!«
Der Kerl schüttelte nur den Kopf. »Da wäre ich mir nicht so sicher.«
Frank deutete bestimmt auf seine Wohnungstür und schnippte mit dem Finger. »Sie gehen jetzt sofort!«.
Der Typ ignorierte ihn und watschelte in Franks Küche. Frank folgte ihm widerwillig. Der Mann hatte einen ausgeprägten Ausschlag auf seinem Rücken. Wie speiende Vulkane schimmerten die eitrig gekratzten Pusteln auf seiner bleichen Haut. Er ging zum Wandschrank, wo Franks Spirituosen aufgereiht bereitstanden.
Frank ahnte Schlimmes. »Was tun Sie denn da? Sie sollen gehen!«
»Ich will aber lieber Schnaps!«
Das hatte Frank gerade noch gefehlt. Der Typ tippte jeden Flaschenhals konsequent mit seinen dreckigen Fingern an, als würde er die Flaschen abzählen. Schließlich war er bei dem Whiskey aus dem schottischen Hochland angelangt. Frank war kurz davor durchzudrehen.
»Das ist ein Single Malt. Fass ihn nicht an!«.
Daraufhin fing der Typ fast an zu sabbern. »Mmmh. Lecker!«
Erst hatte Frank die Distanz gesucht. Aber durch die neue Situation erwachte der Kampfgeist in ihm. Es war, als würden die Spirituosen seine generell nicht vorhandenen Mutterinstinkte aufblühen lassen. Er baute sich drohend vor dem Mann auf. Der beißende Gestank war ihm

nun egal. Da fiel ihm ein Name auf, der dem Typen ein paar Zentimeter über dem hervorspringenden Nabel auf seine Haut tätowiert worden war. *Pauline.* Kurz kam Frank ins Straucheln. Aber das änderte sich, als der junge Mann mit seinen gelbbräunlichen Pranken den Single Malt endgültig umklammerte. Dann öffnete er ihn auch und setzte die Flasche an seine aufgesprungenen Lippen. »Nein! Bitte! Tun Sie es nicht!!«, flehte Frank und sah in Zeitlupe die Flasche nach oben wandern. »Der war sehr, sehr teuer«, keifte Frank verzweifelt mit hoher Stimme. Doch es war zu spät. Der Adamsapfel des Mannes hüpfte wild auf und ab, als er sich mit Franks teuren Whisky auftankte. Frank stöhnte. Der Mann atmete erleichtert auf und schmatzte genüsslich, nachdem er die Flasche abgesetzt hatte.
»Stellen Sie die Flasche weg.«
Der Typ schüttelte entschieden den Kopf. »Nein, will ich nicht.«
Frank war nun zu allem bereit, der Mann konnte die Flasche schließlich auch als Waffe gegen ihn einsetzen.
»Stellen Sie die Flasche weg, oder ich werde Gewalt anwenden.« Er hob drohend den Finger.
Der Typ lachte und kam ebenfalls näher. Sein stechender Gestank nach Kloake und Urin und Franks strenger Rasierwassergeruch vereinten sich und bildeten eine ätzende Allianz gegen jeden Menschen, der noch etwas Geruchssinn zur Verfügung hatte.
»Na, dann komm doch her, Süßer.«. Der Mann schien von Franks Vorstoß nicht sonderlich beeindruckt zu sein. Ganz im Gegenteil. In seinen Augen lag ein bedrohliches Flackern. Und ein etwas zu grelles Lächeln umspielte dabei sein Gesicht. Er trat näher an Frank heran. Irgendwie kam er Frank bekannt vor, aber er konnte ihn beim besten Willen nicht zuordnen. Eine dunkle Vorahnung beschlich ihn, dass der Mann etwas Dunkles aus seiner Vergangenheit präsentierte, was Frank mit aller Kraft verdrängt hatte. Darin war er ganz gut. Nur jetzt war es wieder da und rückte ihm in Gestalt dieser bedrohlichen Erscheinung auf die Pelle.

Vielleicht war der Typ ja auch der mysteriöse Beobachter, der ihn angerufen hatte? Jedoch glaubte Frank nicht, dass Korben so einen Penner auf ihn loslassen würde. Dennoch ebbte seine Entschlossenheit ab. Denn er hatte keine Lust, sich zu prügeln.
»Bitte, ich bin Pazifist. Ich will Ihnen nicht wehtun. Ich verstehe Ihre Situation. Aber …«, stammelte er.
»Blah, Blah, Blah … Höre ich da ein kleines Kätzchen?«, sagte der Mann und lachte wieder dreckig.
»Bitte, ich will keinen Stress!«, flehte Frank.
»Hast du etwa Angst, du Muschi?«. Der Mann stieß ihn mit seiner knochigen Schulter an.
Aber auch Franks Kampfgeist kehrte zurück.
»Was war das, du Bengel?«
Vielleicht war es die hämische Geringschätzung und Respektlosigkeit seines Gegenübers, oder seine feuchte Aussprache, die Franks Wange bei den letzten Worten besonders besprenkelte. Vielleicht war es auch nur der Gestank, der Frank nun endgültig zu verschlingen drohte, oder einfach nur seine lästige und ungebetene Anwesenheit. Jedenfalls entlud sich Franks ganze Wut in einen kraftvollen Stoß gegen die nackte Brust des Mannes, sodass dieser rückwärts zu Boden stürzte und mit dem Kopf gegen den Glastisch schlug. Frank zuckte beim dumpfen Geräusch des Aufschlags zusammen.
Als Nächstes betrachtete er angewidert den feuchten Film aus fremden Schweiß an seinen Handinnenflächen, der nun durch den Stoß an seinen Händen klebte. Dann erst wurde ihm bewusst, was gerade passiert war. Der Glastisch war sehr solide. Frank konnte nicht mal einen Sprung auf der Glasoberfläche entdecken. Aber er hatte ein Knirschen gehört. Frank erschauderte. Ihm wurde regelrecht übel. Vielleicht war es gar nicht der Glastisch, der einen Knacks wegbekommen hatte?
Er könnte ja sagen, dass es Notwehr war. Schließlich war der Typ in seine Wohnung eingedrungen. Ein Einbrecher also. In gewissen Orten Amerikas durften Einbrecher sofort abgeknallt werden, wenn sie sich unberechtigten Zugang in die Häuser verschafften. Nur war er nicht in Ame-

rika. Und wenn er weiter so untätig herumstand, würde man ihn wahrscheinlich noch wegen unterlassener Hilfeleistung dran kriegen. Er musste etwas tun. Er musste diesen Stinker wohl oder übel anfassen.
Vorher kippte er sich einen ganzen Schluck von dem Single Malt in den Hals, ohne seinen sanften Geschmack überhaupt richtig wahrzunehmen. Erst dann fiel ihm wieder ein, dass kurz davor der Typ daraus getrunken hatte. Er fluchte und wischte sich mit dem Ärmel über den Mund. Da werde ich wohl ein schönes Lippenbläschen bekommen, dachte er. Man sollte so einen edlen Tropfen sowieso langsam aus einem Glas trinken. In anderen Situationen hätte er sich oder andere Personen, die so etwas nicht taten, zutiefst dafür verachtet. Aber nun war er in dieser pikanten Situation und brauchte Mut.
Langsam tastete er sich zu dem Mann vor und trotzte dessen individueller Duftnote. Er konnte bis jetzt kein Blut auf dem Teppich sehen und die dichte, blonde Haarmähne des jungen Mannes ließ auch nicht viele Möglichkeiten übrig, an seinem Kopf Wunden auszumachen. Zögerlich bewegte er einen Finger an dessen Hals, um seinen Puls zu fühlen.
In diesem Moment stieß der Mann einen tiefen Seufzer aus. Dabei lief etwas Spucke aus seinem Mund und benetzte seine Lippen. Frank war froh, dass er sich das Pulsfühlen wohl ersparen konnte. Der Typ seufzte noch einmal, aber dieses Mal klang es kehliger. Fast wie ein Knurren.
Frank wich ein kleines Stück zurück. Mehr schaffte er nicht. Vielleicht war es die Erleichterung darüber, dass der Mann noch lebte, oder es war der Schock. Er schaffte es jedenfalls nicht, sich von der Stelle zu bewegen. Der Mann stieß wieder einen ähnlichen Laut aus und nun war sich Frank sicher, dass es ein Knurren war. Darauf folgte ein kurzes Grunzen. Und als sich Frank gerade fragte, wie viele Tiere der Kerl wohl noch imitieren wollte, folgte ein weiteres Knurren und plötzlich schoss eine Hand hervor und packte mit eisernem Griff sein Bein. Der Typ riss die Augen auf und Frank schrie auf.

»Hab dich«, zischte der Mann und begann an Franks Bein zu ziehen.
»Lass mich los!«, schrie Frank, es klang eher wie ein Quieken, und ruderte dabei hilflos mit den Armen.
Der Mann schob die andere Hand unter Franks Kniekehle und zog ihn zu sich. Frank verlor das Gleichgewicht, ließ sich aber instinktiv auf ihn fallen, wodurch dieser nach Luft japste. Doch der Mann hatte seinen Kampfgeist noch nicht eingestellt. Er schob eine Hand direkt unter Franks Kinn und drückte somit sein Gesicht nach oben, dann drückte er Franks Kehle zu. Dieser drehte durch und überhäufte ihn mit Faustschlägen. Als einer davon den Mann im Gesicht traf, erschlaffte der und Frank schlug noch mal zu. Und wieder und wieder. Schließlich lag der Mann reglos unter Frank und blutete. Frank schlug noch ein paar Mal zu, ehe er es registrierte. Dann sah er sich entsetzt sein Werk an. Der Mann regte sich nicht mehr und seine untere Lippe war aufgeplatzt und blutig. Frank fühlte dessen Halsschlagader. Der Mann lebte noch. Wenigstens das, dachte Frank. Dann wird der Rest auch wieder. Der Typ konnte ihn ja gerne auf Schmerzensgeld verklagen. Da durfte er sich hinten anstellen. Frank schuldete genug Leuten Geld. Und die konnte er nicht so einfach verprügeln. Die jetzige Szene erinnerte ihn an seine Jugend, als er einen Mann auf ähnliche Weise verprügelt hatte. Auch wenn dieser es damals seiner Ansicht nach verdient hatte, wollte er eigentlich nie wieder diese Grenze übertreten. Das hatte er sich geschworen und sich bis jetzt dran gehalten. Bis jetzt.
Frank bemerkte, dass er sich in Gedanken verloren hatte und immer noch auf dem Typen hockte. Er erhob sich und seine Knie knackten. Das war es dann wohl mit den pazifistischen Vorsätzen, dachte er. Aber der Typ hatte ihn auch ganz schön provoziert. Erneut stieg Wut in Frank auf. Das hatte ihm alles gerade noch gefehlt. Hatte er nicht schon genug Scheiße am Hals. Reichten nicht schon Igor und seine Schläger, die ihm an der Backe klebten? Mit denen musste er auch noch fertig werden. Aber so einfach würde es bei denen nicht ablaufen. Da

macht man einmal einen Fehler, dachte Frank zornig und war sich nicht sicher, ob er in Gedanken gegen den Mann am Boden getreten hatte. Aber es machte ja keinen Unterschied mehr. Irgendein Rechtsverdreher würde diesen Eindringling wahrscheinlich noch als Opfer darstellen und dann durfte Frank auch noch für den zahlen. Plötzlich klingelte es an der Tür. Frank zuckte zusammen. Das darf doch nicht wahr sein. Das musste jetzt doch nicht sein. Konnte er nicht einmal seine Ruhe haben und seine Probleme Schritt für Schritt angehen?
»Jetzt nicht!«, brüllte er. Es klingelte trotzig weiter.
»Verdammte Scheiße! Hau ab!«.
Es klingelte weiter und plötzlich begriff Frank, dass er einen großen Fehler gemacht hatte. Noch einen. Der Besuch war wichtig. Er hatte ihn sogar extra herbestellt. Er hatte ihn vor zwei Tagen bei der Jubiläumsfeier seines Verlages sogar angefleht. Weil das seine Rettung aus all seinen Problemen war. Nur sein Verleger konnte ihn jetzt noch retten. Wenn er jetzt einen Vorschuss bekommen könnte und sein neues Buch im nächsten Monat herauskam, waren alle seine Probleme Schall und Rauch.
»Tut mir leid! Tut mir so leid! Ich komme sofort!«, rief er flehentlich und seine Stimme wanderte dabei etliche Oktaven höher.
Jetzt musste er schnell den Typen beiseiteschaffen. Die Berührungsängste waren verflogen. Er packte ihn grob unter den Armen und versuchte, ihn hochzuziehen. Dann zog ein stechender Schmerz durch Franks unteren Rücken und er wimmerte auf. In gebückter Haltung zog er den jungen Mann Richtung Schlafzimmer, wobei er immer wieder nachgreifen musste, wenn seine Hände unter dessen feuchten Achselhöhlen abrutschten. Schließlich hatte er ihn ins Schlafzimmer gezogen, um ihn dort auf einen anderen Teppich abzulegen. Den wird er dann wohl auch vollbluten, dachte Frank. Er entdeckte den Schlafsack auf dem Bett. Hatte der Penner etwa vorgehabt hier einzuziehen? Das könnte ihm so passen!

Er riss alle Fenster auf, die er hatte. Es würde ein Kraftakt werden sie wieder zu schließen. Die Dinger klemmten in letzter Zeit.
Als er die Tür öffnete, stand dort jedoch nicht, wie erwartet, sein Verleger.
»Ach so«, stellte er ernüchtert fest.
Doch seine Nachbarin bemerkte die deutlichen Anzeichen nicht, dass sie gerade nicht erwünscht war. Sie stand breit grinsend vor ihm und spielte kokett am Bändchen ihres Morgenrocks.
»Überraschung«, hauchte sie.
»Hey Pia. Das ist gerade etwas …«. Weiter kam er nicht, denn da hatte sie sich schon an ihm vorbeigedrängt.
»Pia, das ist jetzt wirklich ungünstig«, sagte Frank nachdrücklich mit etwas festerer Stimme, obwohl er, trotz der absolut unpassenden Situation, schon jetzt von ihrem Anblick angetörnt war.
»Was?«, rief sie so laut, als wäre sie schon fünfzig Jahre älter und schwerhörig.
Frank schloss die Tür und drehte sich um. Dabei stellte er fest, dass sie sich bereits aus ihrem rosa Morgenrock geschält hatte, der ihre einzige Bekleidung gewesen war. Nun stand er vor dem gut geformten Körper einer 22-Jährigen, war erregt und wusste nicht, was er gerade in diesem Moment, mit diesem Zustand anfangen sollte.
»Und? Wie sehe ich aus?«, fragte Pia und baute sich vor Frank auf. Sie hatte kein Gramm Fett. Franks Meinung nach trotzten ihre Brüste zu sehr der Schwerkraft, um echt zu sein.
»Gut«, murmelte Frank.
»Du siehst mich ja gar nicht an. Habe ich mehr Farbe bekommen?«.
Frank sah keinen deutlichen Unterschied zur letzten Begegnung an ihr. Auch vorher hatte sie schon einen künstlichen Teint gehabt, wie ihn Menschen oft hatten, die regelmäßig das Sonnenstudio aufsuchten.
»Definitiv. Ja«, sagte er dennoch.
Pia grinste zufrieden. »Das ist gut. Hast du die Creme auch schon probiert?«.

Pia war eine erfolgreiche Influencerin, die mittlerweile eine sehr große Schar an Followern um sich versammelt hatte und mit den von ihr beworbenen Produkten ein äußerst solides Einkommen bezog. Einige gekaufte Bots waren auch unter ihren Abonnenten, aber das fiel mittlerweile gar nicht mehr auf. Sie hatte schon vorher Fans durch Youtube Videos gewonnen. Dort hatte sie verschiedene Pilates und Yoga Übungen demonstriert, was man ihrem athletischen Körper deutlich ansah. Den nutze sie nun um für große Unternehmen Produkte zu bewerben. Hauptsächlich im kosmetischen Bereich. Das letzte Produkt, an das er sich erinnern konnte, war eine Bräunungscreme, die er auch selber ausprobieren sollte. Frank fand das nicht so notwendig, da er noch einen gesunden Teint vom letzten Urlaub in Italien davon getragen hatte. Er log und bejahte.
»Fantastisch. Was macht dein Auto?«, fragte sie und näherte sich ihm.
»Ist immer noch in der Werkstatt. Muss einiges dran gemacht werden«, sagte er mit Wehmut. Auch eine Lüge. Sein silberner Sportwagen hatte schon längst den Besitzer gewechselt. Maik hatte ihm den Wagen vor ein paar Wochen mit einem breiten Grinsen abgezogen. Als Vorauszahlung. Frank hätte es so gar noch akzeptiert, wenn nicht noch so viele Schulden offen stehen würden.
»Schade. So schade. Ich hätte Lust auf Autokino«, hauchte sie und zog einen Schmollmund.
Frank erinnerte sich, wie sie sich äußerst knapp bekleidet auf der Motorhaube gerekelt hatte, als sie Fotos geschossen hatten für ihre Internetpräsenz. Die Fotos waren sehr gut bei ihren Abonnenten angekommen. Das hatte auch Frank stolz gemacht. Besonders wegen seinem Auto.
»Das ist Pech. Können wir ja wann anders nachholen«, erwiderte Frank.
»Wir können auch hier fummeln. Oder hast du Angst, dass deine Frau plötzlich vorbeikommt?«, fragte Pia und lachte affektiert auf.
»Sie ist meine Verlobte. Wie oft denn noch?«.

Frank schätzte, dass sie es absichtlich sagte, um ihn zu ärgern. Denn er hatte es ihr schon oft genug erklärt.

»Ja, genau. Deine Verlobte auf Lebenszeit«, sagte sie und verdrehte die Augen. »Hättest dich auch mal melden können. Ich wohne ja nicht so weit weg. Da kann man sich ja ruhig mal bemerkbar machen. Hab dich vermisst in letzter Zeit.«

Frank erwiderte nichts, sondern nickte nur. Er hatte gerade keine Nerven für Diskussionen. Sie nahm seine Hand.

»Du bist gar nicht bei mir«, sagte sie und kräuselte wieder die Lippen.

»Hab grad etwas Stress.«

Sie nickte. »Macht ja nichts. Ich bin ja hier. Du wirst dich gleich entspannen.« Sie wollte ihn Richtung Schlafzimmer ziehen. Frank musste das verhindern.

»Weißt du was? Ich bin so scharf«, seufzte er übertrieben erregt. »Ich will dich gleich hier.«.

Er schob sie auf die Couch. Sie entwand sich seinem Griff.

»Ne. Sorry, Süßer. Ich brauch es heute etwas bequemer. War auch für mich ein anstrengender Tag.«.

Gerade als Frank sich fragte, was an Eincremen und Videos so anstrengend sein konnte, hatte Pia schon die Schlafzimmertür geöffnet.

»Boah! Was ist das denn für ein Gestank...« Sie unterbrach sich selbst mit einem schrillen Schrei. Frank war blitzschnell bei ihr.

»Das solltest du nicht sehen«, stöhnte er und war sich sicher, dass er gerade einen Tinnitus bekommen hatte.

»Wer ist das? Was macht der hier? Ist er tot?«, wimmerte Pia.

»Es ist nicht das, wonach es aussieht!«, stammelte Frank.

»Ist er tot?«, schrie sie schrill und erinnerte Frank an die Trillerpfeife seines ehemaligen Sportlehrers, die dieser immer eingesetzt hatte, um seine Schüler zu züchtigen.

»Nein, nein. Bewusstlos. Das ist irgend so ein Säufer, der in meine Wohnung eingestiegen ist«, sagte Frank eindringlich.

»Der blutet ja. Und er stinkt«, piepste Pia. Ihre hohe Stimme war noch um weitere Oktaven gestiegen.
»Ist halt ein Penner und er hat sich hier nicht benommen. Ich war gezwungen ihn zu schlagen«, erwiderte Frank.
»Gewalt ist nie gut«, mahnte sie.
Ja, Frau Oberschlau, dachte Frank. Ihm taten die Ohren weh. Ihre hohe Stimme hatte sich in seine Ohren gesägt. Auch eine Form der Gewalt, dachte er.
»Ich weiß, ich weiß. Ich hatte einfach Angst«, rechtfertigte sich Frank und legte dabei so viel Sanftheit in seine Stimme, wie er konnte. Am liebsten hätte er sich noch eine Träne herausgedrückt.
»Hast du die Polizei gerufen?«, fragte Pia.
»Wollte ich ja, aber…« Frank wurde durch die Türklingel unterbrochen. Instinktiv stieß er Pia ins Schlafzimmer.
»Was machst du da?«, fragte sie und sägte Frank wieder mit ihrer Stimme.
Er umfasste ihre knochigen Schultern. »Du musst auf ihn aufpassen.«
Pia piepste wie eine Maus, der man auf den Schwanz getreten war. »Nein!«.
Frank packt mit beiden Händen ihr Gesicht.
»Bitte! Ich würde das nicht tun, wenn es nicht megawichtig wäre. Es geht um mein Leben. Ich bin so gut wie tot. Der Besuch, der jetzt kommt, könnte meine Rettung sein. Er darf dich nicht sehen. Er darf ihn nicht sehen.«
Pia sah ihn mit gläsernen Augen an.
»Liebst du mich?«. Frank war über seinen eigenen Pathos erschrocken.
Pia nickte dann aber zu Franks Überraschung. Erst zaghaft dann immer heftiger, wie einer dieser Wackeldackel im Auto.
»Denk dran, du tust es für mich.« Sie sah ihn weiter mit großen, braunen Rehaugen an.
»Ich liebe dich«, fügte er noch sicherheitshalber hinzu und lächelte.
Dann machte er die Tür zu und ließ die nackte Pia allein mit einem völlig fremden Mann zurück.

Er schloss die Tür ab.
Von außen.

11

»Guten Abend, Herr Freibrodt«, sagte Herr Kunz förmlich.
Frank schätzte ihn auf etwas über sechzig. Genau konnte er es nicht wissen, denn sein Verleger redete nicht gerne über sein Alter.
Herr Kunz stand vor ihm und hauchte seine Brille an, um sie dann mit einem roten Taschentuch, was er immer bei sich trug, zu putzen. Er hatte, wie üblich, seinen grau karierten Mantel an und einen weißen langen Schal um seinen Hals geschlungen. Seine langen, weißen Haare hatte er nach hinten gekämmt. Nicht gerade dezente Mengen an Haar-Gel hielten sie in der gewünschten Position.
»Guten Abend, Herr Kunz. Schön, dass Sie persönlich gekommen sind«, sagte Frank etwas nervös mit dünner Stimme.
Es sah aus, als würde Herr Kunz die Nase rümpfen. Aber das musste nichts mit dem Geruch in der Wohnung zu tun haben. Sein Verleger hatte oft diesen Gesichtsausdruck. Besonders dann, wenn junge unbekannte Autoren auf Buchmessen auf ihn zutraten, um mit ihm ins Gespräch zu kommen.
»Nun ja. Prinzipiell ist für eine solche Angelegenheit in meinem Verlag das Lektorat zuständig. Aber bei einem führenden Schriftsteller wie Ihnen bin ich bereit den formellen Weg etwas abzukürzen. Zudem ist die gegenwärtige Situation mit Ihrem Buch etwas pikant«, sagte er.
»Wie meinen Sie das?«, fragte Frank unwirsch,
Herr Kunz hob die Hand. »Dazu komme ich gleich.«
Frank versuchte seine Nervosität mit Floskeln zu überspielen. »Gut. Jedenfalls ist es schön, dass sie den Weg zu mir gefunden haben. Ging es?«
Herr Kunz zuckte die Schultern. »Na ja. Ich habe mich ein bisschen falsch orientiert. Alles so gleich in diesem Bezirk. Alles so grau und trostlos.«
Frank nickte und dachte gleichzeitig an die vielen Bars, Parks mit feiernden Menschen und die Wandmalereien in seinem Viertel.

»Auch etwas unsicher oder?«
Diesmal rümpfte der Verleger wirklich die Nase »Ja, in der Tat. Ich wurde von einem jungen Herren sozusagen unflätig beleidigt. Das war schon etwas bedrohlich. Besonders seine individuelle Duftnote. Herzhaft streng. Geschmückt mit einem Hauch von Urin.«
Frank dachte sofort an den Besucher im Schlafzimmer. »Was wollte er denn?«
Herr Kunz sah Frank wie einen Schüler an, der eine wirklich dumme Frage gestellt hatte. »Mein Geld.«
»Haben sie ihm was gegeben?«
Herr Kunz lachte. Es klang aber eher wie ein Husten. »Natürlich nicht.«
Du hast eigentlich genug davon, dachte Frank. »Ja, die Armut springt einen hier an manchen Ecken regelrecht an«, sagte er.
Herr Kurz hustete wieder. »Armut? Ich bitte Sie. Ich war schon oft genug im Ausland. Da habe ich die Armut kennengelernt. Hier sind das Luxusprobleme. Naive Menschen, die ihre Möglichkeiten nicht ausgeschöpft und die Ernte am Baum des Lebens nicht abgeholt haben. Ich formuliere das jetzt mal recht simpel. Versager und Junkies. Mehr nicht.«
Frank fand, dass sein Verleger selten etwas simpel formulierte. Wenn er sprach, klang es oft sehr lyrisch und er musste jedes Wort dreimal umschreiben, bevor er auf den Punkt kam.
Er merkte, dass er dauernd mit seinen Händen am obersten Hemdknopf spielte und schob sie in die Hosentaschen. Die Genugtuung wollte er dem Verleger nicht geben. »Es ist schon ein harter Winter draußen.«
Herr Kunz sah Frank an, als wäre er behindert. »Waren sie schon mal in Sibirien?«
Frank schüttelte den Kopf. »Nein.«
Das war auch nie ein Urlaubsziel für Frank gewesen. Er bevorzugte Sonne, Strand und blaues Meer.
»Ich schon.«

Frank dachte an den kalten Wind, der ihm draußen den Regen ins Gesicht gepeitscht hatte. »Ich bin trotzdem dankbar, nicht auf der Straße zu sitzen.«
Frank fielen wieder der bewusstlose Besucher und seine Nachbarin im Schlafzimmer ein. Er hatte keine Ahnung, was sich daraus wohl entwickeln würde, und verdrängte den Gedanken schnell.
Der Verleger räusperte sich. »Wo kann ich hier meinen Mantel aufhängen. Es ist ganz schön warm hier.«
Es reichte schon, wenn jemand Frank so eine belanglose Frage stellte und er war vollkommen von seinen Problemen abgelenkt.
»Rechts den Flur entlang. Neben dem Bad.«
Herr Kunz hängte seinen Mantel auf. Den Schal behielt er an. Sein Blick blieb an einem Bild hängen. Ein Straßenkünstler hatte für Frank eine Obstplantage malerisch zu Papier gebracht. Die Nasenlöcher des Verlegers wanderten weiter nach oben.
»Mich würde interessieren, welche Feldstudien Sie betreiben. Da Sie ja quasi direkt im Herzen des Pöbels wohnen.«
Das war selbst für Franks Verhältnisse abwertend. Er mochte einige seiner Nachbarn sehr gerne. Auch zu Tarek aus dem Späti hatte er sich bis vor Kurzem ein fast schon freundschaftliches Verhältnis aufgebaut.
»Ich betreibe keine Feldstudien. Das Buch ist abgeschlossen. Mir hat einfach die Wohnung gefallen.«
Frank konnte nicht begreifen, dass Herrn Kunz der Gestank seines anderen Gastes bis jetzt nicht aufgefallen war. Denn er bekam bereits Kopfschmerzen.
»Wie schön. Darf ich ehrlich zu Ihnen sein?«
Das gefiel Frank gar nicht. »Natürlich. Gehen wir ins Wohnzimmer«, sagte er freundlich.
Im Wohnzimmer verschränkte der Verleger die Arme. »Hier ist es etwas kälter als in Ihrem Flur. Wären Sie so freundlich und könnten Sie die Fenster schließen.«
Wie Sie wollen, dachte Frank verwundert darüber, dass Herr Kunz wohl gegen den Gestank immun war und machte sich an die Arbeit. Es war ein Kraftakt. Er brauchte

mehrere Versuche. Mit einer Mischung aus Stirnrunzeln und Belustigung sah ihm sein Verleger dabei zu.
Frank wollte ihm gerade einen Platz anbieten, doch dieser hatte sich bereits in den Sessel gesetzt.
»Ihr Buch ist noch lange nicht fertig«, sagte Herr Kunz gähnend und Frank sah das Licht am Ende des Tunnels endgültig erlöschen.
Bald würde Igor zu ihm kommen.
Vielleicht schon heute.
Dann musste er ihm das erklären.

12

Es war so, als würde man ins kalte Wasser springen. Erst kam die Kälte und zerschnitt einem die Haut, aber irgendwann wurde es angenehm warm. Das traf fast auf alles zu, meinte Pia. Man musste sich nur erst einmal daran gewöhnen. Sie hoffte, dass es auch auf den beißenden Gestank zutraf, der ihren Geruchssinn peinigte. Das darf doch alles nicht wahr sein, dachte Pia und durchsuchte verzweifelt das Zimmer nach etwas zum Anziehen.
Bis auf seine Bücher war da nicht viel. Keine Kommode. Nichts. Nur ein Wäschekorb. Darin lag nur eine übergroße Boxershorts mit Bremsspuren. Sie ärgerte sich. Ausgerechnet jetzt kommt er auf die Idee seine Waschmaschine zu füllen. Bestimmt lag die Wäsche schon tagelang in der Trommel und roch süßlich. Das hatte sie schon öfter an ihm gerochen. Er hätte mir wenigstens noch meinen Morgenrock zuwerfen können, dachte sie bitter. Die meisten Leute haben doch irgendwelche Kleidung in ihrem Schlafzimmer herum liegen. Hatte er das alles etwa in seinem Ankleideraum? So was hatte sie noch nie erlebt. Vielleicht sollte sie klopfen und auf sich aufmerksam machen?
Aber Frank war ja beschäftigt und der blutende Mann auf dem Boden war seinem Besucher sicher auch schwer zu erklären. Sie wollte ihn nicht in Schwierigkeiten bringen. Sie hatte an seinem Blick gesehen, dass er es ernst meinte. Das die Lage heikel war. Es war ihm wichtig, dass sie hier in dem Zimmer auf ihn wartete. Sie sollte den Mann bewachen. Pia würde pflichtbewusst Stellung halten. Er vertraute ihr schließlich. Sie wollte ihn nicht enttäuschen.
Natürlich hatte sie sich den Verlauf des Abends etwas anders vorgestellt. Sie hatte sich so auf Frank gefreut. Tagelang war sie einsam gewesen, hatte auf ihn gewartet und hatte wieder einen depressiven Schub bekommen. Sie brauchte jetzt eine Berührung. Oder mehrere. Berührung war wichtig für die Gesundheit des Menschen. Das hatte sie irgendwo mal gelesen. Also sollte er sie mit sei-

nen warmen Händen umgarnen. Stattdessen teilte sie sich nun das Schlafzimmer mit einem anderen stinkenden Mann, den Frank verprügelt hatte. Erst dachte sie schon, er wäre tot, aber mittlerweile hörte sie ihn deutlich atmen. Überaus deutlich. Er war wohl gar nicht mehr bewusstlos. Scheinbar schlief er. Jedenfalls hörte Pia knurrende Geräusche. Das sollte wohl ein Schnarchen sein, vermutete Pia. Sie betrachtete den Mann. Eigentlich sah er ja ganz gut aus. Besonders jetzt beim Schlafen. Wie ein Engel. Nur manchmal verzog sich sein Gesicht. Er schien sogar im Schlaf zu leiden und trug dort seine Kämpfe aus. Manchmal bewegte sich sein Kopf ruckartig hin und her. Dabei brabbelte er irgendeinen Namen, den sie nicht verstanden hatte. Pia fragte sich, was für ein Trauma der Mann hinter sich hatte. Er schien in seiner eigenen düsteren Welt zu leben.

Pia wollte wegen des Gestankes eigentlich das Fenster offenlassen, aber es wurde zu kalt. Sie überlegte erst, über den Mann zu steigen, wollte dann aber ihr Glück nicht herausfordern und kroch über das Bett zum Fenster. Stöhnend versuchte sie das Fenster ins Schloss zu rammen. Nach einigen Versuchen und hohen ächzenden Geräuschen hatte sie es geschafft. Daraufhin wurde sie mit dem ganzen Ausmaß seiner Ausdünstungen belohnt. Ähnlich hatte es in ihrem Leben schon mal gerochen als ihr Ex-Freund einen abgelaufenen Mett-Igel in den Müll gekloppt hatte. Sie verdrängte diese verstörende Erinnerung und blinzelte sich eine Träne weg. Pia schaffte es erfolgreich, einen Würgereiz zu unterdrücken.

Sie starrte zum Wäschekorb und holte die benutzte Boxershorts heraus. War ja nur Frank gewesen, der sie getragen hatte, und sie roch nicht schlimmer als der andere Geruch in diesem Raum. Beim Bücken stockte sie plötzlich. Sie hatte das Gefühl, dabei beobachtet zu werden. Schnell drehte sie sich um und sah den Mann am Boden an. Hatte er gerade mit dem Knurren aufgehört? Seine Augen waren geschlossen, aber sie war nicht ganz sicher, ob er sie nicht gerade eben schnell wieder geschlossen hatte. Doch sein Brustkorb hob und senkte sich regelmä-

ßig, als würde er wieder schlafen. Das Knurren kam auch wieder zurück. Also ging Pia davon aus, dass er auch wirklich schlief.
Er soll bloß keine krummen Dinger bei mir probieren, dachte Pia. Sie hatte neben jahrelangen Ballettunterricht auch ein hartes Karate-Training hinter sich. Mit dem dünnen Burschen da unten würde sie spielend leicht fertig werden. Da war sie sich sicher.
Sie widmete sich wieder Franks Unterwäsche zu. Doch sie hatte keinen Erfolg dabei, sich das übergroße Ding auf ihre schmalen Hüften zu ziehen. Immer wieder rutschte die Unterhose herunter. Sie schüttelte den Kopf. Frank musste unbedingt abnehmen. Da hatte seine Verlobte ausnahmsweise recht. Diese Lisa. So eine alte Meckerziege. Sie war sicher eine dieser Biotanten, die hoch auf ihrem Moralsockel thronte und zu allem ihren Senf dazu geben musste. Sie hielt sich wohl für etwas ganz Besonderes. Sie dachte wohl, sie wäre der notwendige Sonnenstrahl des Universums und könnte die Welt zu einem besseren Ort nölen. Pia bekam immer Mitleid, wenn Frank von ihr erzählte. Armer Kerl. Er konnte machen, was er wollte. Nie würde er ihr irgendwas recht machen. Bestimmt war sie hässlich und versuchte so, ihre eigenen Komplexe zu überspielen. Pia musste sich dringend mal mit ihr unterhalten. Sie würde nicht kampflos aufgeben. Diese Lisa sollte sich ihren Freund schleunigst aus dem Kopf schlagen. Sonst würde Pia ihr dabei behilflich sein. Sie hatte schließlich Kampfsporterfahrung. Aber musste es überhaupt so weit kommen? Warum verstand er es denn nicht, das sie die Richtige für ihn war? Warum konnte er sich nicht endlich entscheiden? Und er sollte sich gleich richtig entscheiden. Für eine Frau mit Persönlichkeit wie sie es war. Eine Persönlichkeit mit Substanz und Selbstbewusstsein.
Wenn sie in der U Bahn saß und sich die anderen Frauen so ansah, konnte sie solche Eigenschaften nicht entdecken. Nur vertrocknete Früchte, die kein Mann mehr pflücken wollte. Pia konnte das sehr gut nachvollziehen. Sie warb zwar auf ihrem Account auch für Authentizität und

präsentierte sich auch manchmal ungeschminkt, aber wenn sie die anderen Frauen so betrachte, war es wohl bei manchen das Beste, wenn sie sich ihr trostloses Gesicht zu malen würden. Sie musste sich so oft fremdschämen. Ihr wurde jedes Mal schlecht. Sie traute sich deswegen kaum noch aus dem Haus. Es bestand die Gefahr, wieder einen bipolaren Schub zu bekommen.
Sie sah nur noch trübe Trauben, die nichtssagende Schwingungen absonderten. Nein, da konnte Pia gar nichts von dem entdecken, was sie selbst ausmachte. Sie sah in den anderen Frauen nur noch Selbstaufgabe und den kläglichen Versuch, einem gescheiterten Lebenstraum nachzueifern. Scheinbar waren sie auch gar nicht mehr in der Lage Lebensfreude zu empfinden. Für sie schienen die anderen Frauen auch vollkommen unfähig zu sein, ihre Gesichtsmuskulatur einzusetzen. Als ob sie noch nie gelächelt hätten. Immer diese hängenden Mundwinkel, die nicht mehr in der Lage waren der Schwerkraft zu trotzen. Als würde das Leben nur aus Problemen bestehen.
Außerdem stanken sie schon fast genauso schlimm wie die Männer. Manchmal kam sie sich beim Einkaufen schon vor wie im Zoo. Der Gestank war animalisch und konnte mit dem vom Typen vor ihr gut mithalten. Besonders aus dem Mund. Als würden sie sich nicht viermal am Tag die Zähne putzen, wie es ja ein normaler Mensch eigentlich tun sollte. Und wie sie sich kleideten. Absolut furchtbar. Anders als sie schienen die Damen überhaupt nicht sorgfältig mit der Auswahl ihrer Kleidung umzugehen. Sie hatten im Gegensatz zu ihr kein Gespür. Kein Modebewusstsein. Sie kleideten sich absolut unpassend zu ihrem Körperbau. Entweder waren es viel zu weite Klamotten oder Wurstpellen. Dazu kamen noch diese altmodischen Brillen und diese albernen Mützen. Scheinbar wollten die ganzen Mädchen heutzutage schon, dass man ihnen ansah dass sie prüde Biogroßtanten oder sexuell frustrierte Möchtegern-Schlampen waren. Na ja, wenn es ihnen gefällt? Sie trug ja selber oft so eine Wollmütze, aber das machte sie nur ihren Fans zuliebe. Man

musste ja dem Trend folgen, egal wie lächerlich er war. Außerdem stand ihr die Mütze wenigstens.

Pia wurde aus ihren Gedanken gerissen. Wieder hatte sie das Gefühl, dass ein kalter Fisch ihre Haut streifte. Das sie beobachtet wurde. Doch der Mann vor ihr hielt weiterhin seine Augen geschlossen. Oder hatte er sie gerade wieder zugemacht? Sie fühlte sich wie in einem Raum voller Gemälde. Irgendwann würde sie sicher auch da das Gefühl bekommen, dass die Gesichter auf den Porträts sie beobachten würden.

Ihr Blick fiel auf die dürren Beine des Mannes. Pia fuhr sich mit dem Finger über ihre aufgespritzten Lippen. Vielleicht konnte sie ihm seine Hose klauen? Die schien ihm sowieso viel zu groß zu sein. Doch dann entdeckte Pia viel zu viele Flecken auf ihr, deren Herkunft sie nicht einordnen konnte und wollte. Was solls? Dann blieb sie eben nackt. Sie brauchte sich für nichts zu schämen. Ganz im Gegenteil. Immer dieses Bodyshaming. Gut, sie ging da mittlerweile auch mit und postete Bilder von ein paar wenigen Hautstellen, mit denen sie nicht zufrieden war. Schließlich war sie mittlerweile eine öffentliche Person mit Vorbildfunktion. Sie hatte nun mal soziale Verantwortung und musste da halt mitgehen. Es machte sich ja auch bei ihren Abonnenten ganz gut. Ansonsten fand sie auch das lächerlich. Die anderen Frauen könnten sich doch auch einfach ihre Videos bei Youtube angucken und die Übungen machen, die sie dort anbot. Da würden zehn Minuten Workout am Tag vollkommen ausreichen und sie müssten nicht mehr unzufrieden sein. Sie hatte es doch auch geschafft. Aber da gehörte halt auch harte Arbeit und Selbstdisziplin dazu. Natürlich war es viel bequemer sich Ausreden auszudenken. Jeder hatte ja auf einmal irgendeine psychische Krankheit. Entweder waren sie depressiv, hatten das Borderline-Syndrom oder es gab eine bipolare Störung. Als ob sie selber damit nicht zu kämpfen hätte. Das hatte sie doch auch alles längst hinter sich und war trotzdem in der Lage gewesen etwas aus sich zu machen. Aber dafür brauchte man halt eine starke Persönlichkeit, Arbeitseifer und einen gefestigten Charak-

ter. Und das konnte Pia bei den anderen Frauen nicht mehr finden.
Und bei den Männern erst recht nicht. Sie traf meistens nur auf Kerle, die ihre sensible Seele malträtierten. Sie musste besser auf sich und ihre Schübe acht geben. Sie musste sich mehr vor emotionalem Missbrauch schützen. Sie hatte schon genügend ernüchternde Dates gehabt. Immer dasselbe. Immer diese heulenden Kerle mit ihren Bierbäuchen. Ganz anders als auf ihren retuschierten Fotos mit denen sie sich heiter lächelnd im Internet präsentierten. Sie machten falsche Angaben über ihr Berufseinkommen, sodass auf einmal ein armer Schlucker vor Pia saß, der keinen Plan fürs Leben hatte und ihr nichts bieten konnte. Oder sie logen mit ihrem Alter und dann saß ein alter Schleimbeutel vor ihr. Ein Chauvinist, der mit Mundfäule fragwürdige Komplimente von sich gab und dann ernsthaft glaubte, er könnte sie damit ins Bett kriegen. Als ob sie einen Sugardaddy bräuchte. Vom Altersunterschied konnten manche von denen sogar schon ihr Großvater sein. Aber wer kein Schamgefühl besaß, konnte wahrscheinlich auch das erfolgreich verdrängen. Frank war ja auch schon ganz schön alt. Über 30. Aber da machte sie gerne eine Ausnahme. Der Mann besaß wenigstens Courage. Der Mann hatte Kaliber. Und was für eins. War vielleicht auch besser als diese ganzen aufgeweichten Milchgesichter mit ihren kleinen Schwänzchen, die schon übersensibel waren und Pia dann ihre schnulzigen Gefühlsverwirrungen auftischten. Manche von denen gingen wenigstens ins Fitnessstudio und hatten zum Teil noch eine V-Form, aber dann hatte sie das komplette emotionale Programm an der Backe. Diese Typen klebten eine unerträgliche Ewigkeit mit ihren fettigen Fingern an ihr und verloren dabei jegliche Selbstachtung. Ohne Hemmungen schmierten sie Pia mit ihren schwulstigen Liebesbekundungen voll, wobei die Bubis dabei selbst nicht mal wussten, was dieses Wort überhaupt bedeutete. Die waren noch nicht mal dazu fähig, sich selbst zu lieben. Immer wieder musste sie sich dann eine einigermaßen schmerzlose Ausrede ausdenken, um sich diese

süffigen Typen vom Hals zu halten. Und dann redeten die Kerle ständig von ihren Gefühlen, die sie überhaupt nicht berühren konnten, weil sie so belanglos waren. Sie bestanden nur aus Selbstmitleid und Heulerei. Sie könnten ihr ruhig mal eine Ansage machen und ihr dabei ins Gesicht sehen. Aber auch das traute sich ja mittlerweile keiner mehr. Scheinbar mussten sie sich schon vorher Mut antrinken, um ihr überhaupt in die Augen sehen zu können. Dann bekamen sie auf einmal keinen mehr hoch und die Party war vorbei. Was nicht schlimm war, denn sonst bescherten sie Pia nur ein paar erbärmliche Minuten aus zähem Geschlechtsverkehr, bevor sie schwitzend und keuchend auf ihr zusammenbrachen.

Die meisten Männer von heute hatten einfach kein Format mehr. Sie lebten entweder in der Vergangenheit oder in der Zukunft und hatten jedes Gefühl für das hier und jetzt verloren. Im Gefängnis hatte sie richtige Männer gesehen, als sie ihren Onkel besucht hatte. Die lebten im Hier und jetzt. Waren die ganze Zeit präsent, weil sie gar keine andere Wahl hatten. Sie hatte sich schon mal darüber Gedanken gemacht eine Brieffreundschaft mit einem Insassen anzufangen. Konnte sie ja drauf zurückkommen, falls das mit Frank nichts werden sollte. Sonst würde sie ewig einsam bleiben. Denn welcher Mann kam denn sonst noch in Frage. Sie waren doch alle gleich. Sie hatten keine Ziele und würden Pia bei ihren Ambitionen nur ausbremsen. Denn sie würde groß rauskommen, da war sie sich sicher. Sie war ja schon jetzt auf der Überholspur und hatte genügend Fans, die zu ihr aufsahen. Sie brauchte jemanden, der mit ihr mithalten konnte. Der sie herausforderte und auf Trab hielt.

Wie damals im Tanzunterricht ihr Kommilitone Jonathan, mit seinem athletischen Körper. Wie ein Surfer hatte er ausgesehen und dabei so ein Charisma ausgestrahlt. Er war vollkommen mit seinem Körper in Einheit gewesen. Absolut durchlässig. Wie der tanzen konnte. Schade, dass er mittlerweile vergeben war. Sie hatten sich regelmäßig gegenseitig im Tanzkurs zu Höchstleistungen angespornt. Es war ein regelrechtes Battle gewesen. Da war

sie sogar ins Schwitzen gekommen und musste nachlegen. Sie hatte das Tanzen geliebt. Nur dann war sie wegen interner Differenzen von der Privatschule geflogen. Dabei hatte sie so davon geträumt Musicaldarstellerin zu werden. Angeblich wäre ihr Gesangstalent noch ausbaufähig gewesen und ihre Schauspielfähigkeiten hatten die Dozenten ihr komplett aberkannt. Dabei war an der Schule gerade letzterer Teil besonders häufig ausgefallen. Pia konnte dem nicht so wirklich glauben schenken. Sie vermutete, dass sie für diese Schule einfach viel zu individuell war und die Dozenten sich einfach nicht an ihren originellen Stil gewöhnen konnten. Sie war halt nicht so langweilig wie die anderen. Nicht so nichtssagend. Scheinbar waren echte Persönlichkeiten und Charakterköpfe in dieser durchschnittlichen Gesellschaft nicht gern gesehen. Sicher hätte sie auch Ambitionen gehabt in der Politik Karriere zu machen. Dann würde einiges besser laufen, da war sie sich ganz sicher. Dann würde sie erst einmal ein paar faule Früchte ausmisten. Aber die verstaubte Gesellschaft wusste einfach nicht, was gut für sie war und konnte mit einer authentischen Persönlichkeit wie Pia wohl nichts anfangen. Doch das konnte ja noch kommen. Sie hatte so viele Fans und es wurden immer mehr.
So einen Charakter wie sie gab es halt nur einmal. Deswegen war sie auch so einsam. Weil sie keinen Mann finden konnte, bei dem sie irgendeinen vergleichbaren Esprit entdecken konnte. Außer bei Frank vielleicht und ein paar ihrer Ex-Freunde. Und selbst bei Letzteren war sie im Irrtum gewesen. Nein, Frank war schon etwas Besonderes, das musste sie zugeben. Er hatte einen Plan, er wusste, was er wollte, war sich seiner sicher und er war lustig. Zwar eher unfreiwillig. Aber immerhin. Er war auch großzügig und konnte sie vielleicht auch mal über ein paar Monate unterstützen, falls es in ihrem Geschäft schleppend lief. Und er hatte etwas Verruchtes an sich, was sie mochte. Er hatte den Einbrecher geschlagen. Erst war sie entsetzt gewesen, aber dann hatte sie genauer hingesehen. Es war nur eine aufgeplatzte Lippe. Das würde wieder heilen. Außerdem war doch ein bisschen krimi-

nelle Energie ganz aufregend. Hoffentlich bekam er bald sein Auto aus der Werkstatt zurück. Manchmal träumte sie davon, dass sie beide quer durchs Land fuhren und Banken überfielen. Vielleicht würden sie auch ein paar Leute erschießen müssen. Aber nur in Notwehr. Und selbstverständlich nur Menschen, die es verdient hatten. Es würde nach ihnen gefahndet werden und alle würden sie fürchten. Jeder würde über das gefährliche Pärchen reden. Sie würden in die Geschichte eingehen. Jeder würde sich an sie erinnern. Aber sie konnte ja nicht alles haben und Frank war auch so eine ganz spannende Person. Er hatte eine Seele wie eine Landkarte. Er hatte einiges auf den Kasten. Er war ein Dichter und Poet. Ihr wäre ein Tänzer zwar lieber gewesen, aber trotzdem wollte sie sich nicht beschweren. Sie liebte seinen aufrechten Gang. Seinen Charme. Er sah wirklich gut aus. Auch wenn sie eigentlich auf blonde Männer stand, war sie von seinem Aussehen fasziniert. Nur musste er jetzt endlich mal abspecken. Sie sah es nicht ein, die nächsten Jahre seine Wampe zu kraulen.
Sie blickte auf den kränklich dünnen Mann vor ihr auf dem Boden. Wow, war der asketisch. Warum konnte Frank nicht so aussehen. Blonde Haare hatte er auch. Sein weiches Gesicht gefiel ihr. Der Bart war nur etwas zu lang. Der Typ war einfach zu ungepflegt und er roch bestialisch. Allerdings hatte sie sich mittlerweile etwas an seinen Gestank gewöhnt. Etwas naiv fand sie es schon von Frank, sie mit einem fremden Mann in dasselbe Zimmer zu sperren. Eine einsame Frau, die berührt werden wollte. Sie hatte heute auch schon einige Sektgläser geleert. Würde der Mann nicht so stinken, könnte sie durchaus auf dumme Gedanken kommen. Das zeigte ihr aber auch wieder, was Frank für ein starker Mann war. Das er ihr so vertraute. Das zeigte ein enormes Selbstbewusstsein. Er war sich seiner wirklich sicher.
Sie hörte den Mann wieder knurren. Sie starrte auf seine hervorstechenden Rippen. Er hatte auch diese V-Form, die Pia so gerne mochte. Frank musste sich echt mal am Riemen reißen. Sie sollten zusammen mehr Zeit verbrin-

gen. Dann würde sie für ihn gesunde Sachen kochen und ihn zu sportlichen Aktivitäten motivieren. Sie starrte weiter auf den abgemagerten Körper. Der Mann hat wirklich Selbstdisziplin, dachte Pia. Selbst sie hatte mehr Fett am Körper. Das war eine bittere Erkenntnis. Sie starrte prüfend auf ihren eigenen Körper. Die Selbstzweifel stiegen auf einmal hoch wie Galle und Pia ordnete das Gefühl als depressiven Schub ein. Oder war es ein Bipolarer? Bevor sie sich diese schwierige Frage beantworten konnte, fiel ihr Blick zurück auf den Mann und sie bemerkte, dass er sie nun wirklich anstarrte. Ihr gefielen seine eisblauen Augen. Seine gebleckten gelben Zähne hingegen gefielen ihr nicht.

»Du wirst brennen«, sagte er und starrte sie unverwandt an. Pia dachte an ihre Karatestunden und richtete sich kerzengerade auf. Sie würde sich von dem nicht unterkriegen lassen.

»Was hast du gerade gesagt?«, fragte sie ruhig und sah ihn herausfordernd an. Mit diesem Hänfling würde sie schon fertig werden. Ein Leichtgewicht für sie. Eine ganze Weile sahen sich beide in die Augen. Keiner guckte weg. Doch Pia kamen Zweifel, ob der Mann sie wirklich sah. Sein Blick war so leer, als würde er in anderen Sphären schweben.

»Gib mir meine Pauline zurück«, knurrte er sie an.

Pia versuchte so viel Autorität wie möglich in ihre hohe Stimme zu legen.

»Jetzt hör mal zu, Freundchen. Also so schon mal nicht «, sagte sie und räusperte sich. Dann beschloss sie, einen formelleren Ton anzusetzen. Schließlich mussten sie sich ja nicht duzen. Sie kannten sich ja noch nicht. »Hören Sie zu. Mir gefällt Ihr Ton nicht. Ich kenne Sie nicht und weiß auch nicht, von wem Sie da sprechen. Ich kenne keine Pauline.«

»Pauline«, wiederholte der Mann und schmatzte.

»Ich heiße Pia«, korrigierte sie ihn und fragte sich im nächsten Moment, warum sie einem Fremden ihren Namen verraten hatte. »Außerdem gehört es sich nicht, in andere Wohnungen einzusteigen. Mein Freund …«

Sie wurde von einem dreckigen Lachen unterbrochen.
»Du wirst brennen«, sagte der Mann wieder. Aber er hatte seinen Kopf nun weggedreht.
Das war jetzt das zweite Mal, dass der Kerl es wagte, sie zu bedrohen. Pia dehnte ihre Hand. Danach ihre Schultern. Immer wieder ließ sie beim Einatmen Luft in ihren flachen Bauch strömen. Konsequent darauf bedacht, ihn dabei nicht allzu sehr herauszustrecken. Ihre Brust hob sich beim Ausatmen. Sie atmete ein weiteres Mal tief durch und versuchte, innerlich jeden Muskel in ihrem Körper zu aktivieren, so wie sie es beim Yoga gelernt hatte. Sie war bereit. Sollte er sie noch einmal bedrohen, würde sie sich auf ihn stürzen. Doch erst mal wollte sie den friedlichen Weg suchen.
»Ich lasse mich von Ihnen nicht bedrohen«, sagte sie wieder mit entschlossener Stimme. »Sollten Sie noch einmal…«
Ein langer Rülpser durchbrach die Luft. Für Pia klang es eher wie der Schrei eines Grizzlybären. Kurz darauf ein würgendes Geräusch. Offenbar schien der Mann stark alkoholisiert zu sein. Sein Problem, dachte Pia und setzte zum Sprung an. Akrobatisch segelte sie durch die Luft. Sportlich rollte sie sich über das Bett und stürzte zum Bücherregal. Sie war sehr gut in Karate, aber ein dickes Buch konnte auch nicht schaden. Sollte er es wagen, sie anzufassen, würde sie es ihm über die Birne ziehen. Hastig durchwühlte sie die verschiedenen Bücher und wurde bei einem gebundenen Wörterbuch fündig. Das sollte sich hervorragend als Waffe eignen.
»Ich habe jetzt eine Waffe«, rief sie und starrte auf den Fleck, auf dem der Mann gelegen hatte.
Er war nun leer. Wo war er? Bevor sie sich weiter im Zimmer nach ihm umsehen konnte, hörte sie das klickende Geräusch des Lichtschalters. Nun war es dunkel. Wieder der Schrei eines Grizzlybären. Diesmal aber viel näher und lauter an ihrem Ohr.
Pia wurde klar, dass Frank sie mit einer Bestie zusammen eingesperrt hatte. Ein Monster. Und sie stand als Häpp-

chen auf seiner Speisekarte. Aber nicht mit ihr. Nicht mit Pia.
Sie warf sich wieder in die Richtung, wo sie das Bett vermutete, aber dann knallte sie gegen den Nachttisch.
»Scheiße«, zischte sie.
Wieder ein dreckiges Lachen. Aber es schien sich zu entfernen. Dann ein Hustenschwall. Sehr trocken. Hört sich nicht gut an, dachte Pia. Der Mann sollte mal zum Arzt gehen.
»Pauline«, seufzte er und klang dabei, als würde er sich gleich übergeben.
Pia rieb sich die schmerzende Stelle am Ellbogen. Ihre Augen gewöhnten sich an die Dunkelheit. Sie sah auf dem Boden den Umriss einer umgestürzten Nachttischlampe. Mit den Fingern fuhr sie über das Kabel und versuchte, den Schalter ausfindig zu machen. Sie fand ihn schließlich. Klick. Es kam kein Licht. Sie fluchte und zog am Kabel. Am geringen Widerstand stellte sie fest, dass es nicht in der Steckdose steckte.
Nun war sie wirklich sauer auf Frank. Wie konnte er sie nackt mit einem Psychopathen zusammen einsperren? Was war sie hier? Ein Köder? Sie fühlte sich wie ein aufgespießtes Käsestück in einer Mausefalle.
Der Gestank kam zurück. Er umhüllte sie nun regelrecht. Auch das Knurren war wieder da. Ein sehr tiefes Knurren. Direkt hinter ihr. Sie spürte, wie sich ihre Nackenhaare Aufrichteten. Dann spürte sie seinen warmen Atem im Nacken. Sie umklammerte das Buch. Zum Schlag jederzeit bereit.
»Pauline«, flüsterte der Mann ihr ins Ohr.

13

»Wie bitte?«, fragte er heiser und sah seinen Verleger entgeistert an.
»Bis jetzt ist es Rohmaterial.«
Schlimmer konnte es gar nicht mehr werden, dachte Frank und täuschte sich. »Was? Rohmaterial?«
Herr Kunz sah ihn streng an. »Ja, Rohmaterial, Herr Freibrodt.« Er hustete zweimal.
Frank versuchte seine Stimme unter Kontrolle zu halten.» Wo liegt denn das Problem?«
Herr Kunz hustete wieder. »Was heißt denn hier Problem? Ihr Buch ist ja von der Form her ganz nett, aber …«
Frank fühlte sich nun vollkommen verarscht.
»Von der Form her? Ganz nett?«
Der Verleger lächelte milde. »Verstehen Sie mich nicht falsch, Herr Freibrodt. Sie sind ein exzellenter Autor. Absolut brillant, im hohen Maß begnadet und so weiter. Sie haben mit Ihrem letzten Buch, dass mittlerweile ein paar Jahre zurückliegt ein literarisches Meisterwerk erschaffen. Die Leidensgeschichte der Pauline W. Eine Steilvorlage für jeden Autor. Da versteht es sich doch von selbst, dass die Erwartungen nun höher liegen. Diese erfüllen Sie leider in Ihrem neuen Buch nicht. Es wird Ihrem genialen Geist nicht gerecht.«
Frank wusste beim besten Willen nicht, was an seinem neuen Buch so schlecht sein sollte. Es war anders, ja, aber es war doch auch originell auf seine Art.
»Was stimmt denn mit dem neuen Buch nicht?«
Der Verleger legte seinen Schal frei und entblößte seinen Hals.
»Meine Kehle ist etwas trocken. Hätten Sie etwas zu trinken für mich?«
Herr Kunz strich sich demonstrativ über den Adamsapfel und hustete wieder zweimal.
Frank sprang sofort auf und stand stramm wie ein Soldat, der bereit war, in die Schlacht zu springen. »Sie trinken ja gerne Tee, oder?«

Der Verleger sah ihn wieder an, als wäre er total verblödet.
»Tee wäre jetzt nicht gut für meinen Kreislauf.«
Frank überlegte kurz, was er auf Lager hatte. »Wasser, Wein, oder einen Single Malt aus dem schottischen Hochland?«, fragte er und hoffte Herr Kunz würde das Wasser nehmen.
»Den Single Malt, bitte«, sagte dieser in einem Ton, als wäre Frank sein Kellner.
»Kann ich mit dienen. Falls sie etwas essen wollen. Ich habe Artischocken-Häppchen.«
Frank fragte sich im nächsten Moment, ob die alten Dinger überhaupt noch schmecken konnten.
»Die nehme ich gerne dazu.«
Frank ging in die Küche, um die Sachen zu holen und gleichzeitig um aufzuatmen. Hier war der Gestank noch nicht angekommen. Er fragte sich, wie der Verleger so hart im Nehmen sein konnte. Dann hörte er ihn von drüben räuspern. Hastig kehrte er zurück und tischte ihm sein Mahl auf.
»Sehr freundlich. Danke«, sagte Herr Kunz abwesend und studierte ein anderes Kunstwerk an Franks Wand mit einem Stirnrunzeln.
Frank ließ sich in den Sessel fallen. Ihm wurde bewusst, wie müde er war. Unendlich müde. »Gern geschehen. Was ist denn jetzt mit dem Buch?«
Herr Kunz kaute verdächtig langsam. »Haben Sie die Häppchen selbst gemacht?«
Frank wusste, dass er es wusste. »Nein.«
Der Verleger schaffte es gekonnt, nicht das Gesicht zu verziehen. Anders als Frank, der ein paar Stunden zuvor davon gekostet hatte.
»Sind die von der Jubiläumsfeier?« Der Verleger sah ihn nachdenklich an.
»Ja.« Frank sank in sich zusammen.
»Also von vorgestern.«
Frank nickte.
»Sie sind ja einer.«
Frank stand schnell auf.

»Ich habe auch selbst gemachten Eiersalat.«
»Machen Sie sich keine Umstände.«
Frank setzte sich genauso schnell. Er fragte sich, ob der Verleger auch schmecken würde, dass sein anderer Besucher bereits aus der Whiskyflasche getrunken hatte. Er schob den Gedanken beiseite und merkte, dass er mit seiner Geduld am Ende war.
»Das Buch?«
Herr Kunz hob die Hand. »Warten Sie kurz.« Er roch am Whisky und nippte anschließend daran. Frank befürchtete das Schlimmste.
Doch sein Verleger sah ihn nur ausdruckslos an. So sah er oft aus, wenn ihm etwas gefiel.
»Wie viele Jahre hat er?« Nun sah ihn der Verleger wieder nachdenklich an.
Frank merkte, wie Stolz in ihm aufkam, für eine Sache, die er nicht geleistet hatte. »18 Jahre auf dem Buckel.«
Jetzt saß er wieder gerade.
»Der ist gut.«
Das war für Frank nach den ganzen Einschlägen fast wie ein Ritterschlag, dennoch wollte er zur Sache kommen.
»Super. Was ist denn jetzt das Problem mit meinem Buch?«
Auf einmal war der ernste Ausdruck aus dem Gesicht des Verlegers verschwunden und er legte eine ungewohnte Heiterkeit zu Tage.
»Na ja, ich hoffe, Sie nehmen das jetzt nicht zu persönlich ...«, begann er fast schon fröhlich.
»Bestimmt nicht. Konstruktive Kritik hat mich bis jetzt immer weiter gebracht.«
Herr Kunz klatschte in die Hände. »Gut, dass Sie das so sehen. Dann kann ich ja loslegen.«
Frank formte mit seinen Fingern eine Pistole. »Schießen Sie los.«
Das tat Herr Kunz. »Ihr Buch ist sehr trocken aufgebaut. Ein bisschen wie die Gebrauchsanweisung für eine Waschmaschine. Ich übertreibe natürlich etwas.«
Frank nickte, obwohl alles in seinem Kopf *Nein!* schrie.

»Schon klar. Und?«, fragte er, obwohl er schon gar nicht mehr hören wollte.
»Die Beziehungen der Figuren untereinander sind unzureichend beleuchtet und unmotiviert. Man könnte fast sagen, sie haben gar keine Verbindung. Es fehlt der Magnet. Sie müssen sich das Ganze wie ein Gummiband vorstellen. Aber das Gummiband ist schon längst gerissen.« Herr Kunz sah Frank bedeutungsvoll an. Dann lächelte er nachsichtig und setzte fröhlich seinen Verriss fort.
»Die Verhältnisse im Zwischenspiel von Distanz und Nähe sind völlig unklar. Das ist aber auch kein Wunder, da die Figuren schablonenhaft ausgefüllt oder mit Klischees überzeichnet worden sind. Können Sie noch, Herr Freibrodt?«
Frank nickte mechanisch. Er war am Ende. Der Verleger wischte sich mit seinem Taschentuch einen verbliebenen Krümel der Pastete vom Mund.
»Klar. Ich kann ja nur dazulernen, oder?«, sagte Frank mit bemüht unbeschwertem Ton und forderte seinen Verleger auf, den Verriss seines neuen Buches fortzusetzen. Er merkte, dass sich alles drehte, als wäre er sturzbesoffen.
»Gut. Ihre Geschichte sowie das Verhalten der einzelnen Figuren ist auch nicht logisch aufgebaut. Das ist im Grunde genommen nicht weiter tragisch. Schließlich reagieren wir Menschen im Leben auch nicht immer logisch. Gerade dann nicht, wenn wir emotional sind. Aber da kann ich leider auch nicht viel in Ihrer neuen Geschichte entdecken. Gut, es gibt ein paar Brüche bei einzelnen Figuren hier und da. Aber die machen überhaupt keinen Sinn, genauso wie die wenigen inneren Konflikte, die nur recht dürftig aufflimmern. Da Ihre Figuren grundsätzlich unterkühlt sind, kommt jede von den wenigen emotionalen Regungen quasi wie ein Kaltstart. Da hat sich wohl der Winter in Ihr Buch geschlichen, Herr Freibrodt.« Jetzt lachte Herr Kunz laut. Dann folgte ein Hustenschwall. Währenddessen stellte Frank sich Igor mit einem Baseballschläger vor. *Strike!* Er fragte sich, wie

es sich wohl anhören würde, wenn seine Kniescheibe zersplitterte. Er würde es wohl bald herausfinden.
»Ich danke Ihnen für Ihre konstruktiven Ratschläge, werde das Überdenken und mein Buch dem entsprechend überprüfen und überarbeiten«, sagte Frank hastig nickend wie ein braver Schüler.
Er sah jegliche Brücken für seine Zukunft einstürzen, während dieser selbstgerechte Snob Witze auf seine Kosten riss.
»Ich bin noch nicht fertig. Wie gesagt, keine Motivation der Figuren, kein roter Faden. Es baut sich einfach nicht schlüssig auf. Viel zu zynisch. Sie nehmen scheinbar Ihre eigenen Figuren nicht ernst. Es sollen doch Menschen in Ihrem Buch sein, Herr Freibrodt.« Frank konnte das Zittern am ganzen Körper nicht mehr unter Kontrolle halten.
»Schon gut.«
Doch der Verleger fuhr unerbittlich fort. »Die Figuren haben keine Ziele. Alles so gleichbleibend morbid. Dementsprechend falsch kommen dann auch die einzelnen Ausbrüche der Figuren. Ich werde es jetzt mal in etwas jugendlicher Sprache formulieren. Bevor man kotzt, muss es einem auch schlecht gehen, Herr Freibrodt.«
Auf Frank traf beides zu. Er war kurz davor sich zu übergeben. Maik trug oft Stahlkappenstiefel. Frank wusste aus Erzählungen, wie er sie einsetzte. Wenn er ihm damit in die Weichteile treten würde, konnte Frank seinen Plan, irgendwann mal Kinder in die Welt zu setzen, vergessen. Was solls, die Welt ist sowieso überbevölkert, dachte Frank. Trotzdem würde er auf diese Erfahrung gerne verzichten wollen. Doch nun hatte der Kunstdiktator vor ihm andere Pläne.
»Denken Sie daran! Sie schreiben über Menschen. Es geht immer um die Menschen. Ihr Buch braucht einen Kern. Eine Seele. Sonst stürzt das ganze Konstrukt in sich zusammen. Es ist nicht nur Technik oder Fingerspitzengefühl. Stellen Sie sich vor, Sie wären ein Gourmet und würden ein Omelett zubereiten. Sie müssen die richtigen Zutaten dazugeben. Sie brauchen Mitgefühl, Sie brau-

chen Empathie, wenn Sie über Menschen schreiben wollen.« Herr Kunz wedelte streng mit dem Finger.
»Das reicht jetzt!«, rief Frank laut.
Herr Kunz sah das anders.
»Die Rückblenden der einzelnen Figuren halten nur die Geschichte auf und bieten keinen wirklichen Unterhaltungswert. Keine Figur hat mich berührt. Zu keiner habe ich Empathie aufbauen können. Zu keiner einzelnen.«
Frank wurde laut. »Ich habe gesagt, das reicht!«
Er war über seinen eigenen Ausbruch erschrocken. Ihm tat der Verleger fast schon leid. Er wollte sich gerade entschuldigen, aber dieser nahm seinen Ausfall nur mit Genugtuung zur Kenntnis.
»Ganz ruhig, Herr Freibrodt. Ich will Ihnen nur helfen. Ich bin nun mal dazu gezwungen, die Problemzonen direkt anzusprechen. Das ist meine Berufung«, sagte er salopp und lächelte dünn. »Aber in solchen Momenten macht mir das auch keinen Spaß, Herr Freibrodt. Trotzdem muss ich abschließend sagen …«
Er nippte wieder an seinem Whisky.
»Ja!?« Jetzt brüllte Frank sogar.
Herrn Kunz schien seine Verzweiflung nur aufzugeilen.
»Mit Verlaub, Herr Freibrodt. Ich verlege keine Ratgeber gegen Schlafstörungen. Als Mittel zum Einschlafen würde ich sofort auf Ihren neuen Wälzer zurückgreifen und …«
»Jetzt sagen Sie schon, was Sie sagen wollen!«
»Ihr neues Buch ist, kurz gesagt, dreist aus anderen Romanen zusammengeklaute, langweilige und seelenlose Brühe. Ihr neues Buch macht überhaupt keinen Sinn. Es ist der letzte Scheiß.«
Er nippte noch mal am Glas.
»Aber der ist wirklich gut.«
Frank betete zu Gott, dass sein Verleger davon Herpes bekam.
»Alles klar. Super. Und jetzt?«
Sein Kopf konnte nicht mehr der Schwerkraft trotzen und sank in seine Hände.
»Sie müssen noch mal von vorne anfangen.«

Ein schriller Schrei durchbrach die Luft. Die Köpfe beider Männer drehten sich synchron Richtung Schlafzimmer.
»Was war das?«, fragte Herr Kunz angespannt.
Wieder ein Schrei. Dann ein Wimmern. Pia. Die Lage war ernst. Das wusste Frank. Er sollte ihr jetzt eigentlich zur Hilfe eilen. Musste sogar. Dann dachte er aber an den Bettler, den Maik ihm gezeigt hatte. Dem eine Hand fehlte und der keine Zunge mehr hatte. Maik hatte gesagt, dass so was passieren kann, wenn man Igor sein Geld nicht zurückzahlt. Schließlich haben einige Menschen Mitleid mit Krüppeln und lassen dann was springen. Das war natürlich auch eine Möglichkeit. So konnte man natürlich auch irgendwann seine Schulden begleichen. Maik hatte ihn angegrinst und das Wort *irgendwann* stark ausgedehnt. Frank musste jetzt für sich selber da sein. Ab und an musste man auch zuerst an sich denken. Vielleicht konnte er die Nummer hier noch retten. Aber wenn sein Verleger die beiden entdeckte, war alles verloren und Igor würde ihn zum Krüppel schneiden.
»Ich habe den Fernseher nicht ausgestellt.«
Herr Kunz legte den Kopf schräg.
»Und auf einmal hört man ihn?«
Frank zuckte mit den Schultern. »Ist ein Horrorfilm.«
Herr Kunz sah ihn streng an. »Sie hätten sich ruhig etwas mehr auf meinen Besuch einstellen können. Ganz schön nervig. Finden Sie nicht? Wollen Sie ihn nicht ausmachen?«
Frank zog eine Grimasse wie ein kleines Schulkind. »Geht nicht. Meine Katze beruhigt das.«
Herr Kunz zog die Augenbrauen hoch. »Ihre Katze?«
Er musterte Frank skeptisch.
»Ja genau. Die kann dadurch immer gut einschlafen«, sagte Frank und dachte an Pia, die einem Wahnsinnigen ausgeliefert war und nach ihm schrie.
»Interessant«, rief sein Verleger und war auf einmal sehr aufgeschlossen. »Das muss ich bei meinem Kater auch mal ausprobieren.«
Frank streckte den Daumen in die Luft. »Das Buch.«

Herr Kunz richtete sich auf. »Ich kann das beim besten Gewissen nicht unterstützen«, sagte er steif.
»Ich bitte Sie«, flehte Frank.
Keine Reaktion.
»Ganz ehrlich. Ich brauche das Geld. Es geht um Leben und Tod.«
Der Verleger lächelte. »Das geht es im Leben doch immer, Herr Freibrodt. Außer in Ihrem neuen Buch vielleicht. Übrigens sollte man für Geld nicht schreiben. Eigentlich sollten Sie das wissen.«
Frank fielen einige Schriftsteller ein, die in finanzieller Not einen großen Erfolg zustande gebracht hatten, aber er beließ es dabei.
»Wie viel Zeit habe ich?«
Wieder ein Schrei. Hoch und schrill wie ein Feuermelder. Eindeutig Pia. Kurz darauf ein Wimmern. Frank explodierte fast der Schädel, so sehr tat es weh, die Gedanken an Pia in den Hinterkopf zu drängen. Er saß hier resigniert mit seinem Verleger und debattierte vor einem Whiskyglas über sein neues Buch, während seiner geliebten Nachbarin im Nebenzimmer der Garaus gemacht wurde. Herr Kunz hingegen hatte sich längst an das Geschrei gewöhnt und reagierte schon gar nicht mehr darauf. Anscheinend schien er Franks Lüge einfach so geschluckt zu haben.
»Einen Monat, weil ich Sie mag.«
Frank faltete die Hände. »Ich brauche aber dringend einen Vorschuss.« Herr Kunz schüttelte den Kopf. »Ich bin Ihnen weitaus genug entgegengekommen. Sie haben schon Geld bekommen. Leider muss ich auch sagen, dass ich wohl zu viel Vertrauen in Ihr neues Projekt investiert habe. Von Ihnen hatte ich mehr erwartet.«
»Kommen Sie.«
Herr Kunz sah ihn fast mitleidig an. »Sie kriegen das schon hin. Gehen Sie spazieren. Holen Sie sich etwas Inspiration. Beobachten Sie.«
So ein arrogantes Arschloch, dachte Frank. Hat er jetzt sämtlichen Respekt vor mir verloren? Jetzt redet er mit mir schon, als wäre ich ein Anfänger. Er war kurz davor,

die Whisky Flasche zu zertrümmern und seinem Verleger dann den Stumpf in den Hals zu rammen.

»Ich weiß wirklich nicht, wie ich das schaffen soll«, sagte er stattdessen und zog einen Schmollmund wie ein kleiner Junge.

»Schreibblockaden kommen bei den besten Autoren vor. Aber Sie haben Ihr Buch schon beworben. Ich kann Ihnen keinen Vorschuss mehr geben. Erst brauche ich ein Ergebnis«, sagte Herr Kunz weich.

Auf einmal war die kühle Fassade aus dem Gesicht seines Verlegers verschwunden. Es schien auf einmal, als hätte er mit Frank zum ersten Mal Mitgefühl. Als hätte er selber schon mal neben sich gestanden. In Frank wuchs daraus neue Hoffnung.

»Bitte!«

Doch er wurde enttäuscht.

»Ich vertraue Ihnen. Trotz Ihres Fauxpas. Sie sind ein guter Autor. So was passiert jedem Mal. Das Leben ist eine ewige Schule. Schmeißen sie das Ding weg und schaffen Sie eine neue Geschichte.«

Wieder ein Schrei. Frank war kurz davor durchzudrehen. Er wusste nicht mehr, was er von sich selbst halten sollte. Er hatte Pia, die ihm vertraut hatte, mit einem Wahnsinnigen zusammen eingesperrt, um sein neues Buch in Ruhe zu besprechen. Was hatte er denn erwartet? Das die Geschichte gut ausgehen würde? Nun saß er hier mit bleischweren Beinen und folgte tatenlos dem Konzert ihrer Schreie. Aber er hatte doch keine Wahl. Wenn er nicht bald zu Geld kam, würde ihn Igor mit seinem Messer wie eine Kartoffel schälen und Pia und Lisa würde er sich als Pfand leihen, bis er sein Geld zurückbekommen hatte. Eigentlich tat er das hier ja auch alles nur um die beiden vor einem solchen Schicksal zu bewahren. Wieder ein leises Wimmern. Frank fixierte die Schlafzimmertür und fragte sich, ob er das Zimmer jemals wieder betreten konnte. Herr Kunz folgte irritiert seinem Blick.

»Was gucken Sie denn dauernd zu dem Zimmer? Ist der Horrorfilm jetzt interessanter als Ihr Buch? Also Herr Freibrodt. Ich bin nicht gerade amüsiert. Ich habe noch

nie erlebt, dass ein Autor seinen Fernseher anlässt, wenn ich ihn persönlich aufsuche.«
Frank fixierte wieder seinen Verleger. »Sie verstehen das nicht! Sie würden auch nicht pissen können, wenn jemand neben Ihnen steht …«
Jetzt wurde Herr Kunz laut. »Also Herr Freibrodt!«
Aber Frank war noch nicht fertig. »… und Ihnen dabei noch eine Waffe an den Kopf hält.«
Sein Verleger schien fast beeindruckt. »Interessantes Bild, Herr Freibrodt. Ich denke aber nicht, dass gerade mein Urinalverhalten zur Debatte steht.«.
Frank stand auf und baute sich vor ihm auf. Sein Gegenüber ahnte nicht, dass er zu allem bereit war. Er war jetzt ein Grenzgänger. Spätesten seit den Schreien seiner Nachbarin. Wenn nicht sogar schon vorher.
»Versetzen Sie sich doch einfach mal rein. Könnten Sie das?«
Herr Kunz schien das wenig zu beeindrucken. »Ja. Selbstverständlich. Ich würde wie ein braver Junge meine Notdurft verrichten. Es geht ja schließlich um mein Leben. Also, Sie haben einen Monat. Punkt.«
»Sie verstehen das nicht! Ich bin in Gefahr. Ich bin am Ende! Wenn ich nicht …«
Herr Kunz unterbrach ihn ruhig. »Nun mal ganz sachlich, Herr Freibrodt. Ihre persönlichen Befindlichkeiten gehen mich nichts an. Sie interessieren mich schlichtweg nicht. Ich habe mir schon sehr viel von meiner kostbaren Zeit für Sie herausgenommen. Für alle anderen Angelegenheiten gibt es sogenannte Auffangecken. Ich kann Ihnen mehrere Experten im psychologischen Bereich empfehlen, wenn Sie unbedingt … «
»Darum geht es doch nicht! Es ist viel schlimmer! Es …«
Sein Verleger machte mit seiner Hand eine schneidende Bewegung und sah Frank an, als wäre er ein unerzogener Junge.
»Herr Freibrodt. Bitte. Mäßigen Sie sich.«
Frank lief verzweifelt auf und ab. Wieso musste der Mann jetzt alles zunichtemachen? Gut, sein Buch hatte, wenn er nun darüber nachdachte, einige Längen, die geschlif-

fen werden konnten. Vielleicht war es noch an der einen oder anderen Stelle ausbaufähig. Aber darauf könnte sein Verleger doch auch konstruktiv eingehen. Stattdessen musste er sein gesamtes Werk im Klo herunterspülen. Das war mal wieder typisch. Der Mann war ein gutes Aushängeschild für das, was in der heutigen Gesellschaft nicht stimmte. Man brauchte nur einen Fehler zu machen und schon war alles vorbei.
Frank ballte die Fäuste, sodass die Knöchel weiß wurden. So viel zu Menschen und Mitgefühl. Wer war der Kerl, dass er so mit ihm reden durfte? Er hatte sich doch ein wunderbares Epos ausgedacht mit seinen tiefgründigen Figuren und ihren spannenden Beziehungen und Konflikten. Er hatte aus seinem Kopf eine neue Welt erschaffen. Und dieser intellektuelle Edelfurz machte ihm alles zunichte. Stellte seine Existenz infrage und bedrohte sie. Frank fragte sich, welche Edeldynastie mit Durchfall diesen aufgeblasenen Kunstfaschisten in die Welt geschossen hatte oder welchen hoch angesehenen akademischen Abschluss dieser privilegierte Pinkel absolviert hatte, um so abfällig mit ihm sprechen zu dürfen und ihm nicht einmal zuzuhören. Was hatte der denn studiert? Wie man effektiv ein elitäres Arschloch werden kann?
Frank fluchte innerlich. Es hatte genügend interessierte Verlage gegeben, die nicht so arrogant aufgetreten wären. Aber er hatte sich vor allem auf das Prestige konzentriert. Warum hatte er sich davon nur blenden lassen? Er hätte sein Buch bei einer guten Freundin verlegen lassen sollen. Sie war auch sehr gut darin. Sie war viel menschlicher und sie hatte sich mittlerweile einen vorzeigbaren Verlag aufgebaut. Die wäre ihm jetzt auf Augenhöhe begegnet. Aber er musste sein erstes Buch ja bei dieser verstaubten Büroklammer verlegen lassen. Das hatte er nun von seiner Ignoranz.
Falls er ihm jetzt die Fresse einschlagen sollte, würde diesem Spießer sein ach so tolles Studium und sein vergoldetes Portfolio gar nichts nützen. Er wäre dann ein Nichts. Frank sehnte sich nach den alten Gesetzen der Natur. Das Recht des Stärkeren. Damals in der Höhle hät-

te sein Verleger nur einmal husten müssen und die anderen Urmenschen hätten ihm das Superhirn aus seinem grauen Schädel gelöffelt. Genauso könnte er es jetzt auch tun. Er bemerkte, dass er nun dicht hinter seinem Verleger stand. Diesen schien das nicht zu beeindrucken. Herr Kunz saß weiterhin entspannt auf Franks Sessel und spielte mit seinem Whiskyglas. *Warum wartest du noch? Tu es doch einfach,* flüsterte es in Franks Kopf. Er könnte diesem Lappen seinen Geierhals einfach brechen. Eine kleine Drehung, dann ein beherzter Ruck. Wie ein Ast würde sein Genick knacken und Frank würde sich befreit fühlen. Er würde nicht mal einen Muskelkater davontragen. Er würde nichts spüren. Er würde einfach eine lästige Fliege totschlagen und die Welt von einer nervigen Angelegenheit befreien. Dieser Mann wusste nicht, wozu er fähig war und dabei hielt er sich für so intelligent. Herr Kunz drehte sich um. Franks Fingerknöchel knackten.
»Herr Freibrodt. Da ich einen langen Arbeitstag und äußerst umständlichen Weg zu Ihnen hinter mir habe, wäre es doch sehr angenehm von Ihnen, wenn Sie mir noch einen edlen Tropfen nachschenken würden«, sagte sein Verleger und sah ihn fast schon vorwurfsvoll an, als wäre es eine Dreistigkeit, dass er überhaupt genötigt war, darum bitten zu müssen. Sein Gastgeber und Diener hätte wohl von sich aus darauf kommen sollen.
Damit hatte Frank nicht gerechnet. Die Luft war raus. Er war entwaffnet.
Er schob Herrn Kunz die Flasche einfach hin. Er hatte keine Kraft mehr ihm einzuschenken. Das sollte er ruhig selber machen. Der Verleger schenkte sich ein, nachdem er Frank noch einen tadelnden Blick zugeworfen hatte. Aus dem edlen Tropfen wurde ein randvolles Glas.
So langsam wie der trinkt, ist er noch ewig hier, dachte Frank. Aber der Herr hat natürlich keine Zeit, sich meine Probleme anzuhören. Frank ließ sich wieder auf den Sitz fallen. Er wusste nicht mehr, was er tun sollte. Er war leer. So leer.
»Ich bitte Sie, wie soll ich denn in einem Monat ...«, wimmerte er leise.

Herr Kunz gab ihm wieder ein Zeichen still zu sein. »Warten Sie kurz.«
Seine Nasenflügel bebten.
»Was ist denn?«, fragte Frank ohne jegliche Neugier.
»Hier stinkt es.«
Das fällt ihm jetzt erst auf, dachte Frank.
»Wie bitte?«, fragte er unschuldig. Fast schon empört. Er hoffte inbrünstig, dass sein anderer Gast wieder dafür verantwortlich war und nicht der Gestank einer verwesenden Pia. Dann fiel ihm ein, dass es für diesen Prozess wohl noch viel zu früh wäre.
»Haben Sie etwa gefurzt?«, Herr Kunz sah Frank mit großen Augen an.
»Nein, nein!«
Herr Kunz war außer sich. »Das ist jetzt nicht Ihr Ernst. Ich weiß, man muss Druck ablassen, aber …«, er brach plötzlich ab.
Er sah aus, als würde er fast weinen.
Der Gestank war beißend.
»Das war die Katze«, verteidigte sich Frank.
»Wie ich bereits erwähnte, habe ich selber eine Katze«, sagte Herr Kunz dozierend. »Die kann so was nicht verursachen. Das ist das Werk eines Menschen.«
Frank platzte. Man konnte ihm heute vieles, fast alles unterstellen. Aber nicht das.
»Ich war das nicht, verdammt noch mal!«
Herr Kunz führte den Finger zu seinen schmalen Lippen. »Pssst … Ich glaube Ihnen. Warten Sie kurz.« Der Verleger sah Frank verschwörerisch an.
Er schnupperte wie ein Spürhund, nahm Witterung auf und ging zur Schlafzimmertür. Da fiel Frank auf, dass er zwar abgeschlossen hatte, aber der Schlüssel noch im Schloss steckte. Und sein Verleger war ein sehr neugieriger Mensch. Schnell hatte er den Schlüssel umgedreht und stand in Franks Schlafzimmer.
Dieser hörte ein »Nanu.«
Dann ein »Oh je. Pardon. Entschuldigen Sie.«
Herr Kunz drehte sich verlegen weg, nur um kurz darauf wieder verstohlen ins Schlafzimmer zu schielen. Frank

fiel wieder Pia ein und blitzschnell stand er hinter seinem Verleger. Es bot sich ein Bild des Grauens. Pia lag nackt auf dem Bett. Der fremde Mann auf ihr. Halbnackt, aber die Hose war auf halbmast. Frank stieß ihn grob von seiner Nachbarin herunter. Er lag nun auf dem Rücken und gab gurgelnde Geräusche von sich.
»Ähm ... Ich will mich ja nicht einmischen, aber Sie sollten ihn lieber in die stabile Seitenlage bugsieren. Ähm ... dem Gestank nach ist dieser Mann ganz schön angetrunken und könnte ... nun ja ... an seinem Erbrochenen ersticken«, rief Herr Kunz hinter ihm.
»Ist mir egal. Verdammtes perverses Schwein«, knurrte Frank. Er kniete sich auf den Brustkorb des Mannes und seine Hände wanderten zu dessen Hals.
»Was machst du da? Er kann doch nichts dafür! Er wollte das nicht! Er ist ohnmächtig geworden und gefallen. Ich habe versucht, ihn aufzufangen. Er war zu schwer und hat mich mitgerissen. Ich habe versucht, mich zu befreien, aber er war einfach zu schwer. Er hat so gestunken, Frank. Ich habe nach dir gerufen. Die ganze Zeit!«, wimmerte sie quietschend.
Frank fand ihre Hilflosigkeit etwas merkwürdig und blickte kurz zu seinem ungebetenen Gast. Er war sich ziemlich sicher, dass dieser sogar noch einiges weniger wog als seine schlanke Nachbarin. Dann strich er ihr durchs Haar.
»Es tut mir leid. Ich habe es einfach nicht gehört.«
Er hörte seinen Verleger hinter sich grunzen. Frank drehte sich um. Herr Kunz sah erschüttert aus. Doch nur einen kurzen Augenblick. Dann veränderte sich sein Gesichtsausdruck rapide. Frank sah ein dünnes Lächeln auf seinen Lippen. War es Belustigung?
»Ähm ... die stabile Seitenlage?«
Frank hatte ganz vergessen, dass er noch rittlings auf dem Obdachlosen saß. Er ließ von ihm ab und drehte ihn zur Seite.
»Ich kann das erklären«, stammelte er.
»Sie haben keine Katze.«
Was für ein Checker, dachte Frank. Er schüttelte den Kopf. Jetzt war alles vorbei.

»Feldstudien«, sagte sein Verleger und nickte.
»Dafür gibt es eine ganz einfache Erklärung«, sagte Frank, als wäre es etwas ganz Selbstverständliches, was gerade passiert war.
Er sah zu Pia, welche mit großen Augen auf einen imaginären Punkt starrte, während sie mit den Armen ihren entblößten Körper umschlang.
Er hörte Herrn Kunz laut ausatmen.
»Herr Freibrodt, ich muss schon sagen …«
Frank tastete benommen nach Pia. Diese schlug seine Hand weg. Frank wusste, dass sie dafür mehr als einen guten Grund hatte. Er war der letzte Dreck. Diese Erkenntnis war ihm nicht neu. Aber auch Dreck musste leben dürfen. Er wandte sich wieder seinem Verleger zu.
»Bitte, lassen Sie mich erklären …«
Doch dieser nahm keine Notiz von ihm. Er war mit der nackten Haut vor sich beschäftigt. Es sah aus, als würde er ein Gemälde betrachten.
»Das ist ja ekelhaft«, murmelte er.
Frank wedelte hilflos mit den Armen und deutete auf den anderen Mann.
»Er war …« Er wusste nicht, wie er den Satz zu Ende bringen konnte.
Aber sein Verleger war noch nicht fertig. »Aber auch geradezu genial. Ich habe Sie unterschätzt, Herr Freibrodt. Ich bin wirklich gespannt, was Sie nächsten Monat liefern werden.«
Frank wusste nicht, was er dazu sagen sollte. »Ich auch«, fiel ihm nur noch ein.
»Könnte ich noch ein bisschen hier bleiben und Mäuschen spielen?«, fragte Herr Kunz aufgeregt, als wäre er kurz davor ein Geschenk auszupacken.
Frank spürte deutliches Unbehagen bei Pia. Er wollte ihr nicht noch mehr zumuten, als er schon getan hatte. Außerdem fand er es selber unheimlich, wie sein Verleger abwechselnd die nackten Oberkörper der beiden jungen Menschen fixierte.
»Nehmen Sie es mir bitte nicht übel, aber ich glaube, zu viele Köche verderben den Brei.«

Herr Kunz hustete wieder. Was auch ein Lachen sein konnte. Frank wusste es nicht mehr.
»Sie haben natürlich recht. Sie machen das schon«, flüsterte sein Verleger eifrig. »Den Dünnschiss von vorhin habe ich schon längst vergessen. Ich bin nun sehr zuversichtlich, dass Sie wieder ein gehaltvolles Werk zustande bringen werden. Wir sehen uns.«.
Herr Kunz öffnete die Wohnungstür und entdeckte drei weitere Personen mit grimmigem Gesichtsausdruck, die Zugang zu Franks Wohnung wollten.
»Respekt, Herr Freibrodt. Sie nehmen Ihre Feldstudien sehr ernst. Genial, statt rauszugehen und zu beobachten, bestellen Sie sich den Pöbel lieber direkt ins Haus.«
Dann hielt er den dreien einfach die Tür auf und der Albtraum von Frank steigerte sich in die nächste Ebene.

14

Es war ein brutales Ping-Pong-Spiel. Frank flog durch die Wohnung. Hin und her. Erst landete er bei Nadja, dann wieder bei Maik. Immer wieder wurde er hin und her gestoßen. In seiner Schulzeit war dieses Spiel auch gespielt worden. Ein Schüler wurde von zwei anderen Mitschülern in die Mitte genommen und immer wieder zu dem Gegenüber geschubst. Nur war Frank damals meistens einer der Impulsgeber gewesen.
Jetzt allerdings waren die Lacher nicht auf seiner Seite. Igor hatte sich sein eigenes System der Abmahnung aufgebaut. Es gab insgesamt vier Phasen. Die erste war ein Gespräch, dann folgte die Phase Körper, dann Gesicht und zuletzt Genitalien. Als er wieder zu Nadja gestoßen wurde, bekam er einen kräftigen Schlag in die Magengrube, dass ihm die Luft wegblieb. Sie packte ihn an den Haaren und stieß ihn zurück zu Maik. Dieser trat ihm die Beine weg. Frank knallte hart auf den Boden. Das hier war wohl Phase zwei. Offenbar hatte Igor angeordnet, dass dieses Mal noch keine sichtbaren Spuren hinterlassen werden sollten. Das nächste Mal wäre dann Franks Gesicht dran. Unter anderem. Igor ließ bei seinen Schlägern Spielraum für Improvisationen offen.
Fast wäre Herr Kunz auch in die Mitte genommen worden, als er die drei in Franks Wohnung gelassen und als Pöbel bezeichnet hatte. Die drei hatten zu langsam reagiert. Herr Kunz war schon über alle Berge, als bei Nadja die Beleidigung erst angekommen war. »Was hat der Spast gerade gesagt?«
Den dreien war dafür allerdings der Gestank recht schnell aufgefallen.
»Hallo Frank. Dicke Luft hier. Du musst mal lüften. Ist gesünder. Geht es dir gut?«, begrüßte ihn Maik fröhlich, bevor er ihm wuchtig in die Eier trat. Wenigstens hatte er keine Schuhe mit Stahlkappen an, stellte Frank nach einer Welle der Schmerzen fest.
»Hast du etwa nicht gespült, ey? Oder hast du Angst?« Nadja lachte.

Sie trug ein schwarzes, bauchfreies Oberteil aus Leder mit Schnallen, hatte ihr hübsches Gesicht fleißig geschminkt und sich die schwarzen Haare zu einem Zopf nach hinten gebunden. Frank bemerkte, wie muskulös sie war. Ihr Arme hatten fast genauso viel Umfang wie Maiks und waren mit weitaus mehr Muskeln bestückt, als Frank vorweisen konnte. Sie war etwas älter als Maik. Zumindest wirkte sie so. Was nicht viel aussagte. Jeder über zwanzig sah älter aus als Maik. Nur durch seinen athletischen Körperbau, der sich unter seinem Feinripphemd abzeichnete, sah man deutlich, dass er kein Junge mehr war.
Nun trat Igor ins Wohnzimmer, nachdem auch er die Landschaftsaufnahmen in Franks Flur neugierig gemustert hatte. Frank hasste Katalogisierungen von Menschen. Aber er hätte Igor niemals als Kredithai eingestuft. Mit seinen langen Gliedmaßen, dem intellektuellen Haarkranz und dem langen Vollbart sah der Ungar für ihn eher aus wie ein Sozialpädagoge von der Waldorfschule. Wenn man mal von der bedrohlichen Ausstrahlung absah.
Vielleicht war er ihm deshalb auf den Leim gegangen. Aber es hatte ja schon bei Maik angefangen. Als er wegen beginnender Geldprobleme sein Wochenendhaus aufgeben musste und seine ganze Einrichtung vorsorglich in seine Eigentumswohnung gestopft hatte, war er mit dem Möbelpacker ins Gespräch gekommen. Mit seiner offenen Art und seinen jugendlichen Zügen, dem spitzbübischen Lächeln hatte der junge Mann auf ihn sympathisch gewirkt und er war mit ihm bei ein paar Bieren ins Gespräch gekommen. Maik hatte ihn bewundernd mit großen Kulleraugen angesehen und von seinem Buch geschwärmt. Frank hatte zwar seine Zweifel gehabt, dass Maik so belesen war, fühlte sich aber sehr geschmeichelt. Ihm wurde der Möbelpacker noch sympathischer. Irgendwann im angetrunkenen Zustand hatte Frank ihm sein Herz ausgeschüttet. Die Geldprobleme, die Angst vor der Bank wegen dem überzogenen Kredit, den sie wiederhaben wollte und die Zwangsvollstreckung. Maik

hatte immer wieder genickt, zeigte aufrichtiges Mitgefühl. Jedenfalls war das damals der Eindruck von Frank gewesen.
Maik hatte ihn dann mit Igor bekannt gemacht. Der wirkte damals auf Frank auch sehr sympathisch, aufgeschlossen und geduldig. Er hatte sich mit ihm in seinem Restaurant getroffen. Sie hatten zusammen gespeist, Anekdoten erzählt und auch gelacht. Igor sagte ihm, dass er ihn sehr mag, sein Buch ganz toll findet und er ihm gerne helfen würde. Er sei durchaus gerne kulant in seiner Angelegenheit und Frank bräuchte sich keinen unnötigen Stress bei der Rückzahlung zu machen. Nadja hatte den beiden Essen gebracht. Unter ihrer feinen Bluse waren Frank die ganzen Muskeln und Tattoos nicht aufgefallen. Sie wirkte auf ihn damals wie eine hübsche junge Dame. Eine Schönheit, die auch ein offenes Ohr hatte und zu ihm aufsah. Was dem eitlen Frank damals sehr geschmeichelt hatte. Erst als er von ein paar Leuten aus seinem Kiez gehört hatte, was Igor für einer war, fingen die Sensoren in seinem Kopf langsam an zu rattern. Allerdings hatte er das ganze Gerede auch da noch unter Geschichten abgeheftet.
»Freust du dich etwa nicht, mich zu sehen?«, fragte Igor ihn mit seiner hellen Stimme, die zu dem hochgewachsenen Mann nicht so recht zu passen schien.
»Warum sollte ich mich freuen?«
»Weil ich mich freue. Heute ist Zahltag.«
»Ich kann nur einen Teil zahlen.«
Igor hielt eine Hand an sein Ohr. »Ich hab dich nicht richtig gehört. Was hast du gesagt?«
»Ich kann noch nicht alles zahlen.«
Igor sah wirklich ratlos aus. »Du sprichst eine komische Sprache. Ich verstehe dich nicht. Nadja, übersetze für mich.«
Nadja trat dem liegenden Frank in die Nieren. Er krümmte sich. Es war, als würde ihm jemand eine Lanze in den unteren Rücken rammen. Sie packte ihn am Kragen, zog ihn hoch und drehte ihm den Arm auf den Rücken. Frank brüllte auf.

»Igor, bitte!«
»Das hört sich schon besser an.«
»Igor!«
»Das ist mein Name, ja.«
Frank dachte, der Arm wird ihm aus der Schulter gerissen. »Hör auf! Sag ihr, dass sie aufhören soll! Igor, bitte!«
Igor schwang einen imaginären Dirigentenstab. »Klingt wie ein Engelschor.«
»Ich flehe dich an!«
»Geil!« Frank spürte, wie Nadja ihr warmes Gesicht in seine Halskuhle drückte. Dann etwas Feuchtes an seiner Wange. Hat sie mir gerade über die Backe geleckt?, fragte sich Frank.
»Mach weiter«, blaffte Igor und der Schmerz war zurück.
»Es tut mir leid«, wimmerte Frank.
»Hast du das gehört, Nadja. Frank tut es leid. Dann ist doch alles gut. Wenn es ihm leidtut. Lass uns gehen.« Nadja und Maik lachten. »Aber Nadja, Maik. Es ist doch alles gut. Frank tut es doch leid. Ruf alle an. Ruf auch die Feuerwehr. Es gibt Dorffest. Es tut ihm nämlich leid. Wir machen Party.«
»Ich will spielen«, schnurrte Nadja.
»Igor! Sie soll damit aufhören!«
Nadja begann zärtlich an Franks Ohr zu knabbern.
»Hast du keinen Spaß, süßer. Magst du mich nicht?«
Igor baute sich vor Frank auf. »Du guckst mich an mit deinen großen braunen Rehaugen. Sehen wie Teller aus. Erinnert mich an meine Jugend. Ich hatte auch diesen Blick. Angst war meine Aura. Jeder konnte riechen, dass ich Schiss hatte. So wie jetzt bei dir. Ich muss so hart sein. Ist nicht persönlich. Du hast meine Geduld ausgereizt. Du gehst mir auf den Sack mit deinen Lügengeschichten. Ich habe mich immer zurückgehalten. Dir Aufschub gewährt. Aber jetzt brauche ich das Geld. Ich war mal ein Schwächling, genau wie du. Du kannst schreiben. Deine Geschichte hat mich berührt. Hab sie sogar zweimal gelesen. Und ich lese nicht gerne. Ja, du kannst schreiben. Ich konnte ..«, Igor zog eine nachdenkliche

Grimasse. »…nichts. Eine Gang hat mich jeden Tag verprügelt und bespuckt. So ein paar kleine Nazis. Einmal haben sie mich sogar angepisst.«
Frank hatte das Bild von dem kleinen, Urin getränkten Igor sehr präsent im Kopf und gleichzeitig die Schmerzen, die er ihm zufügen ließ. Doch dieser hatte ihm die Schadenfreude wohl angesehen.
»Hast du gerade gelächelt, Frank? Kleine Fotze.«
Er trat Frank in den Bauch. Der klappte zusammen wie ein Taschenmesser.
Nadja fing ihn auf.
»Dann kam mein Bruder. Ein Boxer. Er war ein Boxer. Mehrere Titel. Er hat mich solange verprügelt, bis ich nichts mehr fühlen konnte. Bis mir alles egal war. Dann habe ich ihn irgendwann verprügelt. Er hat sich gefreut. Wir waren, was trinken. Er küsste mich und sagte: Jetzt bist du ein Mann. Er hatte kein Mitleid mit mir. Er hat mich abgehärtet und mich stark gemacht. Ich wurde ein Mann. Danach konnte mich keiner mehr anpissen. Die Gang kam wieder. Wir haben sie alle plattgemacht. Die kleinen Naziärsche.«
Frank musste sich doch wundern über Igors Aussage. Denn er hatte sich Maik als Schläger geborgt. Und dieser war ein Neonazi. Schon beim Bier damals mit Frank, hatte Maik ihm erzählt, dass er sich eher rechts einordnen würde. Frank hatte darüber hinweggesehen. Er war da neutral. Leben und leben lassen. Doch auch neben Tarek hatten ein paar Leute vom Kiez Maik beim Umzug erkannt und Frank später berichtet, dass Maik angeblich ein aktives Mitglied einer rechten Widerstandsbewegung sein soll, die sich auf den Tag zum Umsturz auf eine neue politische Ordnung vorbereiten wollte. Der Anführer war ein ehemaliger Berufssoldat und machte unter anderem Waffengeschäfte. Igor soll angeblich auch darin verwickelt sein. Frank hatte das alles als Gerede abgetan. Schließlich war Maik nur wegen Franks Umzug im Kiez gewesen und woher sollten seine Viertelbewohner ihn und Igor denn so genau kennen?

Doch die Leute kannten ihn, weil einige von ihnen, wie Tarek in Neukölln, Freunde und Verwandte hatten, wo der rechtsextreme Schlägertrupp schon zahlreiche Anschläge auf Restaurants und Kneipen verübt hatte. Igor war sowieso eine bekannte Größe, was später auch Frank unsanft herausfinden sollte.

Als Igor schon nicht mehr ganz so gut auf Franks Aufschübe zu sprechen war, hatte er ihn einbestellt zu einem Gespräch. Die ganze seriöse Aura vom ersten Treffen war verschwunden gewesen. Sie hatten sich in einem heruntergekommenen Apartment getroffen. Der Teppich voller Flecken, deren Herkunft Frank lieber nicht ermitteln wollte. Igor erkundigte sich nach Franks Problem und forderte ruhig aber mit ernster Stimme eine Erklärung. Während Igor ihm beim Gespräch durchgehend Zigarettenrauch ins Gesicht blies, schoben Maik und die Dauergeile Nadja einfach eine kleine Nummer auf dem Bett. Igor fragte Frank ganz freundlich, ob er auch mal ran wollte. Als dieser dankend ablehnte, versprach er ihm, dass Frank bald keinen Schwanz mehr hätte, wenn er ihm noch weiter mit seinen Lügen auf die Eier gehen würde. Frank musste diese Information erst einmal verdauen und hatte sich dann lieber auf die beiden bumsenden Akteure konzentriert. Es hatte wie ein Kampf ausgesehen. Zusätzlich wurde die Kollision von Maik und Nadja mit animalischen Geräuschen untermalt. Offenbar bestand zwischen Igors beiden Angestellten ein leidenschaftliches Arbeitsverhältnis. Schließlich lag Nadja schreiend und kratzend unter ihrem grunzenden Arbeitskollegen. Frank hatte auf Maiks Rücken gestarrt, während dieser sich auf seiner Kollegin abreagierte, und hatte ein nicht gerade dezent gestochenes Hakenkreuz zwischen seinen Schulterblättern entdeckt. Damals wurde ihm zum ersten Mal klar, dass er seine Nachbarn vom Kiez wohl besser ernst genommen hätte.

Nadja schlug ihm mit der flachen Hand aufs Ohr. Er sollte zuhören.

»Dann bekam mein Bruder wieder einen Kampf. Sein Letzter. Er ging zu Boden. Kam mit dem Hinterkopf auf.

Nun ist er kein Mann mehr. Ich bin nun der einzige Mann in der Familie. Jeden Dienstag muss ich mir ansehen, wie er sich vollscheißt. Obwohl er nichts mehr sagen kann, spricht er eine klare Sprache. Jeden Dienstag muss ich seinen gebrochenen Blick ertragen. Er wird nie wieder gehen können. Aber er soll in Würde seinen Abgang machen. Das hat er sich verdient. Das schulde ich ihm. Jeden Dienstag muss ich mich mit einem Pfleger unterhalten. Ich weiß, der Beruf ist hart. Der Druck ist groß. Wie heißt das Wort, Nadja?«

»Personalmangel?«

»Ja. Richtig. Trotzdem kann man meinen Bruder nicht so abfertigen. Einfach wenden, wie ein Schnitzel in der Pfanne. Natürlich übertreibe ich. Aber es ist einfach zu hektisch für meinen Bruder an diesem Ort. Das tut ihm nicht gut. Er ist sehr sensibel. Er spürt sowas. Jeden Dienstag mache ich das einem Pfleger klar. Dann kommt ein Neuer. Dem mache ich das wieder klar. Ich weiß, die können da nichts für. Das geht von oben aus. Ich kann halt leichter treffen, wenn ich nach unten trete. Man kann sogar die Arbeit von zehn Leuten machen, wenn man weiß, was man zu verlieren hat. Ein paar konstruktive Gespräche und es lief schon besser. Trotzdem geht das so nicht weiter, mein lieber Frank. Ich habe eine schöne Pflegeresidenz gefunden. Liegt an der Nordsee. Blick aufs Wasser. Große Außenterrasse. Gutes Essen sowie Personal. Hat sehr gute Bewertungen im Internet. Teuer wie goldene Scheiße. Aber da geht mein Bruder hin. Und nichts wird ihn aufhalten. Gib mir mein Geld, Frank. Langeweile ich dich etwa? War die Geschichte nicht lustig genug, hä? Nadja, weck ihn auf.«

Diesmal knabberte sie nicht mehr zärtlich an seinem Ohr. Frank fand heraus, wie stark der menschliche Kiefermuskel sein konnte. Sie gab ein kehliges Knurren von sich, während sie ihm mit ihren Zähnen das halbe Ohrläppchen abriss. Warmes Blut lief ihm den Hals herunter. Er heulte auf.

»Ich höre zu! Ich höre zu!«

»Diese Geschichte ist lustig, Frank. Die willst du bestimmt hören. Du lachst ja so gerne. Also, ich war mal was trinken. Der Club war ganz nett. Vor mir saß ein Mädchen. Es war sehr schön. Wie eine Bilderbuchprinzessin. Ihr stand die Farbe Rosa. Sie war wirklich schön. Wie Schneewittchen. Also nicht gerade jetzt Nadja.«
»Arschloch«, erwiderte sie.
»Ich bin noch nicht fertig. Sie gehörte zu einem Typen. Der schuldete mir Geld. So wie du. Der hatte keinen Respekt. So wie du. Aber er hat es wenigstens ehrlich gezeigt. Der hatte Eier. Na ja. Mein Ruf war da noch sehr jung. Ich musste mir den Respekt verdienen. Er zeigte mir den Mittelfinger. Ich sagte, zeig mir nicht den Mittelfinger, sonst brech ich ihn dir ab. Er hat es nicht verstanden.«
»Später hat er alles verstanden«, sagte Nadja.
»Wir beide haben auch ein Sprachproblem, Frank. Du verstehst mich nicht. Du respektierst mich nicht. Du zeigst mir auch den Mittelfinger. Schon die ganze verfickte Zeit. Nadja, brich ihn.«
Nadja brach Frank den Finger. Es klang, als würde jemand auf einen trockenen Keks beißen. Frank schrie auf.
»Halts Maul. Hör auf zu schreien! Ich will weiterreden.«. Doch Igor wurde wieder unterbrochen. Die Tür zum Schlafzimmer wurde aufgestoßen und Pia stürzte sich auf Nadja.
»Lass meinen Freund in Ruhe!«, schrie sie schrill und schlug der überrumpelten Russin wuchtig mit einem dicken Buch auf den Kopf. Die ging überrascht zu Boden. Maik riss seine übergroßen Mandelaugen weiter auf. Frank klappte der Unterkiefer runter. Igor hingegen sah aus, als würde er gleich einschlafen.
Frank hatte vorhin schnell die Tür zum Schlafzimmer zugestoßen, bevor der Besuch seine Nachbarin entdecken konnte. Er wollte sie nicht auch noch Igor aussetzen, dem mittlerweile jedes Druckmittel gegen Frank recht war. Nun war sie splitternackt aus dem Schlafzimmer gestürmt, um ihn zu retten. Womit hatte er das verdient?

Dabei machte sie auch eine gute Figur. Sie schlug weiter mit dem dicken Buch auf Nadja ein, die am Boden lag. Frank ertappte sich dabei, dass er hoffte, dass es nicht sein Bestsellerroman war, den sie da auf Nadjas Kopf zerschlug und fragte sich, was mit ihm nicht stimmte. Maik packte sie am Arm, um sie von Nadja herunterzuziehen, und bekam ihren Ellbogen wuchtig ins Gesicht gerammt. Frank rechnete Pia, die im Moment noch durchtrainierter war als auf ihren Instagram Videos, eine reelle Chance ein. Aber sie alleine gegen drei? Dann verpasste Maik ihr eine Ohrfeige, sodass es durch den ganzen Raum schallte. Frank dachte erst, Pia würde stürzen doch sie ging nur in die Knie, federte ab und sprang erstaunlich weit in die Höhe, wobei sie ihr Knie hochriss und dem heranstürmenden Maik, der einige Zentimeter kleiner war als sie, am Kinn traf. Frank sah Maik Blut spucken und einen Zahn durch die Luft fliegen.
Igor verdrehte die Augen. »Könnt ihr den Kindergarten mal beenden?«
Frank nutze die Ablenkung, um sich auf ihn zu stürzen. Vielleicht war er ja auch noch in Form? Doch Igor reagierte blitzschnell und packte Franks Gesicht mit seiner großen Pranke und drückte ihn wieder zu Boden. »Wir sind noch nicht fertig, Frank. Genieß die Show.«
Maik hatte sich überraschend schnell wieder erholt und spuckte Pia einfach eine Ladung blutige Rotze ins Gesicht. Dann stieß er ihr mit beiden Händen gegen den Brustkorb und Pia segelte durch die Luft, wurde von Nadja aufgefangen und beide gingen zu Boden. Sie verpasste Pia einen Haken in die Rippen, als sie aufstehen wollte. Seine Nachbarin rang keuchend nach Luft und Nadja packte sie grob an den Haaren und zog ihren Kopf so weit nach hinten, dass die Adern an Pias Hals dick hervortraten. Frank bekam schon vom Zusehen Nackenschmerzen. Doch dann riss sie ihr Bein hoch und traf mit dem Fuß Nadjas Schläfe. Frank musste sich einen kurzen Moment darüber wundern, wie gut Pias Beine gedehnt waren. Er konnte ja noch nicht mal mit durchgestreckten Beinen seine Zehen berühren. Nun begann sich Pia mit einem ho-

hen Knurren in Nadjas Arm zu verbeißen, als diese gerade zu einem Würgegriff ansetzte. Nadja schrie auf und schlug gegen Pias Kopf. Das schien der egal zu sein. Mit einem weiteren Kampfschrei warf sie sich gegen Nadja. Beide verloren wieder das Gleichgewicht und wälzten sich eng umklammert über den Fußboden. Maik wollte Nadja zur Hilfe eilen, doch Igor stoppte ihn.
»Vermassel jetzt nicht die Show. Lass die Weiber machen. Ich will für mein Geld was sehen.«
Er schob sich ein Bonbon in den Mund und hielt Frank ein weiteres entgegen. Es war rot und herzförmig.
»Willst du auch eins, Frank?«
Er erhielt keine Antwort. Denn Frank war damit beschäftigt zuzusehen, wie seine Nachbarin sich für ihn prügelte und alles riskierte. Während er vor Igor kauerte, als wäre er sein Pudel. Doch Pia schien bis jetzt die Oberhand zu behalten. Ächzend versuchte Nadja die junge Frau von sich herunterzustoßen, doch sie war der hysterisch kreischenden Pia deutlich unterlegen. Der Geldeintreiberin blieb mittlerweile nichts mehr übrig als wie ein Maikäfer zu zappeln, der hilflos auf dem Rücken lag. Mit dem Gewicht eines Ambosses schien die wütende Influencerin auf Nadja zu liegen und zerkratzte dabei schreiend dessen Gesicht. Frank musste Pias Mut bewundern, fragte sich jedoch, wie lange ihr Siegeszug gegen die drei brutalen Kriminellen noch anhalten würde.
»Frank, alter! Entspann dich. Genieß die Show! Die Frauen übernehmen die Welt!«, rief Igor begeistert und kraulte mit seiner Hand durch Franks Haare, bevor er sein Bonbon laut zerkaute. Doch selbst das konnte die Geräusche des brutalen Kampfes in Franks Ohren nicht übertönen. Pia schlug Nadjas Hinterkopf immer wieder auf den Boden, während sie auf ihrem Brustkorb kniete. Nun kratzte Nadja durch Pias Gesicht und hinterließ eine Schramme. Das war ein großer Fehler. Nadja gab gurgelnde Geräusche von sich, als Pia ihr die Kehle zudrückte.
»Das reicht jetzt! Ich mach die Nutte kalt«, knurrte Maik.

Er wollte zum Sprung ansetzen, doch instinktiv packte Frank seinen Fuß, sodass der Schläger der Länge nach auf dem Boden aufschlug. Igor rammte sein Knie wuchtig gegen Franks Schläfe.
»Ich hab gesagt, ihr sollt euch heraushalten! Seid ihr dumm, oder was? Blöde Wichser!«, schrie Igor. Anschließend kaute er wieder ruhig sein Bonbon weiter. Frank hoffte, dass sein Zahnschmelz zersplittern würde, während ihm ein dumpfer Schmerz durch den gesamten Schädel schoss. Er dachte, sein Kopf würde explodieren. Er sackte in sich zusammen. Pia hatte das wohl mitbekommen. Sie verpasste Nadja einen wuchtigen Faustschlag. Diese blieb regungslos unter ihr liegen. Igor lachte. Pia sprang von Nadja herunter und stürzte sich mit einem Kampfschrei auf Igor. Doch Maik trat ihr in den Weg. Pia bremste abrupt ab, sodass ihre festen Brüste heftigst wackelten. Maik blieb darauf hängen. Und Frank sah nun für Pia genügend Möglichkeiten, seine Ablenkung auszunutzen. Doch nichts geschah. Auch sie fixierte ihn, als ob sie Maik das erste Mal richtig erblicken würde. Beide standen nun voreinander und begutachteten sich gegenseitig, anstatt zu kämpfen. Selbst Igor neben ihm fing an zu seufzen. Frank verstand gar nichts mehr. Hatte er irgendetwas verpasst? War das jetzt etwa Liebe auf den ersten Blick, oder was? Schlag zu, dachte Frank verzweifelt. Wenigstens hoben sie jetzt beide schon mal ihre Fäuste. Maik warf mit einer femininen Kopfbewegung seine langen Haare zurück und fing an zu tänzeln. Igor stieß einen Pfiff aus. Selbst Frank war von Maiks grazilen Trippelschritten beeindruckt und vergaß für einen Moment seine Kopfschmerzen. Auch jetzt sah Frank wieder Gelegenheiten für Pia. Der Neonazi war so selbstverliebt mit seinen Tanzkünsten beschäftigt, dass sie genug Chancen hätte, seine Deckung zu durchbrechen. Doch sie stand passiv vor Maik und beobachtete ihn ausdruckslos bei seinen Tanzeinlagen, als wäre sie selbst gar nicht am Kampf beteiligt. Aber natürlich verstand Frank ihre Vorsicht. Maik war ein durchaus stärke-

rer Gegner als Nadja, die immer noch ausgestreckt auf dem Boden lag.
»Du schaffst das, Pia! Nur Mut! Du schaffst ihn!«, wagte Frank, ihr zuzuschreien, und rechnete schon damit wieder einen Schlag zu bekommen. Doch der blieb aus. Stattdessen gähnte Igor und murmelte etwas, dass Frank nicht verstand.
Nun fing auch seine Nachbarin an zu tänzeln. Nicht weniger galant als Maik. Hatten sie beide Unterricht beim selben Choreografen gehabt? Frank fand es recht ansehnlich, wenn auch unangemessen in dieser Situation. Beide sahen sie aus wie Tänzer in einem Musikvideo, die kurz davor waren einen Breakdance hinzulegen. Das ging eine ganze Weile so. Ihre erhobenen Fäuste waren das einzige, was noch auf einen Kampf hindeuten konnte. Sie taxierten sich weiter, doch keiner von beiden traute sich zuzuschlagen. Anstatt sich anzugreifen, sprangen die beiden jungen Menschen mit akrobatischen Einlagen vor und zurück, als würden sie in einem Musical mitwirken.
»Leute. Wird das noch was? Ich will nach Hause«, stöhnte Igor.
Auch Frank feuerte Pia wieder an. »Na los. Pia. Trau dich. Schlag zu! Ich glaub an dich.«
Nun fing sie an zu hüpfen. Frank stöhnte. Wollte sie sich vorher etwa noch aufwärmen? Aber wenigstens behielt sie die Fäuste oben. Was man von Maik nicht sagen konnte. Er ließ seine Deckung komplett fallen und starrte wieder mit offenen Mund auf ihre springenden Brüste. Der Neonazi war komplett hypnotisiert, als würde er eine Lava-Lampe ansehen. Jetzt, dachte Frank. Eine bessere Gelegenheit gab es nicht und würde es auch nicht mehr geben. Denn auch Nadja hatte wieder die Augen aufgeschlagen. Langsam aber sicher kam Bewegung in ihren liegenden Körper. Frank bezweifelte, dass Pia es mit beiden auf einmal aufnehmen konnte. Sie musste sich jetzt wirklich beeilen, sonst war alles verloren. Doch Pia hüpfte beherzt weiter. Maik zog nun sein Hemd aus und schleuderte es schwungvoll auf den Boden. Nun stand er

mit freiem Oberkörper vor seiner Gegnerin und beobachtete sie weiter.
»Verdammt! Was machst du da?«, schrie Igor.
»Lass mich! Es ist so eine scheiß Hitze hier drin!«, brüllte Maik zurück, ohne seinen Chef anzusehen.
Kein schlechter Schachzug, bemerkte Frank. Denn Pia hatte das Hüpfen nun eingestellt und starrte Maiks Körper an. Die Deckung war nun auch bei ihr unten. Ihr Blick wanderte über seinen athletischen Oberkörper. Die sehnige Brust, die hervorspringenden Bauchmuskeln. Schließlich blieb ihr Blick an seinem Nabelbruch hängen.
»Wollt ihr mich verarschen? Was soll das jetzt werden? Ein Porno, oder was? Hört auf mit der Scheiße! Schlag endlich zu, Romeo! Ich will zu meiner Tochter. Der Babysitter geht bald!«, brüllte Igor und war wohl kurz davor die beiden selbst zu verprügeln. Nun kam Leben in die Kämpfenden. Maik musste sich noch motivieren.
»Na warte. Dich mach ich platt, du blöde Schlampe!« Doch Pia nutzte nun endlich ihre Gelegenheit. Sie schlug ihm mit dem Handballen auf die Nase. Frank hörte es laut knacken. Doch Maik war ein harter Hund. Den nächsten Schlag parierte er, packte Pia an der Kehle, hob sie in die Luft und knallte sie auf den Boden. Er trat nach Pia. Sie packte sein Bein und versuchte, es zu drehen. Er ließ sich einfach auf sie drauf fallen. Pia japste nach Luft und piepste. Game Over. Maik kniete rittlings auf ihr und hob seine Faust.
»Das reicht jetzt, Maik. Sei ein Gentleman. Geh von ihr runter«, sagte Igor müde. Maik leistete dem Befehl widerwillig Folge.
Nadja war wieder auf die Füße gekommen, zog Pia an ihrem langen Zopf in die Höhe und drehte ihr die Arme auf den Rücken.
»Hast du noch mehr davon im Schrank versteckt?«, fragte sie Frank. Der schüttelte den Kopf.
»Miststück«, knurrte Maik. Woraufhin die immer noch trotzige Pia ihm ins Gesicht spuckte. Anstatt sie zu schlagen, kniff Maik ihr in die rechte Brustwarze. Pia quiekte auf.

»Hör auf damit, Maik. Besorg dir endlich mal eine Freundin«, befahl Igor.
Der Neonazi wischte sich mit dem Handrücken Blut aus dem Gesicht und zog sich sein Hemd wieder an. Doch er war nicht schnell genug. Igor kniff plötzlich heftig die Augen zusammen. Maik schien die geschmacklose Tätowierung auf seinem Rücken noch ausgebaut zu haben. Igor schüttelte resigniert den Kopf, sagte aber nichts.
Wieder lief Blut aus Maiks Nase. Er legte den Kopf in den Nacken.
»Na, tut es weh?«, fragte Pia spitz.
Maik starrte sie böse an.
»Ich tu dir gleich weh«, knurrte er, aber noch etwas anderes lag in seinem Blick. Ebenso in Pias. Eine merkwürdige Chemie fand zwischen den beiden statt, fand Frank. Er konnte sich das nicht erklären. Kannten die beiden sich etwa? Für ihn sahen sie schon fast wie Geschwister aus. Ein paar Gemeinsamkeiten hatten sie ja. Beide hatten blonde Haare und braune Augen und würden in der heutigen Gesellschaft mit ihrem asketischen Körperbau als Models durchgehen. Doch Frank verwarf den Gedanken wieder. Er war doch etwas weit hergeholt.
»Also, wo war ich stehen geblieben?«, fragte Igor und sah Pia missbilligend an. Dann fiel es ihm wieder ein. Er sah Frank an. »Ach ja. Bei dem Mann, der mich wie du verarschen wollte und dem ich dann den Finger gebrochen habe.«
»Und bei der Prinzessin«, ergänzte Nadja.
»Genau, seine Prinzessin. Nach dem Ding mit seinem Finger hatte der Mann auch noch nicht verstanden. Also musste ich mich mit der Prinzessin unterhalten. Sie war eine so schöne Frau.«
»Sie war.«
»Trotzdem konnte sie danach noch für mich arbeiten. Du hast gleich zwei Frauen, wie es aussieht. Einmal Lisa und wie heißt du?«
»Pia, du Schwein.«
Nadja schmiegte nun ihr Gesicht an den Hals von Franks Nachbarin.

»Mmmh... Pia. Schöner Name.«
»Aber Lisa klingt auch gut«, sagte Igor und Frank ahnte Schlimmes.
»Die ist auch sehr schön. Hab mich schon mit ihr unterhalten«, rief Maik und lächelte. Dann schielte er verstohlen in Pias Richtung. Sie schien er wohl als Druckmittel zu bevorzugen. Er hatte ihre Prügel von eben immer noch nicht verwunden. Mittlerweile hatte er ein paar Taschentuchschnipsel in seine blutige Nase gesteckt und warf Pia dabei vernichtende Blicke zu.
Frank wurde schlecht. Er durfte sich nicht anmerken lassen, was die beiden ihm bedeuten. Sonst waren sie verloren.
»Ja, schön. Und was ist mit dem Typen passiert?«, fragte er trotzig.
»Schwein«, sagte Nadja und schien aufrichtig erschüttert. Pia starrte ihn einfach nur an. Das Feuer in ihren Augen war nun endgültig erloschen. Igor registrierte das sofort.
»Ist dir deine Pia auch so egal?«
Frank antwortete nicht. Pia sah ihn flehend an. Erst tat es Frank weh. Dann wurde er auf einmal wütend. Was erwartete sie denn jetzt von ihm? Das er sie mit Superkräften aus dieser Situation retten konnte? Gerade er? Sollte sie ihn nicht mittlerweile besser kennen. Sie kapierte wohl nicht, dass Igor sie gegen ihn einsetzen würde, sobald sich Frank zu ihr bekennen sollte.
Frank gab sich kalt und hielt ihrem Blick stand, auch wenn es ihm alles an Kraft kostete. Keine von beiden wollte er aufgeben. Aber Lisa war zumindest nicht da.
»Was glotzt du so? Hast halt Pech gehabt. Warum bist du überhaupt hier?« Frank wusste, dass wahrscheinlich schon ein paar wenige Worte oder ein gleichgültiges Achselzucken ausgereicht hätten, um Pia aus der Schusslinie zu ziehen, aber seine Verzweiflung hatte sich auf einmal in rasende Wut verwandelt und er brauchte ein Ventil, dass ihm nicht gleich die Zähne einschlug. Und Pia hatte immer noch nicht verstanden, dass er es für sie tat. Dass er so reden musste. Scheinbar wollte sie gerade jetzt von

ihm Bestätigung, anstatt einfach brav mitzuspielen. Das machte ihn noch wütender. Also steigerte er sich in einen langen Monolog hinein, um die Belanglosigkeit seiner Beziehung zu Pia zu unterstreichen. »Dachtest du etwa, du könntest meine Ex-Freundin ersetzen? Du? Lisa, mit der ich, seit meiner Jugend, zusammen war, und seitdem geschädigt bin? Dachtest du das wirklich? Die geht mir auch auf den Sack. Sie macht mich, ehrlich gesagt, krank. Aber gegen deine Sirenenstimme ist das noch gar nichts. Und ihren Tiefgang hast du bei Weitem nicht. Du bist so seelenlos. Eine leere Hülle. Eine Mogelpackung zum Anbeißen. Ein schmuckes Prachtstück ohne Substanz. Eine grelle Werbetafel für die ganzen Riesenkonzerne, die unsere Welt vergiften! Und darauf bist du auch noch stolz. Danke, dass du dabei behilflich bist, die Erde krank zu machen! Danke dafür!« Frank applaudierte lautstark und verbeugte sich anschließend vor Pia, ohne selbst zu wissen, ob er jemals in seinem Leben Müll getrennt hatte. »Es war nur Spaß zwischen uns. Kapierst du das nicht? Eine nette Nummer warst du für mich. Ein Snack für zwischendurch. Ich dachte, du hättest das verstanden. Aber dafür bist du wohl einfach zu naiv. Ist ja auch zu viel verlangt. Du steckst zu sehr in deiner narzisstischen Scheinwelt, die du dir da erschaffen hast. In der sich natürlich alles nur um dich dreht. Darauf soll ich jetzt abfahren, oder was?«
Maik fing an, zu glucksen, wie ein Schuljunge. Frank sah ihn verschwörerisch an, deutete mit dem Finger auf Pia und lachte wie ein Wahnsinniger, als wäre sie bescheuert. Ihre Lippen bebten. Doch das schien ihn noch weiter in Rage zu treiben. Unerbittlich drosch er mit seinen Worten weiter auf die Influencerin ein, die sich vor Kurzem noch für ihn geprügelt hatte.
»Du bist absolut überprivilegiert und checkst das nicht mal. Würdest du endlich mal von deinem hohen Sockel steigen, würdest du kapieren, wie ersetzbar, wie überflüssig du bist. Aber danke für die nette Zeit«, blaffte er sie an und war sich sicher zu dick aufgetragen zu haben. Oder hatte er auch einiges davon ehrlich gemeint? Könn-

te sein. Er wusste es nicht mehr. Auf jeden Fall sah er Pia an, dass jedes Wort ein Treffer war.
Maik und Nadja brachen in lautes Gelächter aus. Sie hingegen sah aus wie ein Fisch auf dem Trockenen, so sehr klappte ihr Kiefer auf und zu.
Nadja hatte Pia inzwischen losgelassen. Sie brauchte sie auch gar nicht mehr festzuhalten. Pia wankte von ganz alleine. Dafür sah nun Maik seine Gelegenheit gekommen, um sich für seine blutende Nase an ihr zu rächen. Der Neonazi trat näher an sie heran. Er betonte jedes einzelne Wort. »Hast du das gehört? Hast du es jetzt endlich geschnallt, Bitch? Dein großer Affentanz von eben hat sich wohl nicht gelohnt. Er war bedeutungslos.«
Igor schüttelte verächtlich den Kopf.
»Also wirklich, Frank. Ein Gentleman bist du nicht gerade. Der andere Typ hatte wenigstens Ehre. Und hatte Eier.«
»Hatte«, sagte Nadja.
Igor hatte plötzlich ein Messer in der Hand. Er drückte die Klinge an Franks Schritt. »Ich habe wirklich die Schnauze voll von deiner Scheiße. Du kotzt mich an. Dann werde ich halt deine Eier an meine Hunde verfüttern, wenn du meinem Bruder nicht helfen willst.«
Pia und Lisa waren wohl aus Igors Blickfeld erst mal verschwunden, stellte Frank zunächst erleichtert fest. Dennoch gefiel ihm diese Wendung absolut nicht.
»Okay … äh … überzeugt … Ich … ich werde das Geld auftreiben. Du bekommst mehr, als ich dir schulde. Das doppelte. Gib mir einen Monat. Bitte!«, japste er.
Zum ersten Mal sah Frank, dass Igor überrascht war.
»Ich kann dich wieder nicht ganz verstehen. Tut mir wirklich leid. Kannst du das noch mal wiederholen?«
»Einen Monat noch! Du kriegst das doppelte!«
»Du bist ein Komiker. Nur ich lache nicht.«
»Ich schwöre es dir!«
Frank sah, wie Pia ihn anstarrte. Nur jetzt sah sie nicht mehr beunruhigt aus. Das Flackern in ihren Augen war wieder da. Aber es passte gerade nicht so richtig für ihn zur Situation.

Igor drückte fester zu.
»Respektierst du mich?«
»Ja.«
»Sicher?«
Er drückte noch fester zu. Es brauchte nicht mehr viel und Frank war entmannt. Während Maik ihn fast schon mitleidig ansah, fing Nadja an zu schmunzeln.
»Jaaaa, verdammt!«, flehte Frank und hatte auf einmal eine höhere Stimme als Pia. Nun fing auch diese zu Franks Entsetzen an zu lächeln.
»Hm. Ich frage mal ganz demokratisch in die Runde«, sagte Igor nachdenklich und verstärkte den Druck seines Messers. »Glaubt ihr ihm?«
Nadja antwortete sofort. »Nein. Schneid ihm seine Eier ab.«
Der Druck des Messers verstärkte sich weiter an Franks Schritt.
Igor deutete auf Pia, die grimmig lächelnd das Schauspiel verfolgte.
»Du. Was meinst du?«
Pia sah Frank mit einem vernichtenden Blick an und er sah sich schon entmannt.
»Nein«, sagte sie dann zu seiner Überraschung. »Schneid ihm nicht die Eier ab.«
Er stieß Luft aus. Sofort ließ der Druck an seinem besten Stück etwas nach. So ein liebes Mädchen. Er hatte ihr einiges zugemutet. Aber sein brutaler Monolog von eben war ja nur gut gemeint gewesen. Wahrscheinlich hatte sie das irgendwie gespürt.
»Hack ihm lieber sein Schwänzchen ab«, sagte sie dann zu Franks Entsetzen.
»Oh«, sagte Igor. »Du scheinst ja nicht so viele Fürsprecher zu haben, Frank. Das ist das Problem an der Demokratie. Die Mehrheit zwingt einem manchmal auch unangenehme Sachen auf.«
Der Druck des Messers verstärkte sich wieder. Frank spürte eine warme Flüssigkeit seine Oberschenkel herunterlaufen.
»Eine Chance hast du noch, Frank. Was sagst du, Maik?«

Der Neonazi schnalzte mit der Zunge. Er fuhr sich nachdenklich durch die blonde Mähne und spielte mit seinen langen Haaren wie eine kleine Prinzessin. Auf jedem Cover einer Teenager-Zeitschrift wäre der Schönling mit dieser Pose ein Star gewesen. Er klimperte mit seinen nussbraunen Augen. »Hm ... Was für eine Frage. Ich weiß ja nicht ...«
Verdammt mach hin, dachte Frank verzweifelt. Erlöse mich!
Maik zog eine nachdenkliche Schnute. »Hm ... also die Summe klingt ja ganz gut. Hm ... schon vielversprechend. Aber so seriös ist der Typ ja nicht gerade.«
Auch Igors Geduld nahm ab. »Ja, was denn jetzt?«
»Jein.«
»Das ist nicht gut, Frank.«
Frank schloss die Augen. Er hätte gerne seine Blutlinie weitergegeben. Jetzt konnte er nur noch hoffen, dass er schnell verbluten würde. Er wartete auf den entscheidenden Stich. Auf die endlosen Schmerzen. Nichts von beidem kam. Igor nahm das Messer weg.
»Was für ein Glück, dass es bei mir nicht demokratisch zugeht, Frank.« Igor lachte.
Frank atmete tief aus. Schon wieder war er kurz davor sich zu übergeben.
Nadja stieß auf Russisch einen Fluch aus. Sie und Pia sahen sich resigniert an.
Maik spielte weiter mit seinen Haaren, als würde ihn die Entscheidung gar nicht interessieren. Nadja hingegen war kurz davor zu platzen.
»Wie oft denn noch, Igor?«, brüllte sie und ihre tiefe Stimme wurde noch belegter. »Lass dich doch nicht immer verarschen von dem!«
»Man kann ihm nicht vertrauen«, pflichtete ihr Pia hingegen kühl mit ihrer hohen Stimme bei.
»Ruhe!«, brüllte Igor und wandte sich an Frank. »Du hast einen Monat. Sonst werde ich dir alles wegnehmen. Ich werde dich zum Krüppel schneiden und du kannst das Geld auf der Straße sammeln. Und wenn ich irgendwann

mit dir fertig bin, landest du im Heim wie mein Bruder. Kapiert?«
Frank nickte. Igor sah ihn unverwandt an.
»Sieh zu, dass du lieferst.«
»Ja, liefer, Frank!«, brüllte ihn auf einmal Pia an. Die Adern und Sehnen traten aus ihrem schmalen Hals hervor. »Sonst werde ich allen erzählen, dass du mich mit einem anderen Mann in dein Schlafzimmer eingesperrt hast. Und der sollte mich dann vergewaltigen. Du wolltest das Ganze mit deiner Kamera filmen. Du wolltest das ins Netz stellen, du krankes Schwein!«
Frank stöhnte laut auf. Das klang so was von konstruiert, dass die Leute es wahrscheinlich glauben würden.
Nadja reagierte sofort auf Pias Ausbruch und stürmte ins Schlafzimmer.
Igor nickte anerkennend. »Wunderbar. Die sollten wir einstellen.«
Frank fragte sich, woher sie das mit den Kameras wusste. Hatte er mal irgendwann damit geprahlt? Oder hatte er in seiner Eitelkeit ganz unbewusst beim Sex mit Pia irgendwelche Posen abgezogen, die sie darauf gebracht hatten, dass sie gefilmt wurden. Oder sie hatte es irgendwie gespürt. Keine Ahnung. Er hatte allerdings nicht nur eine im Schlafzimmer. Er hatte sie überall. Natürlich nur zur Sicherheit. Auch wenn das absolut nichts bringt, wenn man zu blöd ist seine Haustür hinter sich zuzuziehen.
Frank fluchte innerlich. Sicher hatte er sich auch mal nachträglich seine Performance mit Pia auf dem Bildschirm zu Gemüte geführt. Aber das diente alles dem Privatvergnügen. Er hätte die Aufnahmen niemals ins Netz gestellt. So verkorkst war selbst er nicht. Er konnte allerdings nachvollziehen, warum Pia das glaubte, oder zumindest glauben wollte. Er hatte sie im Stich gelassen. Zwei Mal. Das erste Mal, um sie zu opfern, dass zweite Mal um sie zu retten. Sie konnte natürlich nicht ahnen, dass er sie gerade vor einer Vollzeitstelle als Zwangsprostituierte bewahrt hatte. Natürlich hätte sie auch als geschälte Bettlerin in der Gosse enden können. Aber woher sollte sie das auch wissen. Er konnte ihr nicht ver-

übeln, dass sie ihn nun bis ins Mark hasste. Wo die Liebe halt hinführt. Er hatte sie nicht nur aufs tiefste gedemütigt, nachdem sie für ihn gekämpft hatte. Das hätte sie ihm vielleicht noch verziehen. Doch dann hatte er auch noch eine andere Frau über sie gestellt. Das konnte sie ihm nicht verzeihen. Niemals. Pia, die mehrfach am Tag damit beschäftigt war, ihr gesamtes Leben vor einem anonymen Publikum im Internet auszubreiten, hatte eine ganz besonders große Angst, die ihr Leben bestimmte. Eine Angst, die auch Frank hatte. Die einige Menschen hatten. Die Angst vor Bedeutungslosigkeit.
Nadja kam zurück. »Da liegt irgend so ein Kerl. Sieht aus wie ein Junkie. Der pennt wohl oder so. Soll ich ihn wecken?«.
Igor schnaubte. »Und was soll das bringen?«
Nadja stupste Pia an. »Hey, dich kenne ich doch. Du bist doch die mit den Bräunungssalben!«.
Pia nickte.
»Die eine hat geholfen, die andere nicht. Aber coole Performance!«
»Danke«, sagte Pia sichtlich erfreut über das Lob von einer Frau, mit der sie sich vor fünf Minuten noch geprügelt hatte.
Auch Nadja freute sich. »Igor, die ist voll bekannt. Die wirbt bei Instagram für die Cremes, die ich mal für dich aufgetragen hatte.«
Igor nickte abwesend.
»Kann ich mitkommen?«, fragte Pia.
Igor sah sie an. »Bist du sicher?«
»Schlimmer als jetzt kann es ja wohl nicht mehr werden, oder?« Sie deutete auf Frank, ohne ihn anzusehen.
»Na gut. Aber zieh dir endlich mal was an. Wir sind hier nicht im Puff.«
Igor warf Pia ihren Morgenrock zu, der schon seit einiger Zeit auf Franks Sofa lag.
Frank erhob seine unverletzte Hand. »Pia, geh nicht.«.
Sie trat dem immer noch knienden Frank ins Kreuz, sodass er auf allen vieren lag.

»Boom! Ich glaube, ich bin verliebt!«, rief Maik Hände klatschend und sah dabei aus wie ein feixender Teenager. Nun hatte sich Pia trotz Franks bemühtem Schauspiels doch noch ins Elend gestürzt. Er konnte nur noch hoffen, dass ihr Bekanntheitsgrad sie davor bewahrte, dass Igor sie verschwinden lassen konnte. Aber er hatte sein Bestes gegeben. Gott möge ihr beistehen. Er konnte es nicht mehr. Wenigstens hatte er Lisa vor diesem Schicksal schützen können und jetzt musste er sich selber retten. Was bereits schwer genug war. Trotzdem blutete ihm das Herz sich vorstellen zu müssen, wie seine geliebte Nachbarin frierend und vollgepumpt mit Drogen an einer dunklen Straßenecke auf den nächsten Freier warten musste. Auch wenn sie vor Kurzem noch für seine Entmannung gestimmt hatte. Igor schien seine Gedanken gelesen zu haben. Er lächelte schwach. »Es wird ein harter Winter, Frank.«
»Ja. Ich weiß.«
»Und schmeiß deinen Stricher raus.«
Er deutete ins Schlafzimmer. Dann klopfte er Frank auf die Schulter.
»Das ist nicht mein Stricher!«, protestierte Frank.
»Schwuchtel«, höhnte Nadja.
Sie starrte ihn verächtlich an. Frank wusste nicht, was er davon halten sollte. Erst war er ein Perverser, der hilflose Frauen filmte und jetzt auf einmal schwul.
Igor schnippte mit den Fingern. »Komm, Nadja. Wir gehen.«
»Schade. Bis bald, Süßer.« Sie verabschiedete sich von Frank mit Kusshand.
Frank kniete noch eine Weile. Dann überprüfte er sein Geschlecht. Kein Blut. Dafür Urin. Er roch jetzt kaum besser als sein Besucher. Nun war Pia weg. Lisa war ohnehin nicht da. Warum auch? Was hatte er ihr zu bieten? Er musste allein durch diese Hölle gehen. Aber wenigstens war er Igor und seine Schläger für einen Monat los. Bis dahin konnte ihm schon etwas einfallen.
Sein Onkel hatte ihm immer gesagt, er durfte nicht zu nett sein, sonst würden ihn die Menschen zertreten. Er

hatte bei seinem Vater gesehen, dass sein Onkel recht behalten hatte.
Meistens blieben nur die Arschlöcher in Erinnerung. Da fiel ihm wieder das Arschloch ein, um das er sich noch kümmern musste. Sein Blick glitt zum Schlafzimmer.

15

Mir zog sich der Magen zusammen. Eine innerliche Wärme breitete sich überall in mir aus. Das Osterfeuer blühte und gab zusätzlich angenehme Hitze ab.
Auch das Wetter fügte sich gut ein. Die Sonne ging langsam unter und färbte den Himmel rosa. Aber sie ließ ihre wärmenden Strahlen zurück.
Trotzdem bekam ich eine Gänsehaut, wenn ich sie ansah. Ihr Lächeln, ihre Augen. Das wehende Haar. Ihre Lebensfreude, die direkt zu mir übersprang und mich ansteckte. Nur wenige Menschen waren dazu in der Lage. Ich kannte niemanden, der dass bei mir auslösen konnte, was sie tat.
Ihre warme Hand umschloss meine und zog mich mit sich. Ich bekam das Gefühl zu schmelzen. Sie lächelte mich an und ihre Augen waren nur bei mir und meine bei ihr. Alle anderen Jungen in meinem Alter saßen am Feuer und beobachteten die Szene argwöhnisch. Sie und der Sonderling, dachten sie.
Aber das war auch ganz egal, denn wir beide steckten in einer Blase und keiner von denen konnte dort mehr eindringen.
»Komm«, sagte sie und zog mich weiter zum Feuer. »Lass uns tanzen.«
Wir waren uns so nah, dass ich ihre Haare an meinem Hals spürte. Ich atmete ihren Duft ein und mein ganzer Körper füllte sich mit einer mir ungewohnten Ruhe.
Es war Frühling. Jedes kleine Tierchen konnte ich singen hören. Jeden noch verbliebenen Sonnenstrahl konnte ich auf meiner Haut spüren. Ich nahm viel mehr von außen auf als sonst und war trotzdem nur bei ihr.
Wir waren vereint und begannen zu tanzen. Und die Leute klatschten. Wir bewegten uns miteinander und waren im Rhythmus verschmolzen.
Auch die Grillen schienen berührt von unserer Szene zu sein und sangen auf ihre Art mit. Doch dann hörte ich eine männliche Stimme hinter mir. Sie durchbrach die Atmosphäre wie ein Schuss. »Das dürft ihr nicht.«.

*Ich merkte, wie es wärmer wurde.
Heißer.
»Das dürft ihr nicht!« Jetzt war es ein Schrei. Und noch einmal »Das dürft ihr nicht!«
Es klang jetzt wie ein tierisches Brüllen. Dann ein Lachen.
Die Leute um uns herum klatschten schneller.
Es wurde heißer.
»Dafür werdet ihr brennen.«
Und dann war es unerträglich heiß. Mir brach der Schweiß aus. Die Luft war heiß. Mein Schweiß hingegen war kalt.
Das Klatschen war mittlerweile so schnell und durcheinander, dass kein Rhythmus mehr auszumachen war.
Meine Hand war feucht. Und in ihr spürte ich nur noch Knochen. Ausgemergelt stand sie nun vor mir. Die Augen glänzten nicht mehr. Sie waren aufgerissen vor Panik.
Ich versuchte sie festzuhalten, aber es wurde heißer und meine Hand wurde immer feuchter.
»Lass mich nicht los«, hauchte sie mit dünner verzweifelter Stimme. »Bitte! Lass mich nicht los.«
Ich schrie panisch und krallte mich an ihrem Unterarm fest, sodass ich ihre weiche Haut aufkratzte. Ich spürte warmes Blut meine Hand hinunterlaufen.
»Guckt sie euch an, die fette Sau!«, brüllte der picklige Frank am Feuer und zeigte auf meine Freundin.
Alle lachten.
Ich starrte sie an und wusste nicht, wie mir geschah. Ihr Bauch kam mir entgegen. Er blähte sich immer mehr auf, während sie ansonsten immer dünner wurde. Das kindlich runde Gesicht immer ausgezerrter. Ihre Arme waren nur noch Knochen mit Abschürfungen. Der Bauch wurde dicker und schien alles Leben aus ihrem Körper zu absorbieren.
»Parasit! Parasit!«, schrien alle um uns herum und klatschten wilder.
»Dafür werdet ihr brennen!«, brüllte der Mann wieder und Pauline wurde mir endgültig entrissen. Schreiend zum Feuer.*

Anklagend zeigte der Mann mit seinem langen Finger auf sie, während sie Feuer fing.
»Sie wird brennen. Nur wegen dir. Deinetwegen wird sie brennen!«.
Und das tat sie dann auch. Ich konnte wegen der Hitze kaum mehr atmen.
Die frische Frühlingsluft war verschwunden.
Es blieb nur noch der beißende Gestank von verbranntem Fleisch.
Ihre wunderschönen Augen sprangen aus den mittlerweile freigelegten Augenhöhlen.
Und dann gebar sie ihr Kind. Falls man es so nennen konnte.
»Sieh an. Hab ich es nicht gleich gesagt! Es ist eine Missgeburt! Eine Missgeburt!«, rief der Mann und zeigte immer noch mit dem Finger auf sie.
Hämischer Jubel brach unter den Leuten am Feuer aus. Ich sah nur eine graue wabbelige Masse, die sich einen Weg aus ihrem Unterleib bahnte und jegliches Leben aus ihr mitriss. Doch Pauline starb trotzdem nicht. Sie litt weiter vor meinen Augen und ich konnte nichts dagegen tun.
Ich flehte, dass es aufhören sollte. Ich schrie zu Himmel. Dann begann es zu regnen. Ein ganzer Schwall aus Wasser ergoss sich auf die Erde. Ich dankte dem Himmel. Doch dann sah ich, dass meine Freundin trocken blieb und weiter brannte. Nur ich wurde nass. Ich schluckte mittlerweile so viel Wasser, dass ich das Gefühl bekam, zu ertrinken.
Doch nicht ich. Sie! Ich wollte den Himmel anbrüllen. Aber das einströmende Wasser in meinem Körper ließ es nicht zu.
Sie! Sie!
Pauline brannte weiter.
Ich war so voller Wasser, dass ich auf meine Freundin zu rannte in der Hoffnung, sie löschen zu können.
Da verstellte der Mann, der mit mir zusammen für alles verantwortlich war, mir den Weg und schlug mich mit seiner Pranke nieder.

In dem Moment wachte ich nach Luft schnappend auf und bemerkte, dass ich nass war.

16

»Wo bin ich?.«
»In meiner Wohnung, du Sack.«
Nachdem Frank sich ein Pflaster auf sein blutendes Ohr geklebt hatte, wollte er noch seinen gebrochenen Finger verbinden. Aber dann hatte er einen Wutanfall bekommen. Er wusste nicht mehr wohin mit seiner Verzweiflung und brauchte wieder ein Ventil. Da fiel ihm der Mann in seinem Schlafzimmer ein. Der hatte ihm ja auch eine ganz schöne Scheiße eingebrockt. Mit einem Eimer Wasser bewaffnet, wollte er ihn wecken und zur Rede stellen. Er kippte das ganze Wasser aus dem Eimer über den Kopf seines Besuchers. Scheiß egal. Soll er doch ersaufen. Dieser schrak nach Luft schnappend aus seinem Tiefschlaf auf. Aber das reichte Frank nicht. Er gab ihm noch eine schallende Ohrfeige hinterher, um sicher zustellen, dass er wirklich wach war.

Ich hingegen brauchte dann doch eine Weile um festzustellen, dass ich aus meinem Traum herausgekommen war. Mein ganzer Körper schrie nach Alkohol. Diesen Traum habe ich fast jede Nacht. Normalerweise unterschieden sich meine Träume kaum voneinander. Dieses Mal allerdings war das Element Wasser und die Ohrfeige von dem Mann hinzugekommen, der mein ganzes Leben zerstört hatte. Ansonsten wäre dieser Traum noch in Endlosschleife weitergegangen. Ich brauchte dringend Alkohol, hatte aber keine Kraft aufzustehen. Mir war wieder bewusst geworden wo mich meine letzte Sauftour hingeführt hatte. Und Frank der grimmig über mir stand, wirkte nicht gerade so, als ob er seinen Vorrat mit mir teilen wollte. Ich versuchte, mich abzulenken und fixierte stirnrunzelnd Franks gestreckten Mittelfinger.
»Was ist denn mit deinem Finger?«
»Geht dich einen Scheiß an.«
Ich lachte und merkte, dass es wehtat.

»Hast ihn dir ja früher schon immer gerne in den Arsch gesteckt.«
»Schnauze! Ich hab mich versehentlich drauf gesetzt«, log Frank und schien sich zu wundern, dass ihm keine bessere Ausrede eingefallen war.
Trotz der Schmerzen in meinen Rippen brach ich in schallendes Gelächter aus.
»Haha! Vollidiot.«
Frank zog eine Grimasse, die ich gerne abfotografiert hätte.
»Wer bist du?«
Ich musste tief Luft holen, was mir einige Schmerzen bereitete, aber auch wenn ich Frank gut kannte, erstaunte mich immer wieder seine Ignoranz.
»Du erinnerst dich wirklich nicht. Wie traurig ist das denn?«
Frank sah mich hilflos an.
»Nein.«
»Dann sieh mich doch mal an!«
Frank packte mein Gesicht mit beiden Händen, was mir durchaus merkwürdig wenn nicht sogar unangenehm erschien, und zog es zu seinem, als würde er mich küssen wollen.
»Schau mir in die Augen, Kleines.«
»Fresse!« Frank sah mich wild an. Dann mit einem Schlag veränderte sich sein Gesichtsausdruck. Erst Erstaunen. Dann Entsetzen. »Gerald?!«
Ich reckte den Daumen. »Na endlich.«
Frank musterte mich genauer. »Ich fasse es nicht. Du hast dich verändert.«
»Du dich nicht. Bist nur fetter geworden.«
Frank versuchte wohl, die Beleidigung zu ignorieren.
»Ich weiß gar nicht, was ich sagen soll. Zunächst einmal; wow, es ist lange her.«
»Stimmt. Über zehn Jahre. Hast du etwas Zeit?« Ich war bemüht, einen höflicheren Ton einzuschlagen.
Frank wand sich. »Ehrlich gesagt bin ich auf dem Sprung, aber etwas Zeit nehme mir gerne für dich.«

Ich gluckste. Ich habe Frank schon besser lügen gesehen. Ich sah mich um.
»Schön hast du es hier.«
»Ja, es hat mich einiges gekostet. Aber ich will mich ja auch heimisch fühlen«, sagte Frank steif.
»Ja, wirklich sehr schön«, erwiderte ich gedehnt.
Schon bald würde es unschön für Frank werden.

17

Frank nickte lächelnd und dachte gleichzeitig, dass ihm bald alles höchstwahrscheinlich weggenommen wird.
»Bei dieser Einrichtung kann ich mich voll und ganz entfalten.«
»Ja, wirklich schön hast du es dir hier gemacht.«
»Es ist wirklich sehr nett, dich mal wiederzusehen, aber könntest du zum Punkt kommen. Was willst du?«.
»Was ist denn los? Genießt du es gar nicht, mich wiederzusehen?«
Frank schnitt wieder eine Grimasse.
»Würde ich ja, wenn ich etwas mehr Zeit hätte. Wir können gerne einen Termin ausmachen. Wie sieht es in zwei Wochen bei dir aus.« Frank war Gerald einiges schuldig, das wusste er. Aber er musste jetzt einen Schlachtplan entwickeln und wie sollte ihm sein alter Freund dabei helfen können? Er war ein Wrack, dass nicht in der Lage war, mit sich selbst und im Leben klarzukommen. Zudem war er in seine Wohnung eingedrungen. Ohne Einladung. Sehr gerne würde er noch mal mit ihm darüber sprechen. Aber nicht jetzt.
»Das soll reichen?«
»Was?« Frank sah ihn unschuldig an. Aber Gerald ließ ihn das wohl nicht mehr durchgehen.
»Du kommst mir so nach allem, was vorgefallen ist?«
»Wovon redest du, bitte?«
»Du weißt ganz genau, wovon ich rede.«
Frank wollte unbedingt das Thema wechseln, bevor es wehtat.
»Wie auch immer. Kann ich dir irgendetwas anbieten?«
»Gerne, ich bräuchte Alk.«
»Keine Chance, mein Freund. Aber du kannst gerne etwas essen. Würde dir, glaube ich, ganz guttun. Ich hätte da ein asiatisches Reisgericht. Ist zwar von gestern, aber ich wollte es mir auch gerade aufwärmen«, log Frank. Eigentlich wollte er es schon längst wegschmeißen.
»Ist nicht so mein Fall.«

»Ich hätte da noch Artischocken-Pasteten. Habe ich von einer Jubiläumsfeier mitgehen lassen«, sagte Frank und zwinkerte ihm zu. Er hoffte, dass sein Kumpel ihm dabei half die alten Dinger endlich loszuwerden. »Und einen selbstgemachten Eiersalat«, fügte er hinzu.
»Hast du auch was Süßes?«
»Nein.« Er hatte noch eine Schokolade vor Lisas anklagenden Augen versteckt, aber die würde er sich später alleine als Nervennahrung reinziehen.
»Warum nicht? Jeder hat doch auch Süßigkeiten irgendwo im Haus herum liegen.«
»Es gibt die Sachen, die ich gesagt habe«, sagte Frank streng.
»Ich brauche Zucker«, nölte Gerald wie ein kleines Kind.
»Kann ich dir nicht bieten. Ich habe einen Ernährungsplan, an den ich mich halten will und da steht Zucker nicht drin.«
»Hast ja auch eine ganz schöne Wampe bekommen. Dir scheint es wirklich gut zu gehen«, stellte Gerald fest und deutete auf Franks Bauch.
Frank tastete verlegen seine angebliche Problemzone ab. Ja, mittlerweile bildete sich unter seinem tiefen Nabel ein kleines Polster, aber darüber hatte er immer noch genug Bauchmuskeln. Pia hatte ihm das vor ein paar Tagen schließlich noch bestätigt. »Übertreib nicht so. Ich bin mit meinem Körper zufrieden. Und ja, ich bin dankbar dass es mir gutgeht. Und ich lasse mir nichts anderes einreden. Alles Karma.«
Gerald lachte bitter auf.
»Das läuft irgendwie falsch.«
Frank wollte das Gespräch in eine andere Richtung bugsieren und er wollte Gerald einen Stich versetzen, um ihn dafür zu bestrafen, dass er an ihm herumgenörgelt hatte.
»Wie geht es Lisa?«
»Hat mich verlassen.«
Das war für Frank keine Neuigkeit. Schließlich war sie schon seit Jahren mit ihm zusammen. Noch.

»Oh, das tut mir leid. Wirklich. Wann das denn?« Frank konnte nicht abstreiten, dass er an seinem Spiel Gefallen fand.
»Nachdem du sie gefickt hast.«
Verdammt, woher wusste er das?
»Daran kann ich mich nun wirklich nicht erinnern«, log Frank, redlich bemüht, ihn dabei nicht anzusehen. Er ging immer noch davon aus, dass Gerald durch seinen Suff und das Straßenleben die neuesten Entwicklungen verpasst hatte.
»Tja, das kann ich mir gut vorstellen. Ist ja auch schwierig, wenn du alle Menschen fickst, die dir über den Weg laufen.«
Frank schmunzelte. Er war fast geschmeichelt.
»Du scheinst dich ja in meinem Leben besser auszukennen als ich.«
»Du hast sie gefickt, genauso wie du mich gefickt hast. Hör auf, alles abzustreiten.«
Gerald sah ja nun nicht schlecht aus, dachte Frank. Aber so weit war es nie gekommen und würde es auch nie kommen. Er verdrängte das aufkommende Bild.
»Du redest von mir, als wäre ich ein schlechter Mensch«, sagte er und zog eine beleidigte Schnute.
»Du bist kein schlechter Mensch.«
»Danke. Da bin ich ja beruhigt.«
»Du bist überhaupt kein Mensch«, stellte Gerald fest.
»Ach ja. Wie spannend. Was bin ich denn?« Frank tat so, als würde er angestrengt grübeln.
»Ein Bandwurm.«
Frank dachte, er hätte sich verhört. »Ein was?«
»Ein Bandwurm.«
Damit wusste Frank nichts anzufangen. »Warum das?«
»Du frisst einem alles weg und wühlst dich durch die Scheiße der anderen.«
Franks gekränkte Schnute nahm die Form von einem Kussmund an. »Das ist nicht sehr nett, was du da sagst. Ich dachte, wir sind Freunde.«
Gerald seufzte. »Das dachte ich auch mal.«
»Was ist denn passiert?«

»Du hast meinen Kopf gestohlen und damit Geld gemacht.«
»Ich soll was?«
Gerald wurde laut und sein Gesicht bekam wieder einen unheimlichen Ausdruck. »Hör endlich auf damit!«
»Aber was ist denn los?«, fragte Frank ruhig.
»Du hast mir alles weggenommen.« Geralds Kiefer mahlten. Sein ganzer Körper war bis zum Zerreißen gespannt. Er saß nun vorüber gebeugt auf Franks Bettkante. Zum Angriff bereit. Frank sah nur noch arbeitende Sehnen und Muskeln an seinem Oberkörper. Er wollte sich das nicht länger ansehen. Er ging ins Ankleidezimmer zu seinem Schrank, griff blindlings hinein, kam zurück und warf Gerald ein beliebiges Hemd zu. Gerald zog es wortlos an. Knöpfte es aber nicht zu.
Ein teures Hemd, stellte Frank bitter fest. Würde sicher ein Aufwand werden, Geralds Schweißgeruch wieder daraus zu waschen.
Er wartete, dass Gerald sich bedankte. Als nichts kam, ergriff er das Wort: »Tut mir leid, ich weiß wirklich nicht, was passiert ist und was ich getan haben soll. Ich würde dir jetzt echt gerne ein Glas Wein anbieten oder einen guten Whisky. Allerdings glaube ich, würde dir das nicht bekommen. Das letzte Mal hattest du eine Alkoholvergiftung. Es war kaum zu ertragen. Wir dachten alle, du schaffst es nicht. Wir haben dich aufgegeben. Das tut mir sehr leid. Aber es ging nicht anders. Ich konnte mir deinen Selbstzerstörungsdrang nicht mehr ansehen. Aber du bist noch am Leben, das freut mich. Gerne würde ich mich auch länger mit dir unterhalten. Aber ich habe nun mal wirklich keine Zeit. Außerdem finde ich es sehr schade, dass du scheinbar so einen Groll gegen mich hegst, und ich möchte auch nicht in meinen eigenen vier Wänden von dir beleidigt werden oder für irgendwelche Schuldzuweisungen herhalten müssen. Wenn du meine Hilfe brauchst, bin ich gerne als Freund für dich da und tue, was ich kann. Aber so funktioniert das schon mal nicht.«

Gerald lachte nur laut. »Ich kann mir nicht vorstellen, dass man so viel verdrängen kann. Du hättest schon längst platzen müssen.«
Frank schüttelte den Kopf. »Ich bin immer offen durchs Leben gegangen. Ich habe mich meinen Problemen und Schwächen gestellt. Und wenn ich das alles jetzt rückblickend betrachte, hat das Karma mir recht gegeben. Anstatt mit dem Finger zu wedeln und hier herumzubellen, könntest du dir daran auch ein Beispiel nehmen. Kann nur aufwärtsgehen.«
»Du bist so ein Schwein. Du hast kein Schamgefühl. Kein bisschen!«, brüllte Gerald.
Frank zeigte sich unbeeindruckt. »Wo kommt denn der ganze Hass her? Wie kann ich ihn dir wegpusten? Was ist los? Wir waren doch die besten Freunde und füreinander da. Wo liegt dein Problem?«, fragte er ruhig. Er wusste genau, dass es nur halbwegs stimmte.
»Du bist mein Problem«, sagte Gerald.
»Jetzt würde ich gerne deinen Schädel aufschrauben und einiges richtigstellen.« Frank setzte eine Therapeuten-Miene auf.
»Du hast mir bereits den Schädel aufgeschraubt, das Beste herausgesaugt und danach war alles beschissen.«
Frank stellte sich dumm. »Klär mich auf.«
»Die Leidensgeschichte der Pauline W.«
Nach wie vor schwoll Franks Brust an, wenn er den Titel seines Bestsellers hörte.
»Mein ganzer Stolz. Ich habe danach nie wieder so gut geschrieben. Damals war halt eine coole Zeit. Wir waren da ja auch noch befreundet. Ich glaube, ich hatte einige Inspiration. Selbst du hast dazu etwas beigetragen. Einiges, zugegeben, war dein Verdienst.«
Nun dachte Gerald wohl, sich verhört zu haben. Auf Frank wirkte er so, als würde er gleich durchdrehen. »Einiges?«
Plötzlich klingelte es an der Tür. Beide zuckten synchron zusammen.
»Du musst jetzt dich verstecken«, sagte Frank und dachte, dass es vielleicht sein Verleger war, der es sich anders

überlegt hatte. Dann könnte Gerald ein Hindernis darstellen. Oder es war wieder Igor, der sich nun doch entschieden hatte, seine hungrigen Hunde mit Franks Genitalien zu füttern. Was schon schlimm genug wäre. Da musste sein Freund nicht auch noch mit reingezogen werden. Auch wenn er ihm gerade den letzten Nerv raubte, wünschte er ihm dennoch keine Langzeitstelle als Stricher bei seinem Kreditgeber.
»Nein. Das diskutieren wir jetzt aus«, rief Gerald.
»Das ist jetzt wichtig«, sagte Frank belehrend und warf ihm eine Decke zu, unter der er sich verstecken sollte. Gerald warf sie ihm zurück. Erschöpft ließ Frank sich auf einem Sessel nieder. Doch dann klingelte es wieder.
»Du bist ein gefragter Mann. Dank mir. Lass deinen hohen Besuch warten. Das wirst du dir doch mittlerweile herausnehmen können.« Er setzte sich auf Franks Schoss.
»Geh von mir runter«, knurrte Frank, nachdem er eine Brise von Geralds kaltem Schweiß eingeatmet hatte.
»Nö. Ist gerade so gemütlich.«
Gleich wird es aber ungemütlich!« Er stieß ihn von sich runter.
Gerald baute sich grinsend vor ihm auf. »Drohst du mir?«
»Tu doch bitte einfach, was ich dir sage.«
»Ich habe gefragt, ob du mir drohst?« Gerald fletschte die Zähne wie ein Hund. Kurz davor zuzubeißen.
»Bitte, ich will dir nicht wehtun«, sagte Frank müde.
»Du weißt doch. Ich stehe auf Schmerzen.«
Gerald machte Kussgeräusche.
Die schrille Klingel zerriss wieder die Luft, während sein ehemaliger Kumpel vor ihm einen Lapdance veranstaltete. Die Müdigkeit war mit einem Schlag verschwunden und der aggressive Frank kehrte zurück. Er erhob sich und trat dicht an Gerald heran. Der Gestank war ihm nun egal.

18

»Ich poliere dir die Fresse! Wäre ja nicht das erste Mal, oder?!«, zischte Frank und in seinen Augen lag dieser überhebliche Ausdruck, den ich so an ihm hasste.
Ich zuckte mit meinen knochigen Schultern und blickte ihm fest in die Augen. »Dann schlag ich zurück oder mache eine Anzeige. Mal sehen.« Ich strich mir mit der Hand nachdenklich übers Kinn.
»Meine Anwälte werden dich zerfetzen.« Frank tippte drohend mit dem Zeigefinger gegen meine Brust.
Das war ja klar, dass er mir damit kommen musste. Ich lachte.
»Du bist in meiner Wohnung!«, brüllte Frank.
»Ja, schön hast du es hier. Hier kann ich mich richtig entfalten«, ahmte ich ihn nach.
»Raus aus meiner Wohnung!«
»Das ist jetzt unsere Wohnung«, sagte ich und legte dabei bewusst einen romantischen Ton in meine Stimme.
»Warum tust du das?«, fragte Frank mich flehend. Es sah aus, als würde er gleich weinen. »Was habe ich dir getan? Warum hasst du mich so?«
»Das wagst du mich noch zu fragen?«, rief ich nahezu empört.
»Was willst du? Ich habe dich nie verurteilt. Ich hätte allen Grund dazu gehabt.«
»Ach wirklich?«
»Ich will dir ja nicht zu nahe treten, aber deinetwegen ist ein Mensch zu Tode gekommen«, sagte Frank mir sachlich und legte ein bedauerndes Lächeln in sein Gesicht.
Ich fragte mich immer noch, wie ich mich diesem Schwein anvertrauen konnte.
»Du bist ein schlechter Mensch.«
»Ich korrigiere mich. Zwei. Das Kind hatte ich ganz vergessen.« Frank war im Zerstörungsmodus. Sein Lächeln wurde breiter.
Der Mund klappte mir auf. So viel Grausamkeit habe ich meinem Freund nicht zu getraut, obwohl ich es besser wissen sollte. Allerdings wusste er auch nicht alles. Ich

wollte etwas dazu sagen, ihn eines Besseren belehren, doch dann schüttelte ich nur mit dem Kopf und der Mund klappte wieder zu.
»Oh, was ist denn los? Warum bist du denn auf einmal so still? Gerade wolltest du doch noch plaudern.«
»Schwein.«
»Oh!«, rief Frank süßlich. »Jetzt bin ich ein Schwein. Erst war ich ein Bandwurm. Was fallen dir denn sonst noch für Tierchen ein?«
»Du bist ein ekelhaftes Schwein. Das würde ich erst mal so festhalten.«
Frank warf den Kopf zurück und lachte kehlig.
»Das aus deinem Mund. Du hast sie getötet. Was ist, wenn ich erzähle, wen ich da wirklich in meinem Buch beschrieben habe? Dann kannst du abtauchen. Dein Ruf wäre im Eimer.«
»Welcher Ruf denn?«, fragte ich und zuckte wieder mit den Schultern. »Ich bin der König der Straßenkinder. Mach doch. Ich habe nichts mehr zu verlieren.«
»Das denkst du. «
»Dann erzähle ich, was du getan hast.«
»Ach so. Was habe ich denn getan?« Frank fixierte mich neugierig.
»Du hast sie missbraucht.«
Die Türklingel schrillte wieder und ließ meinen geworfenen Satz untergehen.
»Wie bitte?«, fragte Frank förmlich.
»Du hast sie missbraucht.«
Frank schluckte. Sein Lächeln fror ein. Volltreffer.
»Was hast du gesagt?«
»Du hast mich ganz genau verstanden.«
»Das ist jetzt aber die Krönung. Du hast dir wirklich das Gehirn weggesoffen, oder?«, rief Frank lachend.
»Du weißt ganz genau, was du getan hast.«
»Lächerlich. Vollkommen haltlos. Du hast keine Beweise. Wer soll dir das denn glauben?« Ein noch breiteres Lächeln trat in Franks Gesicht. Aber nur die Mundwinkel lächelten. Es war sehr unheimlich.

Ich bekam trotz der hohen Temperaturen in Franks Wohnung eine Gänsehaut. Scheinbar schien Frank gar nichts bereut zu haben. Doch ich werde schon dafür sorgen.
»Ich erzähle es einfach mal herum. Irgendjemand wird sich da schon finden. Du bist viel berühmter als ich. So was schlägt heute ganz große Wellen, wenn das zur Debatte kommt. Du bist schließlich eine öffentliche Person. Der große Frank Freibrodt. Groß, mächtig und absolut angreifbar.«
Frank wurde rot. Kurz verschwand sein Lächeln.
»Pass auf, was du sagst«, zischte Frank und bespuckte mich mit jedem Wort. Es war ihm egal. Seine Augen bekamen einen tödlichen Glanz. »Laber hier keine Scheiße.«
Er trat bedrohlich nah an mich heran und sah dabei noch gruseliger aus. Ich musste zurückweichen. Franks überhebliches Lächeln kehrte zurück, welches mich nach wie vor provozierte. Nun lächelte ich auch. Auch ich suchte nun Franks Nähe.
»Du kannst froh sein, dass ich nur labere. Ich sollte dich dafür eigentlich töten. Du weißt ja, ich habe es schon einmal getan.«
Franks unheimliches Lächeln verstärkte sich. »Ja, das weiß ich. Gerald. Versuch es doch. Dann wirst du mich kennenlernen. Ich werde dich wie Scheiße zertreten.«
»Keine Sorge. Das würde viel zu schnell gehen. Viel zu schnell für ein Kaliber wie dich. Du sollst leben. Lange leben. Ich will, dass du leidest.«
»Du solltest jetzt wirklich deine Fresse halten. Du weißt einfach nicht, was gut für dich ist«, flüsterte Frank. Sein Gesicht war nun ganz nahe an meinem.
Das Einzige, was mich dabei beeindruckte, war sein Mundgeruch. »Willst du mir Angst machen?«
»Allerdings.«
Die Türklingel durchschnitt die dicke Luft.
Das gab mir Aufwind. Nun war ich in meinem Element.
»Vielleicht sollte ich mal mit deinem Besuch sprechen. Willst du ihn nicht hereinlassen? Oder ist es eine sie? Wie auch immer. Ich glaube, ich mach mal auf. Ist ja jetzt

unsere Wohnung. Und der Besuch sollte da nicht in der Kälte stehen. Mal sehen, was wir so besprechen«, rief ich fröhlich und bemerkte mit Genugtuung, wie der Schriftsteller bei jedem Wort zusammenzuckte.
Ich drehte mich zur Tür und ließ Frank aus den Augen.
Das war ein großer Fehler.
Frank schlug zu.

19

Es war eine Besucherin. Seine Verlobte stand vor ihm. Auch sie schien wütend zu sein.
»Was schreist du so herum?«, funkelte Lisa ihn an.
»Ich habe nicht geschrien«, sagte Frank laut.
»Wenn du meinst.« Sie starrte auf seine Hand. »Zeigst du mir gerade ernsthaft den Mittelfinger?«
»Nein. Der ist steif«, sagte Frank und wusste wie blöd das klang.
»Willst du mich verarschen?«, schnauzte Lisa.
»Ich kann ihn nicht bewegen!«, brüllte Frank.
»Ich kann auch wieder gehen«, sagte Lisa und blieb im Türrahmen stehen, als wäre sie festgewachsen.
»Der ist gebrochen, verdammt noch mal!«, schimpfte Frank.
»Dann sag das doch!«
»Hab ich doch!«
Lisa sah sich den Finger genauer an. »Was ist denn passiert?«
»Hab mich versehentlich drauf gesetzt.« Frank war auf der Ausrede hängen geblieben.
Lisa schüttelte den Kopf. »Wie kann man nur so dumm sein.«
Frank verstand ihre Wut nicht. Schließlich hatte er sich den Finger gebrochen. Da könnte sie ruhig etwas mehr Mitgefühl zeigen. »Lisa, was ist denn los?«
»Was soll denn los sein?«, fragte sie gereizt und sah Frank demonstrativ nicht an.
»Du bist so gereizt«, stellte er fest.
»Wieso sollte ich denn gereizt sein?«, fragte sie spitz.
Frank brüllte wieder. »Hör doch auf immer mit einer Scheiß Frage zu antworten!«
»Schrei mich nicht an!«, schrie sie.
»Ich bin doch ruhig!«, schrie er.
Wütend rempelte sie ihn zur Seite und ging mit schnellen Schritten in seine Wohnung, um mitten im Wohnzimmer wie angewurzelt stehen zu bleiben.

»Ich habe Ärger mit Vater«, sagte sie und drehte ihm den Rücken zu.
Frank zählte langsam von zehn bis eins runter und beschloss dann, das Gespräch friedlich weiterzuführen. Ihr Vater war eine neue Möglichkeit, sein Geld an Igor zurückzuzahlen. Der schwamm schließlich darin. Jetzt musste Frank sich als Vermittler probieren und die beiden wieder versöhnen. »Oh, das tut mir leid.«
»Ja, mir auch.« Sie sah ihn wütend an.
Frank wusste nicht, was er falsch gemacht hatte. »Was ist denn?«
»Er will sein Geld zurück, dass er uns geliehen hat. Beziehungsweise dir.«
Damit war die Möglichkeit dahin. »Ich kann es gerade nicht zurückzahlen.«
Lisa verdrehte die Augen.
»Warum nicht?«, fragte sie resigniert.
»Ich stecke in Schwierigkeiten. Ich kann dir nicht helfen«
Sie nickte. Scheinbar hatte sie nichts anderes erwartet. Dennoch gab sie sich nicht so schnell damit zufrieden.
»Mir helfen? Er dreht uns bald den Geldhahn zu, Frank.«
Frank mahlte mit den Kiefern. Das war ja mal wieder typisch. Die ganze Zeit schiebt der Kerl seiner kleinen Prinzessin ein halbes Vermögen in den Hintern. Liest ihr jeden Wunsch von den Lippen. Kaum ist sein Schwiegersohn aber mit im Spiel, macht er dicht. Wahrscheinlich wird er sie seinetwegen noch enterben.
Lisa sah ihn an, als wäre er ein kleines Kind. »Hast du nicht gehört? Er will sein Geld«, sie betonte jedes einzelne Wort, als wäre er schwerhörig.
Frank seufzte. Das hörte er in letzter Zeit andauernd, dass jemand sein Geld zurückwollte. Stell dich hinten an, dachte er und tat unschuldig. »Wieso von mir?«
»Tue jetzt nicht so. Ich habe nicht viel davon gesehen.«
»Na ja. Dein Second-Hand Laden läuft doch jetzt, oder nicht?« Frank wusste, dass das nicht der Fall war. Lisa war in dem Laden aufgegangen. Sie hatte viel Herzblut reingesteckt. Allerdings gab es ein paar Straßen weiter einen ähnlichen Laden, der einiges mehr an Auswahl hat-

te und die meisten umweltbewussten Kunden dorthin zog. Der größere Rest kaufte weiter lieber bei großen Markenketten.

Lisa starrte ihn fassungslos an. »Ich habe mir nur einen kleinen Anteil genommen. Und was heißt, er läuft? Ich muss mir immer noch jeden Cent schwer erwirtschaften. Der ist Laden selten voll. Die Konkurrenz ist hier sehr präsent und reich werde ich davon sowieso nicht.«

Frank konnte es sich nicht eingestehen. Aber sie hatte mit jedem Wort recht.

»Ich habe auch hart gearbeitet«, rechtfertigte er sich.

Nun stöhnte Lisa. »Wie auch immer. Meinen Teil habe ich zurückgezahlt.«

»Ach so. Natürlich. Schön, dass du so perfekt bist«, schnaubte er. Immer ging es nur um das verdammte Geld.

»Bei unserem Streit ging es um dich. Nur um dich. Ich habe mich sogar noch für dich eingesetzt. Ist ja nicht das erste Mal. Früher habe ich es auch noch gerne gemacht. Da sah ich darin noch einen Sinn.«

Frank sah keinen Sinn, den Streit zu vertiefen, und wollte einlenken. »Ich werde alles zurückzahlen. Mehr als er mir gegeben hat.«

»Diese Sprüche kenne ich.«

Also doch Streit, dachte er. Wie du willst. »Und du hast dich wirklich für mich eingesetzt? Ich habe eher das Gefühl, du lässt dich von ihm aufhetzen. Er hat mich noch nie gemocht.«

»Du machst es ihm auch nicht gerade leicht. Benimm dich endlich wie ein Mann.«

»Wie meinst du das?«, fragte Frank scharf. Immer wieder hatte sie ihm vorgeworfen, sexistisch zu sein, und nun kam sie ihm mit dieser Aussage. Und ihr Vater hatte, als Lisa die beiden miteinander bekannt machte, keinen Hehl aus seinen Vorurteilen gemacht. Brotlose Kunst war es für ihn, was Frank geleistet hatte. Der Unternehmer hatte ihn beim ersten Gespräch zur Seite genommen und ihm angeraten, sich einen richtigen Job zu suchen, sonst würde er ihre Beziehung nicht unterstützen. Aber als

Frank dann auf einmal mit seinem Bestseller ein Vermögen gemacht hatte, wurde er von ihm zum Golfplatz mitgenommen und seinen Geschäftspartnern vorgestellt. Auch Lisa hatte damals mit seinem unmännlichen Verhalten noch keine Probleme gehabt und sein Geld ausgegeben, bevor sie ihren Laden aufgemacht hatte. Er wollte gerade zu einem langen Monolog ansetzen, doch Lisa hebelte ihn geschickt aus.
»Hast du gerade gefurzt?«
Und schon war Frank überrumpelt.
»Was? Nein!«, stammelte er.
»Siehst du. Das meine ich«, rief sie bestätigt.
Frank hatte sich tatsächlich nicht auf diese Art erleichtert.
»Ich habe Nein gesagt!«, rief er wütend und zu Recht empört über diese Beschuldigung.
Lisa nickte weise, als hätte sie mit dieser Antwort gerechnet. »Ich finde es gar nicht so schlimm, dass du einen fahren gelassen hast. Ich finde es traurig, dass du nicht mal dazu stehen kannst. Wie ein Mann.«
Ihm fiel nichts darauf ein. Er öffnete wieder ein Fenster. Es gab quietschende Geräusche von sich.
»Was für eine Weisheit. Hast du die von deinem Vater?«, fragte er dann.
»Vielleicht. Wolltest du das nicht mal reparieren?« Sie deutete auf das klemmende Fenster.
Frank wollte das nicht weiter vertiefen und lenkte das Gespräch wieder auf seinen Schwiegervater.
»Er hatte immer was gegen unsere Beziehung. Und du bist jetzt auf seiner Seite«, sagte er beleidigt.
»Ich bin auf meiner Seite.«
»Kannst du ja sein. Aber sei doch auch an meiner.« Frank näherte sich ihr vorsichtig.
»Ich war immer an deiner Seite. Aber du hast mich weggestoßen. Du nimmst mich doch kaum noch wahr. Ständig schiebst du deinen eigenen Film. Bist wie weggetreten«, sagte sie von ihm weggedreht.
Frank berührte ihre Schulter. Wehmut kam in ihm hoch. Sie beide hatten wirklich schöne Zeiten gehabt. Was war

davon noch übrig? »Gar nicht wahr. Da hast du mich missverstanden. Ich will dich auf keinen Fall wegstoßen. Ich will für dich da sein.«
Auf einmal fühlte sich Frank wirklich mies, nachdem er das gesagt hatte. Der letzte Satz machte einfach keinen Sinn mehr. Er hatte sich die letzten Wochen kaum noch bei ihr gemeldet. Er hätte sie heute fast zweimal ohne mit der Wimper zu zucken betrogen. Und er hatte sie die ganzen letzten Wochen betrogen. Einmal hatte sie ihn angerufen, und um Hilfe gebeten, weil ihre Aushilfe krank war und ausgerechnet an dem Tag mal die Kunden in ihren Laden angeströmt kamen. Genau in dem Moment als er mit Pia gebumst hatte. Er war auch noch so blöd gewesen und hatte den Anruf angenommen. Lisa war natürlich sofort Franks Kurzatmigkeit aufgefallen. Besorgt hatte sie sich nach seinem Wohlbefinden erkundigt. Frank, der gerade von Pia geritten worden war, hatte ihr dann gesagt, er wäre auf dem Fahrrad unterwegs. Sie hatte sich für ihn gefreut. »Schön, dass du auch mal Fahrrad fährst. Tut dir bestimmt gut, wo du die ganze Zeit am Computer sitzt.«
Er hatte japsend versucht sie abzuwürgen.
»Ist das so anstrengend?«, hatte sie ihn dann gefragt.
»Ich fahre gerade bergauf und es ist Gegenwind«, hatte er ihr geantwortet. In Berlin war es nicht wirklich bergig und an dem Tag war es windstill. Jedoch hatte sie es geschluckt oder nicht wahrhaben wollen. Frank wusste es nicht genau. Sicher war sie auch einfach gütiger als er. Hätte er nur den leisesten Verdacht, dass es umgekehrt ablief, dann würde er sie gnadenlos verhören, bis sie zusammenbrach. Er würde sich mit seinem Nebenbuhler prügeln, bis einer von beiden tot umfiel und vielleicht sogar die Hand gegen sie erheben. Da war er sich nicht so sicher. Das war ihm bis jetzt noch nicht passiert. Auf jeden Fall würde er all ihren Besitz aus dem Fenster seiner Wohnung schmeißen. Da war Lisa anders, das wusste er. Manchmal hatte er so ein schlechtes Gewissen ihr gegenüber, dass er alles gestehen wollte. Aber was sollte das bringen? Sie würde nur unter der Last der vielen Fehltrit-

te, die Frank sich geleistet hatte, zusammenbrechen. Er würde sie tief verletzen. Das wollte er auf keinen Fall. Selbst jetzt, wo ihre Streitereien immer häufiger wurden und ihre Beziehung auf den Abgrund zuraste.
Lisa riss ihn aus seinen Gedanken. »Dann sei für mich da. Hör auf zu träumen. Früher fand ich das ja ganz süß. Aber wir müssen alle mal erwachsen werden.«
Früher hattest du damit kein Problem. Da haben wir gemeinsam geträumt, dachte Frank.
»Das Leben ist doch nur ein ständiger Fick. Entweder man macht es wie du, wippt im Takt dazu und lächelt oder man hält dagegen.« Frank war im ersten Moment stolz auf sein Zitat. Dann kam es ihm reichlich bescheuert vor.
»Wenn du mal wenigstens eins von beiden tun würdest. Aber auch da kannst du dich nicht entscheiden«, stellte Lisa fest.
»Du hast dich halt für mich entschieden. Lebe damit.«
»Manchmal bin ich nicht sicher, ob das richtig war.«
Frank wurde so wütend, dass er sich nun doch überlegte, ihr von Pia zu erzählen.
»Dann heul doch. Deine ständige Mäkelei kotzt mich an. Du musst auch mal an was glauben«, schimpfte er stattdessen.
»Du kotzt mich an!«, rief Lisa wütend. »Und an was soll ich bitte glauben. Dein neues Buch? Dann machst du wieder ein bisschen Geld. Schmeißt deine Partys, haust alles raus, feierst dich selbst. Und plötzlich ist wieder alles Scheiße, oder was?«
Frank zuckte mit den Achseln. »Was willst du dann noch von mir?«
Sie atmete durch und sah aus dem offenen Fenster. Frank fiel auf, dass ihr kalt war. »Ich weiß es nicht.«
Frank sah sich bestätigt. »Aha!«
»Es ist schwierig.« Lisa sah nun gequält aus.
»Schwierig?« Fast hätte er vor Erleichterung gelächelt. Schwierig war ja immer noch besser, als wenn es jetzt vorbei wäre. Aber seine Freude währte nur kurz.
»Ich weiß nicht mehr, wie ich dich einordnen kann.«

»Ich verstehe gar nichts mehr.« Dabei verstand er sie sehr wohl. Er konnte sich selbst auch nicht mehr einordnen.
»Dann werde ich mal deutlicher. Wenn mein Arm am Absterben ist und der Rest gerettet werden kann, sollte ich mir den Arm amputieren lassen. Trotzdem wird er mir den Rest meines Lebens fehlen.«
Frank stöhnte laut auf. »Oh Mann! Hab ich dich so enttäuscht?«
»Darum geht es nicht«, sagte Lisa aufrichtig traurig.
Frank legte einen Arm um sie. »Ich will dir doch einfach nur guttun.«
Sie strich ihn weg und entfernte sich weiter von ihm. »Ich weiß. Aber das tust du nicht mehr. Du machst mich krank.«
Wow, voll in die Fresse, dachte Frank. »Tja, dann hättest du dich damals wohl doch anders entscheiden müssen«, erwiderte er kalt.
»Vielleicht hast du recht«
Frank fiel kein sachliches Gegenargument mehr ein, also fing er, an sie nachzuäffen.
»Vielleicht hast du recht.«
»Bist du jetzt ein kleines Kind, oder was.«
»Bist du jetzt ein kleines Kind, oder was.« Frank bemerkte, dass er aufrichtig stolz darauf war, seine Verlobte so gut imitieren zu können.
»Willkommen in der Pubertät«, sagte Lisa genervt.
»Willkommen in der Pubertät.«
»Lass den Scheiß.« Ihre Stimme wurde hoch.
Die von Frank auch.
»Lass den Scheiß.«
»Hör auf!«, rief sie schrill.
»Hör auf!«
»Dir hat man doch echt ins Gehirn geschissen«, schimpfte Lisa.
Frank hörte auf sie nachzuäffen und wurde wieder ernst.
»Dafür habe ich nicht so eine piepsige Stimme. Voll nervig, echt«, sagte er böse und merkte, dass er sie gerade mit Pia verwechselt hatte.

Nun fing Lisa an, ihn mit tiefer Stimme nachzuäffen. »Voll nervig, echt.«
Frank gefiel das. »So mag ich dich.«
»So mag ich dich.«
Frank glaubte, ein leichtes Lächeln in Lisas Gesicht gesehen zu haben. Er liebte ihre Grübchen. Sie war genau dreißig, aber bis auf ein paar Lachfalten um ihre Augen, hatte sie nichts von ihrer Jugendlichkeit eingebüßt. Sie hatte ihre blonden Haare zu einem Zopf geflochten. Ihre markanten Wangenknochen waren somit gut für Frank sichtbar. Er merkte, dass er eine Erektion bekam. Ihr Geplänkel machte ihn geil. Er wollte Sex mit ihr. Jetzt auf der Stelle. Er wollte Druck abbauen und gleichzeitig alles wieder gut machen. »Komm her.«
»Komm her.«
Das sah Frank als Einladung. Er umschlang sie von hinten und tastete sich langsam zu ihren Brüsten empor. Lisa drückte daraufhin seinen gebrochenen Finger. Er schrie auf. »Man! Bist du bescheuert, oder was? Pass doch auf!« Lisa stieß ihn weg. »Glaubst du wirklich, ich will jetzt Sex mit dir? Was stimmt in deinem Kopf nicht?«
»Du hast doch gerade gesagt, komm her!« Frank war sichtlich verwirrt. Zugleich pochte sein Finger.
»Ich hab dich nachgeäfft, du dummes Kind!«, keifte sie ihn an.
Frank war drauf und dran ihr eine herunterzuhauen, aber dann stieg ihm ein altbekannter Geruch in die Nase. Gerald konnte ihn auch ohne seine Anwesenheit quälen, stellte Frank fest.
Lisa sah ihn anklagend an. Frank schüttelte den Kopf, dachte an Gerald und schon kam die Eifersucht. »Denkst du manchmal an ihn?«
Sie wusste sofort, wen er meinte. »Wieso fragst du mich das?«, fragte sie unwirsch.
»Beantworte meine Frage!«, brüllte er sie an.
»Ja!«
Frank hatte in diesem Moment seine ganzen Seitensprünge addiert und wollte die errechnete Summe seiner Verlobten gerade an den Kopf knallen, da kam ihm eine bes-

sere Idee. Es war ihm mittlerweile völlig egal, was Gerald über ihn erzählen wollte. Franks Wort stand gegen seins. Außerdem hatte er keine Beweise für seine Behauptungen. Wie denn auch.
Er nickte Lisa zu.
»Dann folge dem Gestank, geh ins Nebenzimmer und schau, was aus deinem tollen Traum geworden ist.«

20

Frank fragte sich, wie sich seine Verlobte so überzeugend dumm stellen konnte. Entweder war sie es wirklich, oder sie war absolut abgebrüht. Frank glaubte, dass auf sie eigentlich keine der beiden Möglichkeiten zutraf. Aber es war schon erstaunlich, dass sie den Mann mit dem sie ein paar Jahre in ihrer Jugend intim gewesen war, nicht wiedererkannte. Scheinbar verweigerte der Verstand es ihr zu akzeptieren, dass ihre erste große Liebe versoffen, verdreckt und stinkend vor ihr auf Franks Bett lag. Er konnte es eigentlich auch gut verstehen. Wer wollte denn schon so was sehen? Ihm fiel ein, dass er auch sehr lange gebraucht hatte, ihn wieder zu erkennen. Der lange Bart, die wechselnde Augenfarbe, je nach Lichtverhältnissen. Dann die Augenringe. Das Gesicht war zwar jugendlich geblieben, aber so aufgequollen, dass Frank ihn zehn Jahre älter geschätzt hatte, als er tatsächlich war.
»Wer ist das denn?«, frage Lisa, als sie sich über Franks Besucher beugte.
»Ich habe ihn auch nicht gleich wiedererkannt. So viel Bart und so aufgedunsen«, versuchte Frank ihr auf die Sprünge zu helfen. Aber verraten wollte er es ihr noch nicht.
»Wie ist er hier hereingekommen?«
»Was weiß ich. Der war plötzlich in meiner Wohnung.«
Lisa wich zurück, als ihr Geralds Ausdünstungen zu viel wurden. »Der stinkt ganz schön. Ist der krank?«
Das wusste Frank nicht so genau. Sein ehemaliger Freund schien auf jeden Fall nicht ganz klar in der Birne zu sein.
»Das weiß ich doch nicht.«
Lisa sah ihn an.
»Du hast ihm eine Bleibe gegeben?«
»Unfreiwillig. Den krieg ich nicht mehr weg. Und jetzt furzt er hier alles voll.«
»Das war er?«

Frank fragte sich, warum sie sich so schwer damit tat, dass er mal nicht der Schuldige war.
»Ja, ich würde dich doch nicht anlügen.«
»Das kenne ich ja gar nicht von dir. Das du dich mal um andere kümmerst.«
»Tue ich doch gar nicht! Hörst du schwer? Ich will ihn weghaben«, blaffte Frank sie an. Im nächsten Moment ärgerte er sich, dass er den aufkeimenden guten Eindruck, den sie seit langer Zeit mal wieder von ihm bekam, zerstört hatte.
»Hätte mich auch überrascht«, seufzte sie. »Ist er gefährlich?««
»Nein.«
»Hast du die Polizei gerufen?«
Frank frage sich, warum er das eigentlich nicht getan hatte. Dann hätte er denen auch gleich von Igor und Maik erzählen können. Aber ihre Leute waren überall. Somit wäre die Lage noch komplizierter geworden.
»Nein. Bin mit ihm allein fertig geworden«, sagte er stolz.
»So viel zu dem Thema richtiger Mann.«
Lisa war nicht so begeistert. »Man sieht es. Er blutet. Hast du ihn etwa geschlagen?«
»Ich hatte keine Wahl. Du musst mir glauben.«
Doch er konnte sagen, was er wollte. Deutlich sah er ihre Geringschätzung. Für sie war er schuld. Wie immer.
»Und was willst du jetzt von mir hören?«, fragte sie reserviert.
»Sieh ihn dir an. Na los! Guck in seine schönen Augen.«
»Wie denn? Sie sind geschlossen.«
»Dann mach ich ihn eben wach.« Er gab Gerald ein paar saftige Ohrfeigen. »Aufwachen!«
»Jetzt hör doch mal auf ihn zu schlagen!«, fuhr Lisa ihn an.
»Das ist die einzige Sprache, die er versteht«, sagte Frank und schlug ihm noch mal ins Gesicht.
»Du bist so ein Arschloch, echt!«
»Ich will, dass du ihn dir ansiehst!«
»Da gibt es bald nichts mehr zu sehen, wenn du ihn weiter so demolierst!«

»Er hat mich dazu gebracht!«, brüllte Frank sie an.
»Klar, immer sind es die anderen!«
Frank packte ihr Gesicht mit beiden Händen und sah sie flehentlich an. »Lisa! Sei doch einmal an meiner Seite! Es geht um mein Leben!«
Sie lachte freudlos. »Erzähl mal was Neues.«
Plötzlich schlug Gerald die Augen auf. »Wo bin ich?«
»Immer noch in meiner Wohnung! Sieh ihn dir an, Lisa.«
»Ich gucke doch. Was ist denn los mit dir?«
»Wieso erkennst du ihn nicht?«
»Hör auf mich zu stressen! Ich habe meine Kontaktlinsen nicht eingesetzt.«
Das darf doch nicht wahr sein, dachte Frank. »Du sollst ihn dir richtig ansehen!«
Er packte ihren Kopf und drückte ihn zu Gerald herunter.
»Du tust mir weh!«
»Du tust, was ich dir sage!«
»Hä? Lisa?«, fragte Gerald sichtlich überrascht.
»Wer sind Sie?«, frage Lisa mit großen Augen.
»Was machst du hier?«
»Na, wenigstens einer, der sich erinnert«, sagte Frank und sah seine Verlobte an.
»Verdammt, was macht sie in deiner Wohnung?«
Frank lächelte breit. Das war noch besser, als er sich vorgestellt hatte. »In guten wie in schlechten Zeiten, mein Freund.«
Gerald war zwar gerade erst aufgewacht, aber er begriff schnell. Zu seinem Leidwesen. »Du hast gesagt, du hättest nichts mit ihr.«
Er konnte es nicht fassen, wozu sein alter Weggefährte fähig war. Die eine hatte er geschändet und die andere Liebe seines Lebens ihm weggenommen.
Frank fand Geralds verwirrten Gesichtsausdruck köstlich und kriegte sich vor Lachen nicht mehr ein. Laut und schallend lachte er seinem Nebenbuhler ins Gesicht. Er beugte sich zu Gerald herunter, bis nur noch wenige Zentimeter ihre Köpfe trennten.
»Da habe ich wohl gelogen, kleiner Versager«, zischte er ihm ins Ohr.

Frank sah die Warnzeichen zu spät. Die erweiterten Pupillen. Das hasserfüllte Zähnefletschen. Gerade als er es wahrnahm, explodierte Geralds Faust unter seinem Kinn. Er flog quer durch sein Schlafzimmer, bis das Bücherregal seinen Sturz stoppte. Er schmeckte Blut und hoffte, dass er sich nicht die Zunge abgebissen hatte. Gerade als er das überprüfen wollte, stand auch schon wieder Gerald vor ihm. Bücher prasselten auf beide nieder. Frank versuchte wimmernd, seinen Kopf zu schützen. Doch Gerald war der Regen egal. Offen blieb er vor Frank stehen und bleckte seine Zähne. Sein Fuß schoss in die Höhe und traf ihn am Ohr. Frank wurde schwindelig. Gleichzeitig fragte er sich, wie bei Pia vorhin, warum alle so gut ihre Beine gedehnt hatten, dann sackte er zusammen. Doch bevor er zu Boden ging, fing Gerald ihn auf, indem er ihn an der Kehle packte und seinen Hinterkopf mit voller Wucht gegen die Wand neben dem Regal schmetterte. Sein alter Freund drückte ihm die Luft ab, gleichzeitig kam sein Gesicht ganz nah an Franks. Ein wahnsinniges Grinsen lag auf seinem dünnen Gesicht. Wie ein Totenschädel, der ihn anlächelte. Frank hämmerte auf Gerald ein. Doch anders als vorhin zeigten seine Schläge keine Wirkung. Es war, als würde ein trotziges Kind auf Geralds Brust eintrommeln. Frank versagte die Luft. Ihm wurde schwarz vor Augen. Da sprang Lisa die beiden von hinten an.
»Lass ihn in Ruhe!« Alle drei fielen zu Boden. Was für Frank nicht gerade hilfreich war. Nun lagen beide mit ihrem ganzen Gewicht auf ihm und Gerald würgte ihn immer noch. Lisa krallte sich auf seinen Rücken.
»Du mieser kleiner Hurensohn. Dafür wirst du bezahlen. Ich bring dich um!«, knurrte Gerald und drückte Franks Kehlkopf tiefer in seinen Hals.
Frank sah, wie die Finsternis zunahm.
Lisas lange Fingernägel bohrten sich in Geralds Gesicht und rissen blutige Striemen in seine Haut. Dieser brüllte, ließ von Frank ab und stürzte sich auf sie. Beide rangelten eine Weile, er nagelte sie auf dem Boden fest und

legte nun seine Hände um ihren Hals. »Miststück. Hure. Erstick doch an ihm.«
Frank sah, wie seine Verlobte röchelnd die Augen verdrehte, während Gerald auf ihr saß und ihr den Hals zudrückte.
Frank hatte den Wahnsinn seines Freundes unterschätzt. Er hatte nicht viel Zeit. Er taumelte ins Wohnzimmer, griff nach der Whiskyflasche, um sie seinem Freund über den Kopf zu ziehen. Auf dem Rückweg blieb er mit dem Fuß am Glastisch hängen und schlug der Länge nach zu Boden. Die Flasche rollte ihm aus der Hand über den Teppich ins Schlafzimmer.
Seine Verlobte röchelte weiter.

21

Ich sah die Sünderin unter mir.
Zuerst sah sie mich verzweifelt an.
Formte mit ihren Lippen meinen Namen, während ich auf ihr saß und sie würgte.
Doch auf einmal rammte sie ihr Knie wuchtig in meinen Rücken.
Jetzt war ihr Gesicht zu einer hämischen Fratze verzerrt.
Ich sah nun einen Dämon unter mir.
Ich konnte dieses Gesicht nicht ertragen.
Das Böse in ihren Augen, das ich vorher nie richtig gesehen hatte.
Ihre Krallen schossen hervor und bohrten sich in meine Augen.
Ich schrie, als würde ich schon brennen und der Dämon erhob sich unter mir.
Ich presste sie mit meinem ganzen Gewicht wieder nieder, packte ihr langes T-Shirt, zog es hoch und drückte es wie eine Decke über ihren Kopf.
Ob ich sie nun ersticken oder erwürgen musste, die monströse Fratze soll verschwinden.
Ihre Krallen schrammten weiter über mein Gesicht, kratzten es auf, rissen meine Haut auf, während sich ihr entblößter Bauch unter mir aufbäumte.
Anders als Paulines, war er flach und es kroch kein Monster heraus.
Dennoch war ich mir sicher, dass ein Dämon in Lisa steckte.
Ich hörte ihre Schreie, die auf einmal wieder sehr menschlich klangen.
Dadurch ließ ich das T-Shirt locker und sah wieder ihr Gesicht.
Es gefiel mir nicht, was ich darin sah.
Die Schreie waren eine Täuschung gewesen.
Ich sah immer noch Böses und würgte sie wieder.
Ihre Krallen kratzen mich überall.
Es war mir egal.
Ich sah noch Trotz in ihrem Blick.

Noch.
Doch er wurde immer weniger.
Mittlerweile starrte sie mich mit gläsernen Augen an.
Ich muss sie loswerden.
Alles stank an ihr nach Verrat und Betrug.
Ich sehe das Böse in ihr.
Es will aus ihr raus.
Ich muss die Welt davor beschützen.
Davon befreien.
Es ist das Beste für sie und alle anderen.
Ihr Körper bäumte sich wieder unter mir auf. Ihre Muskeln sind hart und angespannt.
Ich reite einen Dämon.
Sie kämpft noch.
Sie will nicht begreifen.
Ich verstärkte meinen Griff um ihren Hals und verlagerte mein ganzes Gewicht auf ihr.
Drück sie durch den Boden, schrie die Stimme in mir. Direkt in die Hölle hinab.
Je früher, desto besser. Umso kürzer wird sie im Fegefeuer brennen müssen.
Mir lag etwas an ihrer Seele, obwohl sie durchweg aus Lügen bestand.
Der andere Sünder war weggelaufen. Um ihn würde ich mich gleich kümmern.
Er muss länger brennen. Länger leiden. Das war ich ihm schuldig.
Aber erst einmal zu ihr. Sie wollte ihr wertloses Leben fortsetzen. Ich wollte es beenden. Viele andere Stimmen schrien in mir, dass es falsch wäre. Das Töten eine Sünde ist. *Aber vielleicht bin ich die Erlösung?* Ich sah in ihren Augen, dass sie aufgeben wollte. Das sie resignierte. Ihr Aufbäumen wurde schwächer. Sie konnte mir kaum noch etwas entgegensetzen. *Sie weiß, dass ich ihre Erlösung bin.*
Doch ich sah nun auch etwas anderes in ihren Augen. Etwas Weiches. Ihr Gesicht veränderte sich wieder.

22

Als Frank sich wieder aufgerappelt hatte und ins Schlafzimmer kam, hatte sich die Situation bereits von alleine gelöst. Gerald war von Lisa heruntergestiegen und starrte fassungslos auf seine Hände. Die Augen so groß wie Untertassen.
»Es tut mir leid. So leid«, stammelte er.
Lisa saß noch auf dem Boden und hielt sich den Hals. Eine Weile sagte keiner etwas. Man hörte nur Gerald ab und zu wimmern. Er atmete schnell. Seine Brust senkte sich in rasender Geschwindigkeit auf und ab. Schließlich ergriff Frank das Wort. »Du«, sagte er. »Du hättest mich fast umgebracht!«
Lisa hatte er dabei ganz vergessen. Doch Gerald hörte ihm gar nicht zu.
Sein Blick war auf die Flasche gefallen, die umgekippt auf dem Boden lag. Seine Augen weiteten sich noch mehr. Falls das überhaupt noch möglich war. »Stell sie wieder richtig hin.«
Frank funkelte. »Die Flasche ist mir jetzt nun wirklich scheißegal.«
»Stell sie wieder hin!« Geralds Puls raste.
»Da läuft nichts aus«, sagte Frank mit schneidender Stimme. »Die ist doch zu. Außerdem ist das mein Teppich. Den hast du sowieso schon voll geblutet und was weiß ich.«
Geralds Hände krallten sich in seine blonde Mähne. »Bitte!«
Erst bringt er mich fast um und dann macht er sich auf einmal Sorgen um meinen Teppich, dachte Frank.

23

Für Frank und Lisa war es eine umgekippte Weinflasche. Für mich hingegen war es ein umgekippter Benzinkanister, der direkt zum Feuer führte. Zum Feuer, in dem meine geliebte Pauline auf mich wartete.
Lisa, die schon immer sehr einfühlsam war, stellte die Flasche wieder aufrecht hin. Ich entspannte mich langsam. Doch dann schritt Lisa auf mich zu und gab mir eine schallende Ohrfeige.
»Du hättest mich fast umgebracht, Gerald! Was ist los mit dir?«
Das fragte ich mich mittlerweile auch. Jetzt, wo ich wieder etwas klarer in meinem Kopf war.
Mein Wahn und die Aussetzer wurden immer schlimmer. Es war nur noch eine Frage der Zeit, bis ich gegen diese Neurosen nicht mehr ankämpfen konnte.
»Ich weiß nicht. Ich bin nicht ganz bei mir. Ich …«
»Das merke ich! Mach das ja nie wieder! Verstanden!«
Frank konnte nicht anders. »Na, wer schlägt hier jetzt.«
»Halts Maul«, fuhr Lisa ihn an und musterte mich kopfschüttelnd. »Gerald.«
»Na endlich!« Frank streckte den Daumen empor.
Plötzlich fiel Lisa mir in die Arme. Ich blieb jedoch steif.
»Hast du jetzt deinen Platz gefunden?«
Sie löste die Umarmung auf.
»Wovon redest du, Gerald? Ich dachte, du wärst tot. Hättest dich ruhig mal melden können.«
»Ich hatte andere Sorgen. Frag doch deinen neuen Freund«, sagte ich bitter.
Frank hob seine Hände. »Macht das unter euch aus.«
»Du hast mich einfach allein gelassen«, sagte Lisa.
»Wieso allein?«, ich lachte trocken auf. »Du hast doch schnell neue Gesellschaft gefunden.«
Lisa stemmte die Hände in die Hüfte. »Ich musste irgendwie weitermachen. Trotz all der Trauer. Was erwartest du denn?«
Ich konnte den Anblick von den Büchern am Boden nicht ertragen. Frank sah verblüfft zu, wie ich sie zurück in sein

Regal sortierte. Er schien sich wohl zu fragen, womit er das verdient hat. Warum ich auf einmal seine Bude aufräumte.
»Was hast du denn erwartet, Gerald?«, fragte Lisa und beobachtete mich ebenfalls verwirrt bei der Arbeit. »Dass ich für immer einsam vor mich hin vegetiere?«
»Ging alles sehr schnell. Findest du nicht?« Ich hatte die Bücher wieder akribisch eingeordnet und ließ mich erschöpft nieder.
»Es ist zehn Jahre her, Gerald.«
»Und dann ..«, ich deutete auf meinen Gegenspieler.
»Und dann bist du zu Frank.«
»Wir sind zusammen. Bis jetzt.«
Frank lachte bitter. »So, so. Bis jetzt.«
Ich nickte müde und sah Lisa bewusst nicht an. »Wie oft willst du noch mein Herz zerficken?«
»Ich will dir nicht wehtun. Wollte ich nie.«
Nun mischte Frank sich doch ein. »Ich wollte dir auch nie wehtun, Gerald. Aber du musstest dich ja verpissen und hast Lisa einfach im Stich gelassen. Ich habe dann die Scherben aufsammeln dürfen. Ich habe mich um sie gekümmert.«
Ich äffte ihn wieder nach. Schließlich boten sich immer so schöne Gelegenheiten. »Ich, ich, ich ...!«
»Hör auf, mich nachzuäffen.«
»Du dreckiger kleiner Narzisst. Wann hast du dich mal nicht um dich selbst gekümmert, hä?«
»Hör zu, Gerald«, sagte Frank, redlich bemüht, Geduld in seine Stimme zu legen. »Ich habe mir deine Geschichte sehr zu Herzen genommen. Ich habe für sie gelebt. Aber das Leben läuft halt irgendwann auch weiter. Es kann sich nicht immer um dich oder Pauline drehen.«
Frank wusste immer wieder, wie er den Bogen erfolgreich überspannen konnte.
»Du Bastard!«, brüllte ich. »Du hast ihr Andenken geschändet! Du hast von ihrem Tod Profit gemacht! Und von meinem Schmerz!«
Nun wurde Frank auch laut. »Stopp! So schon mal gar nicht! Ich will nicht sagen, dass ich ein herzensguter

Mensch bin. Ich will auch nicht abstreiten, dass ich ab und zu mal die anderen im Hintergrund stehen lasse, um voranzukommen. Aber es ging mir nie darum, dich auszubeuten oder deinen Verlust auszuschlachten. Natürlich habe ich davon profitiert, klar. Das hat sich halt so ergeben. Warum sollte denn eine gute Tat nicht belohnt werden? Ich habe dir die ganze Zeit die Hand gehalten. Ich habe dir ein Seil zugeworfen, um dich aus dem Dreck zu ziehen. Ich habe deine Schreie erhört und war dein Sprachrohr. Dein Ventil. Wie viele Menschen haben denn außer dir noch schwere Verluste erlitten und sind nie gehört worden. Wie viele Schreie sind stumm geblieben. Wie viele Geschichten und Schicksalsschläge sind nie erzählt worden, sondern in Vergessenheit geraten. Ich habe dir und Pauline ein ewiges Denkmal gesetzt. Dafür solltest du mir eigentlich dankbar sein. Stattdessen gibst du mir lieber für alles die Schuld. Dafür, dass du aus deinem Leben nichts gemacht hast. Dass du nicht vorangekommen bist, sondern versackt bist in deinem Selbstmitleid. Auch dafür, dass du Lisa im Stich gelassen hast. Das warst du! Aber ja, es ist ja auch viel leichter, alles auf mich zu schieben. Erwarte jetzt nicht von mir, dass ich dafür die Verantwortung übernehmen werde.«

»Wow! Bravo!«, rief ich verächtlich. »Mir kommen die Tränen, echt. Frank der Menschenretter. Das heilige Zugpferd. Der verkannte Ritter auf dem weißen Ross. Ich hoffe, die Millionen, die du wahrscheinlich schon abgefeiert hast, konnten deine schwere Last der Menschengüte etwas lindern.«

Lisa konnte uns Streithähnen nicht so richtig folgen.

»Wovon redet ihr eigentlich? Wo warst du die ganze Zeit, Gerald?«

»Bei Pauline«, antwortete Frank für mich. »Nichts anderes hat für ihn eine Bedeutung.«

»Davon hast du mir nie erzählt, Gerald. Wer ist Pauline?«

Frank sah Lisa an, als hätte sie eine ganz blasphemische Frage gestellt.

»Sag mal, hast du mein Buch überhaupt gelesen?«

»Ja, doch, schon …«, sie druckste herum, »… aber ich kann mir ja nicht alles merken.«
»So, so.«
»Du weißt doch, ich bin nicht gut mit Namen. Schon vergessen?«
»Schon klar.«
»Jetzt bist du beleidigt«, stelle Lisa fest.
Frank zeigte auf mich. »Na los, Gerald. Sag du es ihr. Ich finde, ich habe deine Geschichte oft genug erzählt.«
Ich schloss die Augen und kämpfte mit mir. Doch es war vielleicht ganz gut, darüber mal wieder zu reden. Mich zu erleichtern. Auch wenn es das letzte Mal zu einer Katastrophe geführt hatte. Aber was konnte Frank noch tun? Er hatte es ja schon getan. Ich leckte mir über meine trockenen Lippen und begann die Geschichte zu erzählen. Jedes Detail sah ich deutlich vor meinen Augen. Jede Erinnerung war nach wie vor sehr klar. »Es war ein Osterfeuerfest und es gab ein großes Lagerfeuer. Ich erinnere mich noch, dass es sehr warm war. Die Menschen waren so ausgelassen. Generell eine sehr gute Stimmung. Ich mischte mich da eigentlich ungern ein. Bis heute bin ich eher der Beobachter. Ich gebe nicht viel von mir, ich sauge lieber auf. Da war eine junge Gruppe, die sang und ums Feuer tanzte. Der Alkohol machte die Runde und hellte die Stimmung noch weiter auf. Die Gesichter glühten im Feuer. Ich beobachtete diese Gruppe sehr gerne, aber traute mich nicht näher ans Feuer. Schon damals war ich eher der Einzelgänger. Der Teil einer großen Gruppe zu sein, war nie so mein Ziel gewesen. Was nicht heißt, das ich abweisend war, denn ich schaute gerne zu. Ich …«
Frank gab mir mit einem Handwedeln zu verstehen, dass ich mich beeilen sollte.
Ich hielt fassungslos inne. »Soll ich jetzt erzählen, oder nicht?«
»Du sollst von Pauline erzählen«, erklärte mir Frank. »Es geht um Pauline. Nicht um dich.«

»Das musst du mir gerade sagen!«, schimpfte ich und Frank sah deutlich, dass meine Augen bedrohlich groß wurden.
Er starrte mich ebenfalls provozierend an.
Lisa spürte deutlich die Aggressionen. Von beiden Seiten konnte es jeden Moment eskalieren.
»Jetzt lass ihn weiter erzählen«, sagte sie zu Frank.
Ich nickte ihr dankbar zu und konzentrierte mich wieder.
»Danke, Lisa. Also, wo war ich … ja, genau … Dann kam ein Mädchen aus der Gruppe auf mich zu. Löste sich vom Feuer. Es war nicht so, dass ich Mädchen nicht interessant fand, aber ich hatte eher andere Dinge im Kopf. Ich war 16 und noch nie verliebt gewesen.« Ich musste lächeln. Alle Anspannung löste sich, wenn ich an die ersten Momente dachte. »Aber dann kam sie auf mich zu. Pauline. Und dann hatte sich auf einmal alles verändert. Ich bin fast schon vor dem Feuer geschmolzen. Sie hatte diese Aura, die nur aus Liebe und Unschuld zu bestehen schien. Sie lächelte und schaute mich an. Ein Blick nur und plötzlich war ich in ihrer Aura. Es war wie eine Blase, in der nur wir beide steckten, obwohl so viele Menschen um uns herum tanzten. Ich dachte damals, selbst das Feuer hätte unserer Blase nichts anhaben können. Die Zeit blieb stehen, als sie sprach. Sie fragte mich einfach, ob ich mit zum Feuer komme. Sie war so schön. Und da rede ich nicht nur von irgendwelchen Äußerlichkeiten. Sie war vollkommen schön. Nicht nur eine hübsche Hülle. Ihre Augen waren die ganze Zeit auf mir. Sie brachte mich in ihrem Freundeskreis ein und stellte mich vor, als würden wir uns schon ewig kennen. Und endlich hatte ich auch mal Spaß in einer Gruppe. Wir soffen, was das Zeug hielt, lachten und tanzten. Ich war überall und doch nur bei ihr. Nach diesem Abend trafen wir uns immer öfter. Schließlich wurden wir ein Paar. Wir redeten gerne, aber auch wenn wir uns nichts zu sagen hatten, kommunizierten wir miteinander. Die ganze Zeit über. Wir lachten über dieselben absurden Gedanken. Schließlich haben wir miteinander geschlafen.«

»Ach ja«, unterbrach mich Lisa und es schien, als würde etwas Eifersucht in ihrer Stimme mitschwingen.
Frank legte den Finger an die Lippen. »Jetzt kommt es.«
»Noch nicht«, sagte ich und erzählte weiter. Vor meinen Augen löste sich Franks Schlafzimmer auf. Ich sah den Raum verschwinden, während ich sprach. »Sie hatte sehr lange gebraucht, um mich ihren Eltern vorzustellen. Ein Punkt, der mich irritierte. Denn wir waren schon eine ganze Weile zusammen. Es war auch schon fast ein Streitpunkt. Wo doch sonst alles so harmonisch verlief. Ich hatte sie schon lange vorher wenigstens meiner Mutter vorgestellt. Mein Vater war zu der Zeit auf Geschäftsreise gewesen. Schließlich redete ich ihr so lange zu, bis sie mich mit nach Hause nahm.« Lisa sah mich mitleidig an. Mein Gesicht deutete wohl den Bruch an. Nun bekam die Fassade Risse. Mein Lächeln erlosch. »Und dann verstand ich es. Kaum hatte ich einen Fuß über die Schwelle gesetzt, jagte mich Ernst, ihr Vater schon wieder heraus. Drohte mir Prügel an. Pauline erzählte mir dann, dass ihre Eltern sehr religiös sind und sehr viel Wert auf ihre Reinheit legten. Ihre Unschuld. Sie sollte bis zur Eheschließung unbefleckt bleiben. Na ja, kein Problem. Ich wollte sie sowieso heiraten. Aber dann stellte sich heraus, dass die bedrohte Jungfräulichkeit nicht der einzige Grund für seinen Ausbruch war.«
Frank knuffte Lisa an. »Jetzt hör zu.«
»Ich höre zu!«
»Als ich dann gebrochen zu meinen Eltern lief, bekam ich auch da noch gewaltigen Ärger. Ihr Vater hatte sich mit meinem schon längst in Verbindung gesetzt. Meine Eltern waren bis dahin immer sehr milde gewesen und hatten eher besonnen reagiert, wenn ich mal Mist gebaut hatte. Und auf einmal befand ich mich in einem Kreuzverhör. Woher kennst du sie? Was hast du mit ihr gemacht? Habt ihr euch schon geküsst? Habt ihr etwa miteinander geschlafen? Ich bin es nicht gewohnt zu lügen. Wäre ich es bloß gewesen. Ich sagte meine Wahrheit. Sie sagten mir ihre. Und alles wurde dunkel«, sagte ich und kniff die Augen zusammen. Ich wollte die Wahrheit immer noch

nicht sehen. »Meine Mutter und mein Vater waren vor meiner Zeit eine Weile lang getrennt gewesen. Sie brauchten eine Auszeit. Mein Vater begann eine Affäre. Mit der Frau eines radikalen Evangelikalen aus der Nachbarschaft. Die wurde dann schwanger. Er wusste davon nichts. Kurz darauf hatten sie ihre Beziehung auch schon wieder beendet. Meine Mutter hatte ihm das irgendwann verzeihen können. Er sich selbst bis heute nicht. Dann kam mein Vater zurück, sie vertrugen sich und er machte ihr auch ein Kind. Das war ich. Es war ein kleines Dorf. Fast jeder wusste Bescheid. Denn auch Paulines Mutter war streng religiös und beichtete ihrem Mann alles. Es kam zu einer heftigen Aussprache zwischen Ernst und meinem Vater. Da erfuhr er es. Ernst bestand darauf, Pauline zu behalten. Wahrscheinlich um Vater so zu bestrafen. Obwohl er in ihr einen Bastard sah. Das hatte er sie spüren lassen, für den Rest ihres Lebens.«
Ich machte eine Pause. Ich blinzelte. Es kostete mich jetzt schon so viel Kraft. Ich war müde.
»Zwischen unseren Familien herrschte dann Eiszeit. Und im Dorf macht so was schnell die Runde, egal wie sehr man sich bemüht den Deckel drauf zu halten. Alle wussten oder ahnten irgendwas. Deswegen war meine Familie dann ins Nachbardorf gezogen. Es hätte ihm zu sehr wehgetan, seine leibliche Tochter heranwachsen zu sehen. Natürlich hatte mein Vater sie vermisst. Aber er wollte dem Kind, das sich an Ernst als Vater gewöhnt hatte, nie diese Wahrheit zumuten. Nun wusste ich, wer meine Pauline wirklich war. Mein Vater wollte auch mit Pauline sprechen. Er hatte sie ja nur als Baby gesehen. Er wollte sie also wiedersehen und mit ihr über unsere Beziehung sprechen. Ihr Ziehvater hatte sie tagelang im Keller eingesperrt. Er konnte ihren Anblick nicht mehr ertragen. Mein Vater setzte sich gegen Ernst durch und besuchte sie im Keller. Aber er schaffte es dennoch nicht. Er schaffte es nicht, ihr die Wahrheit über sich und ihren Freund zu sagen.«
Lisa stand der Mund offen. »Mein Gott!«

Frank hatte einen faszinierten Ausdruck auf dem Gesicht, der schon an Wahnsinn grenzte. Er schien sich nach wie vor am wahren Inhalt seines Buches zu begeistern. »Er hat mit seiner eigenen Schwester geschlafen.«
Ich seufzte. »Wäre es nur das gewesen. Sie wurde auch noch schwanger. Ich weiß nicht warum, aber sie hatte es mir erst sehr spät erzählt. Ich habe es auch zu spät gesehen. Sie war nicht gerade zierlich. Es fiel mir erst in dem Moment auf. Obwohl sie schon fast im siebten Monat war. Eigentlich hatte ich mir bis dahin Kinder gewünscht. Aber dann bekam ich es mit der Angst zu tun. Sie hatte wirklich kaum Bauch gehabt, obwohl sie schon sehr lange schwanger war.«
»Das ist sehr selten«, sagte Lisa. »Aber es kommt bei manchen Frauen vor, dass man es ihnen nicht so ansieht.«
»Mag sein«, sagte ich und bekam das dringende Bedürfnis mich rechtfertigen zu müssen. »Aber man hört ja so einiges, wenn Geschwister Kinder bekommen. Es kann behindert zur Welt kommen, verkrüppelt oder zurückgeblieben.«
»Oder es wird ein kleines Monster«, flüsterte Frank.
Lisa knuffte ihm empört in die Seite.
»Ja. Dann belagerte ich sie. Sie sollte das Kind wegmachen. Ich verlangte von ihr, dass sie es wegmachen sollte, obwohl schon längst keine legale Abtreibung mehr möglich gewesen wäre. Ich setzte sie unter Druck. Sie weigerte sich. Sie wollte das Kind. Sie spürte mittlerweile deutlich, wie es sich in ihr bewegte. Es wurde schließlich in Liebe gemacht, hatte sie mir gesagt. Außerdem war es zu der Zeit schon längst kein Fötus mehr gewesen. Unser Kind lebte mittlerweile in ihr. Aber ich glaubte auch, dass die konservativ christlichen Überzeugungen ihrer Eltern auf sie abgefärbt hatten. Ich sagte ihr schließlich die ganze Wahrheit. Darunter hatte sie zwar gelitten, aber sie war trotzdem nicht ganz so überzeugt wie ich, es deswegen wegzumachen. Also habe ich nachgeholfen, so gut wie ich konnte. Sie hatte mir vertraut. Ich konnte sie leicht manipulieren.« Meine Stimme war trocken. Ich

musste husten, biss mir auf die Unterlippe, bis ich Blut schmeckte, dann fuhr ich mit meinem Geständnis fort.
»Ich hatte ihr anfänglich den Scheiß ausgeredet, den ihre Eltern und Korben ihr eingeredet hatten. Nun redete ich ihn ihr wieder ein. Ich sagte ihr, dass es sehr wohl eine Hölle gibt und dass sie für so was viel heißer brennen müsste. Ich sagte ihr, dass es zwischen uns sowieso aus wäre und ich das Kind niemals akzeptieren würde. Ich sagte, dass es doch reicht, dass wir beide dafür brennen würden, da sollte sie es wenigstens ihrem Kind ersparen. Damit hatte ich dann getroffen. Ihre Aura verschwand. Ihr Blick starb.« Ich fing an zu weinen.
Es war wie eine Entgiftung.
»Das hast du ihr gesagt?«, fragte Lisa erschüttert.
Eine für mich sichtlich unangenehme Pause entstand.
»Und was hat sie dann getan?«, fragte Lisa schließlich.
»Na ja. Zu einem Arzt konnte sie ja nicht mehr gehen. Ich habe ihr damals mit meinem jugendlichen Halbwissen empfohlen, dass gewisse ätherische Öle Abhilfe schaffen könnten.«
Selbst Frank zuckte bei diesen grausamen Worten zusammen. Tiefer Hass lag auf einmal in meiner Stimme. Lisa und Frank wussten nicht, ob er dem Kind oder mir selbst galt. Ich wusste es auch nicht mehr.
Sie vermuteten wohl Letzteres.
»Das ist doch gefährlich!«, rief Lisa.
Aus meinem Weinen wurde ein Wimmern. Ich kam mir so erbärmlich vor. »Das wusste ich aber damals nicht. Hätte ich es bloß gewusst. Es war nicht nur gefährlich. Für sie war es tödlich. Ihre Mutter hatte wegen ihrer Hautprobleme reichliche Mengen an Thuja Öl gelagert. Pauline hatte sich erheblich viel davon eingeführt. Ihre Mutter hatte sie dann im Bad gefunden. Wenigstens habe ich sie nicht so sehen müssen. Aber ich hatte sie ja schon vorher getötet.« Ich schloss die Augen und sagte gar nichts mehr.
»Was ist denn mit dem Kind passiert?«, frage Lisa.
»Es ist in der Hölle«, murmelte ich. Ich fühlte die Schuld. Schwere Steine, die ich nicht mehr verdauen konnte. Gleichzeitig fühlte ich mich leer. So leer.

Besiegt.
Ich sah einen lachenden Korben vor mir.
Du wirst immer tiefer fallen.
Lisa und Frank sahen sich verwundert an.
Ich war gedanklich nicht mehr im Raum. Ich sah Korben mit einem Ball in der Hand.
»Verzeih mir«, flüsterte ich.
»Was meinst du? Was ist passiert?«, hakte Lisa nach.
Ich öffnete den Mund. Wollte etwas sagen. Konnte aber nicht. Die Schwerkraft zog meinen Kopf nach unten.
Für Frank war das eine klare Antwort. Er sah wohl, wie gebrochen ich war. Das tat sogar ihm im Herzen weh.
»Was soll denn mit dem Kind passiert sein? Es ist tot, was denn sonst? Keiner kann so etwas überleben! Was für eine dämliche Frage!«, schnauzte Frank sie an.
Lisa hob die Hände. »Manchmal passieren auch Wunder!«
Frank schüttelte ungläubig den Kopf. »Du bist auch ein Wunder.«
Eine längere Stille entstand, sodass ich den Kühlschrank aus der Küche knurren hören konnte.
»Ich weiß nicht, was ich sagen soll, Gerald. Es tut mir leid«, brach Lisa das Schweigen.
»Ja, eine sehr traurige Geschichte«, sagte Frank. Er sah aber nach wie vor sehr fasziniert aus.
Wieder schwiegen wir alle.
Lisa ergriff schließlich das Wort. Jedes Einzelne davon schien sie mit Bedacht zu wählen. »Du warst sehr jung, Gerald. Ich will nicht entschuldigen, was du getan hast. Ja, du hast sie manipuliert. Ja, du hast sie sicher auch beeinflusst. Nachdem, was du erzählt hast, warst du allerdings nicht der Einzige, der das getan hat. Aber sie war auch für sich selbst verantwortlich. Sie hatte sich entschieden. Sie hätte sich auch, was die Öle angeht, über die Risiken erkundigen können. Wie alt war sie?«, fragte sie mich.
Ich antwortete nicht. Ich war zu sehr damit beschäftigt, mit den Händen mein Gesicht zu bearbeiten.
»Auf jeden Fall zwei Jahre älter als er«, sagte Frank an meiner Stelle. »Ich glaube, sie war sogar volljährig.«

»Also war sie erwachsen. Du hingegen nicht. Bei allem, was du getan hast, wolltest du doch eigentlich nur das Beste für sie und das Kind. Du wolltest nicht, dass es ein mieses Leben führen muss. Du wolltest nicht, dass es krank ist. Du wolltest nicht, dass es leidet. Denn dann hätte sie als Mutter auch gelitten. Oder?«
Ich konnte wieder nicht antworten. Das einzige Geräusch, was von mir herüberkam, war ein Schniefen.
»Was sagt du, Frank?« Lisa sah ihn hilfesuchend an.
»Ja, ja. Ist richtig. Habe ich ihm aber auch schon tausend Mal gesagt«, erwiderte er beiläufig, als wäre er nicht ganz bei der Sache.
»Moment«, Lisa hatte einen Einfall. »Ich habe das irgendwo schon mal gelesen.«
Frank stöhnte. »Ach was.«
»War nicht so was Ähnliches in deinem Buch passiert?«
»Na endlich checkst du es auch!«, rief Frank ungeduldig. »Davon reden wir doch die ganze Zeit! Du hast mein Buch gar nicht gelesen!« Beleidigt drehte er sich weg.
»Ich hab es angefangen. Aber es wurde so traurig.«
»Ja, es ist ja auch traurig!«, sagte Frank genervt.
»Außerdem musste sie in deinem Buch ja dauernd mit irgendwelchen Leuten schlafen«, sagte Lisa. »Das wurde mir dann irgendwann zu viel.«
Ich zuckte zusammen, als hätte ich eine Ohrfeige erhalten.
»Du warst doch nur eifersüchtig«, sagte Frank und war sich wohl sicher, dass es stimmte. Wegen Pauline hatte die Beziehung mit mir nicht funktioniert. Dann beschrieb sie ihr Verlobter auch noch ausgiebig in seinem Buch und hob sie somit nachdrücklich hervor.
Lisa ging gar nicht erst darauf ein. Stattdessen ging sie zum Angriff über.
»Und damit hast du dein Geld gemacht?«
Frank versuchte mit einer Handbewegung, das Thema wegzuwischen. »Das hatten wir doch schon.«
»Du hast ihn nicht gefragt?«
»Ich brauche seine Erlaubnis nicht. Ich habe die Namen geändert und ich kann schreiben, was ich will.«

»Hast du Gerald eigentlich was vom Geld abgegeben?«
»Wieso?«, fragte Frank sichtlich empört. »Ich habe es doch geschrieben.«
Lisa seufzte und schüttelte den Kopf. »Frank, du verstörst mich immer wieder.«
»Herr Gott noch mal!«, bellte Frank. »Ich war sein Sprachrohr! Ich habe Pauline unsterblich gemacht. Übrigens hatte sie mir auch etwas bedeutet. In freundschaftlicher Hinsicht. Das hatte Gerald ganz vergessen zu erzählen. Ich saß auch mit am Feuer. Sie hatte mir Gerald vorgestellt. Sie war meine beste Freundin. Wir sind in eine Klasse gegangen. Ich musste mit ihrem Tod auch fertig werden. Aber statt in Trauer und Gram zu versinken, habe ich sie in Erinnerung erhalten.«
Tatsächlich hatten Frank und Pauline auch außerhalb der Schule miteinander zu tun gehabt. Er war damals mit einer ihrer wenigen Freundinnen zusammen. Aber beste Freunde waren sie nie gewesen.
»Ja, das hast du allerdings. Du hast mir vorhin gesagt, ich würde nicht aus dem Quark kommen und im Selbstmitleid versacken. Es hatte schon sehr lange gedauert, aber wusstest du, dass ich die ganze Sache eine Weile etwas hinter mir lassen konnte. Dafür muss ich mich sogar bei dir bedanken, denn nachdem du mich mit nach Berlin genommen hattest, ging es wieder etwas aufwärts. Ich hatte Lisa kennengelernt, einen Job der mir gutgetan hat und mich auch wieder mit meiner Familie versöhnt. Und dann hörte ich, dass du ein Buch geschrieben hast. Der nette Frank, der mir nach Paulines Tod zugehört hat und mir ein guter Freund zu sein schien, hatte ein Buch geschrieben. Ich ging in den Buchladen voller Neugier und kam voller Dunkelheit wieder mit deinem Buch heraus. Du hattest nur ihren Nachnamen geändert. Sonst war alles gleich!« Meine Hände verkrallten sich. Ich war wieder kurz davor, Frank anzuspringen.
Zerfetz ihn endlich, schrie die Stimme in mir.
Aber sie war noch zu leise.
 »Die ganze Hölle noch einmal. Ich weiß nicht warum, aber ich musste es lesen«, sagte ich.

Denn ich erinnerte mich noch genau. Frank hatte einfach da gesessen und mir geduldig zugehört. Das konnte er, wenn er wollte. Mir hatte es damals sehr gutgetan, jemanden wie Frank zu haben. Ich wunderte mich schon, dass Frank mir die ganze Zeit geduldig zugehört hatte. Damals war ich sehr dankbar gewesen. Damals wusste ich allerdings auch nicht, dass ich und meine tote Schwester als Franks Romanfiguren herhalten mussten.
»Aber das ist doch nicht schlimm.« Frank legte mir eine Hand auf die Schulter. »Es ist doch in Ordnung, dass gerade du es gelesen hast.«
»Gar nichts ist in Ordnung!« Ich schlug seine Hand weg. »Ich weiß, dass ich die Schuld an ihrem Tod trage und zum größten Teil auch an meinem Zustand. Das kann ich dir nun wirklich nicht vorwerfen. Aber dein Buch war der Todesstoß. Mein Abgrund.«
»Er hat recht«, sagte Lisa und sah ihren Verlobten vorwurfsvoll an.
»Warum? Ich habe nur ihre Geschichte erzählt«, verteidigte sich Frank.
»Du hast sie falsch erzählt!«, schrie ich. »Du hast meine Pauline durch den Dreck gezogen.« Ich zeigte anklagend auf Frank.
»Inwiefern?«, fragte Frank. »Klär mich bitte auf.«
»Du hast etwas anderes über Pauline geschrieben, als ich dir erzählt habe.«
»Quatsch! Sie war eine tragische Heldin. So habe ich sie auch wiedergeben.«
»Ach ja? Ja, du hast geschrieben, dass sie gegen ihre Eltern rebelliert hat, wegen der strengen Erziehung.«
»Ja, genau so ist es.«
»Du hast geschrieben, dass sie mit fast jedem Jungen aus ihrer Klasse geschlafen hat, um sich gegen Ernst und seine religiösen Regeln aufzulehnen. Ein paar Mädchen waren auch dabei.«
»Na und. Kann ja sein. Weißt du es so genau? Auch mir hat sie schöne Augen gemacht.«
Nein! Das konnte nicht sein! Niemals! Dafür ist sie viel zu rein.

»Hör auf, hier so eine Scheiße zu erzählen!«, schrie ich und merkte, dass meine Stimme hoch und schrill wurde. »Ganz ruhig. Ja, sie hat mich mal angelächelt und irgendetwas lag da in ihrem Blick. Aber das heißt natürlich gar nichts. Aber warum sollte sie nicht eine kleine Revolution starten? Vielleicht hat sie ja wirklich mit ein paar Jungen und Mädchen geschlafen. Weißt du es so genau? Nein, weißt du nicht. Was ist schon dabei. Deswegen ist sie doch keine Hure, oder so. Was ist das denn für ein altmodisches Frauenbild, was du dir da gerne bewahren möchtest?«

Lisa wackelte mit ihrem Kopf. »Da muss ich Frank mal recht geben. Warum sollte sie sich nicht ausprobieren dürfen? Die Zeiten sollten vorbei sein, dass darüber noch jemand urteilt.«

»Danke Lisa«, sagte Frank. »Außerdem habe ich ausdrücklich betont, dass eure Liebesbeziehung etwas ganz Besonderes war. Sie hat sich für dich in meinem Buch entschieden.«

Ich schnaufte. Es war nur noch lächerlich, wie er versuchte, sich reinzuwaschen.

»Na super, Frank. Und was war mit unserem ersten Mal? Du hast geschrieben, dass sie mich dazu verführt hat. Es war genau umgekehrt. Und auch danach hat sie noch gedacht, sie hätte eine Sünde begangen.«

»Mein Buch muss sich auch irgendwie verkaufen, Gerald. Ich musste es an manchen Stellen würzen und an anderen etwas dazudichten. Sonst hätte niemand von Paulines Geschichte erfahren, weil er nach den ersten zwei Seiten eingeschlafen wäre.«

»Und die Abtreibung? Du hast geschrieben, es war ihre Idee! Ihre!«

»Das war, um dich zu schützen, Mann! Du lebst noch, sie ist tot! Kapierst du es endlich? Sie ist tot!«, brüllte Frank zurück und nahm dann wieder einen milderen Ton an.

»Hör auf, in der Vergangenheit zu leben, Junge. Sie ist tot und du kannst es nicht mehr ändern. Sorry.«

»Du willst mir jetzt ernsthaft erzählen, dass du ihr Andenken beschmutzt hast, um mich zu schützen?«

»Was heißt denn beschmutzt? Sie hat dich überredet, dass Kind wegzumachen, damit es nicht krank oder behindert durchs Leben gehen muss. Sie hat es aus Liebe getan! Trotzdem konnte sie mit ihrer Tat nicht leben und hat sich umgebracht. Aus Trauer und Liebe zu ihrem toten Kind, aus Liebe zu dir. Ich nenne das eine tragische Heldin in dieser verkorksten Welt. Ich nenne das eine tragische, aber auch ehrliche Geschichte.«
»Sie ist aber falsch!«, rief ich und fuchtelte dabei wild mit den Händen. »Ich habe es entschieden und so habe ich es dir erzählt. Du hast es nicht nur gegen meinen Willen aufgeschrieben. Du hast es auch noch falsch erzählt. Du hast Pauline für dein Buch missbraucht!«
Frank klappte der Kiefer auf. »Ach, das hast du damit gemeint. Ich dachte schon, du wolltest mir was anhängen. Du musst mit solchen Behauptungen echt vorsichtig umgehen, Mann.«
Lisa stutzte. »Ich kann nicht mehr folgen.«
»Er meinte vorhin zu mir, ich hätte sie missbraucht. Er wollte es schon überall herumerzählen.«
Nun war auch Lisa verwirrt. »Also Gerald. Über Frank kann man viel sagen. Aber das ist schon etwas weit hergeholt. Findest du nicht?«
Frank lachte. »Etwas ist gut.«
Ich fand es nicht so witzig. Für mich war es nach wie vor plausibel. Ich war nach wie vor von meiner Behauptung überzeugt. »Eine Szene in deinem Buch ist fast zehn Seiten lang, in der du sie bei der Masturbation beschrieben hast! Sehr ausführlich. Eine andere Szene beim Sex fünf Seiten! Eine andere sogar sechs! Und so weiter! Insgesamt beschäftigt sich dein Buch fast hundert Seiten mit ihrem Sexualverhalten! In mindestens fünfzehn Seiten ist sie komplett nackt! Gib es zu. Du musstest die ganzen Sexszenen hereinschreiben, um dich selber aufzugeilen. Vielleicht wolltest du auch was von ihr? Wolltest auch mal ran und konntest dich so nach ihrem Tod an ihr abreagieren? Aber vielleicht stimmt es ja auch, was du sagst. Vielleicht hast du es auch aus Profitgier getan? Aber wo ist der Unterschied? Was würde Pauline dazu sagen?«

»Wie oft denn noch? Sie ist doch tot, Mann!«, rief Frank.
»Ja! Und sie kann sich nicht mehr wehren! Du hast im Buch eine Pauline beschrieben, die es so nicht gab. Du hast die ganzen Lügen auch noch bestätigt. Sie konnte machen, was sie wollte! Sie konnte es keinem Recht machen! Sie durfte das, was du da in deinem Buch beschrieben hast, nicht mal denken! Dann hätte sie schon Schuldgefühle gehabt. Aber auch das hat nicht gereicht. Sie wurde trotzdem verurteilt. Jeder in ihrem Umfeld hatte ihr gesagt, sie wäre eine billige Schlampe!«, brüllte ich und Speichel flog durch die Luft. »Ständig hat man es ihr vorgeworfen. Ihre Eltern sowie Korben und seine fanatischen Anhänger! Das hatte ich dir übrigens auch alles erzählt, bevor du geschrieben hast. Ich war machtlos. Ich konnte sie davor schon nicht im Leben beschützen. Und wie es sich herausgestellt hat, konnte ich sie nach ihrem Tod auch nicht vor dir beschützen!«
Frank war sich wohl sicher, dass es gleich wieder einen Kampf geben würde. Ich hatte scheinbar wieder mein berühmtes, irres Flackern in den Augen. Er hob beschwichtigend die Hände, wollte aber auch nicht klein beigeben. »Denkst du, ich habe nur Anerkennung und Geld für das Buch bekommen? Diese religiösen Spinner haben auch mir die Hölle heißgemacht. Ständige Drohbriefe und Morddrohungen. Anrufe mitten in der Nacht. Über Jahre. Klingt auch nicht so sexy, oder? Aber du gehst die ganze Zeit auf mich los. Ich habe sie nicht in den Tod getrieben. Das waren diese Spinner. Das warst du!«
»Jetzt redest du ihm wieder die Schuldgefühle ein, die ich ihm gerade ausgeredet habe!«, rief Lisa zornig. »Nur um dich zu verteidigen.«
Doch mich traf es nicht mehr so. Die Wunde schien sich zu schließen. Ich hörte diesen Mist schon oft genug. Ich redete ihn mir ja auch erfolgreich selbst ein.
»Ja, ich habe sie getötet«, sagte ich heftig nickend, um anschließend den Finger gegen Frank zu erheben. »Aber du hast die Erinnerung an sie beschmutzt. Das einzige, was noch von ihrem jungen Leben übrig geblieben war.«

Frank warf theatralisch die Hände in Luft, sagte aber nichts mehr.
Lisa sah ihn lange an. »Oh Frank. Das hättest du wirklich nicht tun dürfen«, sagte sie dann.
»Na schön«, erwiderte Frank knapp. »Dann sollten sich unsere Wege jetzt trennen. Wir tun uns gegenseitig nur weh. Und das will ich nicht.«
Ich erhob mich. Auch ich hatte genug. »Ja. Alles Gute Frank. Alles Gute Lisa.«
»Warte, ich komme mit.«
Er blickte uns nach. Seine Augen waren nun auch leer. Ich konnte ihn nicht mehr einschätzen.
Tatsächlich brach es ihm das Herz, dass wir gerade dabei waren aus seinem Leben zu verschwinden. Auch wenn er bis jetzt kein Problem damit gehabt hatte, uns zu verletzen und zu enttäuschen. Natürlich konnte er uns jetzt auch nicht einfach gehen lassen, ohne uns noch einen Stich zu versetzen. »Ja, verpisst euch. Alle beide!«
Doch ich habe inzwischen gelernt, seine Stöße zu parieren. »Tja, ich habe Pauline verraten für deinen Profit. Aber wenigstens habe ich dir nicht alles erzählt.«
Das konnte Frank nicht auf sich sitzen lassen. »Wie meinst du das?«
»Da gibt es noch einiges.«
»Sag es mir.«
»Mach´s gut, Frank«, rief ich fast schon singend und voller Genugtuung. Wir beide waren schon kurz vor der Wohnungstür, da versperrte Frank uns den Weg. Sein Gesichtsausdruck hatte sich verändert. Nun war er in der Offensive.

24

»Stopp. Hier geht keiner. Ich will erst alles hören.«
»Ich habe dir schon zu viel erzählt«, sagte Gerald schon fast kindlich unschuldig.
Frank packte ihn am Arm und zog ihn zurück ins Wohnzimmer.
»Du wirst mir alles erzählen!«
Er stieß Gerald in einen Sessel.
Gerald blieb darin sitzen und machte es sich mit einem schiefen Lächeln bequem. »Nein«, sagte er trocken nach einer Pause.
Frank rang mit den Händen. Sie wollten ihn unbedingt betteln sehen. Dann sollten sie es haben. »Hört zu. Mir steht die Scheiße bis zum Hals! Ich bin schon fast ein toter Mann. Ich brauche eine neue Geschichte. Bitte!«
»Das kannst du vergessen«, sagte Gerald.
Frank sah Lisa hilflos an. Auf der Suche nach Beistand. Aber auch sie schien von seiner Verzweiflung nicht sonderlich berührt zu sein. Er erntete nur einen trotzigen Blick. So kam er nicht weiter. Nun war die Zeit gekommen, die Samthandschuhe auszuziehen. Es ging um sein Leben. Er stellt sich dicht hinter Lisa, sodass sie seinen Atem im Nacken spüren konnte. Er merkte, dass sie das verunsicherte. Aber sie drehte sich nicht um.
»Was machst du denn da?«
Anstatt zu antworten, packte er sie grob von hinten. »Na, gefällt dir das?«, hauchte er. Aber das war mehr an Gerald gerichtet, als an sie.
»Lass mich los!« Lisa versuchte, sich aus der Umklammerung zu lösen. Doch Frank ließ es nicht zu und plötzlich gab sie auf.
»Macht es Spaß zuzusehen, hä?« Er drückte sein Gesicht an ihren Hals, so wie Nadja zuletzt an seinen.
»Lass sie los«, sagte Gerald und sah zu Franks Überraschung völlig unbeeindruckt aus.
Dann musste er wohl nachhelfen. Er schob eine Hand unter ihr T-Shirt und ließ sie langsam von ihrem flachen

Bauch zu ihren Brüsten empor gleiten. Sie wehrte sich nicht. Frank dachte, dass sie vielleicht mitspielte.
»Ich begrapsche deine zweite Wahl und ich glaube es gefällt ihr nicht.« Seine Hand kreiste um ihre Brüste. »Willst du nicht endlich mal was tun? Reicht es nicht, dass du deine Pauline schon nicht beschützen konntest?«
Frank spürte dabei eine unglaubliche Genugtuung und noch was anderes. Eine gewisse Macht. Es machte ihn geil.
Lisa schien sich zu schütteln.
»Was ist denn los, Lisa? Wir sind verlobt und wollten heiraten. Erinnerst du dich. Du wolltest meine Frau werden. In guten wie in schlechten Zeiten. Ist wohl etwas dazwischen gekommen, nicht wahr?«, flüsterte er und sah zu Gerald. Dann kniff er ihr in die Brust und ließ die Hand wieder ihren Bauch heruntergleiten.
Plötzlich spürte er deutlich die Gänsehaut von Lisas Haut an seiner Hand.
Ihm wurde klar, dass sie sich nicht bewegte, weil sie geschockt war. Weil sie Angst vor ihm hatte. Früher hatte sie solche Berührungen und Spielchen von ihm genossen. Und jetzt hatte sie Angst und er labte sich auch noch daran. Verstört von sich selbst zog er seine Hand zurück.
»Es tut mir leid«, flüsterte er.
Lisa sagte nichts und starrte nur nach vorne.
»Ist ja gut. Ich werde dir alles erzählen«, sagte Gerald zu Franks Überraschung. Hatte er auf einmal Mitleid mit ihr oder sogar mit ihm, oder wollte er es die ganze Zeit schon loswerden. Frank wusste es nicht. Es war ihm auch egal. Hauptsache er bekam jetzt endlich seine neue Story.
»Na also«, rief er und legte einen selbstgerechten Triumph in seine Stimme, der nicht wirklich zur Situation zu passen schien.
»Auf Paulines Beerdigung traf ich Ernst. Ich konnte gar nicht mehr weinen. Meine Augen waren leer. Er hatte auch nicht geweint. Er sah mich nicht an. Er sah niemanden an. Aber er sagte etwas zu mir.« Gerald legte eine

Pause ein und schluckte. »Dafür wird sie brennen, sagte er.« Gerald hatte Mühe, die Wörter herauszupressen.
»Weiter«, sagte Frank ungerührt.
»Dann brannte sie. Das Lagerfeuer war überall. Jede Nacht kann ich die Hitze spüren. Jede Nacht in meinen Träumen höre ich sie schreien. Ich sehe sie brennen. Ihre blauen Augen tropfen aus ihren Höhlen. Ihre Aura löst sich auf. Ihr hübsches Gesicht zerfließt. Die Schreie werden immer schriller. Sie hört nicht auf, zu schreien, obwohl sie das Feuer immer mehr zerfrisst. Selbst ihre Asche schreit. Dann wird sie wieder zusammengesetzt, um weiter zu brennen. Um weiter zu schreien.«
Lisa hatte ihre Sprache wieder gefunden. »Kannst du nichts dagegen tun?«
Gerald schien sie gar nicht mehr zu hören. Er steckte wieder voll in seinem Film. Seine blauen Augen hatten einen merkwürdigen Glanz. »Seitdem ist eine Stimme in meinem Kopf. Sie wechselt immer. Mal ist es ihre. Dann meine Eigene. Manchmal ist es auch deine, Frank. Die Stimme befiehlt mir irgendwelche Dinge. Ich muss zum Beispiel einen Rhythmus im Gang haben. Einen Schritt vor und wieder einen zurück. Sonst bleibt sie in der Hölle. Ein Buch steht schräg im Regal. Richte es. Sonst bleibt sie in der Hölle. Ich stehe auf einem öffentlichen Platz voller Menschen. Schlag dir ins Gesicht. Sonst bleibt sie in der Hölle. Falle auf die Knie und robbe über den Asphalt. Sonst bleibt sie in der Hölle. Spuck zweimal auf den Boden. Sonst bleibt sie in der Hölle.«
Franks Augen leuchteten auch. Gierig wollte er die Wissensquelle vor ihm weiter aussaugen. »Hat dir deine Stimme schon mal befohlen, jemanden umzubringen?«
»Noch nicht«, sagte Gerald und klang dabei sehr eigenartig.
Frank glaubte ihm nicht. Auch Lisa sah Gerald skeptisch an. Sie war ihm ja selber fast zum Opfer gefallen.
Frank ging zu seinem antiken Schreibtisch und holte Block und Stift aus einer Schublade. »So, so. Du sollst also Buße tun.« Er machte sich Notizen.
»Nein. Falsch«, sagte Gerald. »Ich soll sie retten.«

Lisa nahm seine Hände »Das ist nicht deine Aufgabe!«
»Scheinbar schon.«
Frank sah von seinem Notizblock auf und zog eine skeptische Grimasse. »Du willst mir doch nicht ernsthaft erzählen, dass du an so etwas glaubst?«
Lisa versuchte, zu Gerald durchzudringen. »Es gibt keine Hölle.«
»Ich will nicht sagen, dass ich daran glaube. Ein Teil von mir weiß ganz genau, dass es Schwachsinn ist. Aber es ist wie eine Sucht. Mein Herz zieht sich zusammen. Der Körper verkrampft. Ich bekomme Panik. Ich muss es tun. Es ist wie ein Sog. Das kann ich nicht mit Logik erklären. Deswegen trinke ich. Irgendwann lässt dieser Druck nach. Ich habe dann nämlich das Loch mit Alk gefüllt.«
Frank klickte mit dem Kugelschreiber. »Und weiter?«
»Das war es.«
»Was?« Frank glaubte, sich verhört zu haben. Wollte Gerald ihn verarschen? Das würde nicht mal zwei Seiten füllen.
Der zuckte mit den Achseln. »Das war der Rest.«
»Und was soll ich damit anfangen?«, fragte Frank verzweifelt.
»Das ist mir egal. Ich hab schon zu viel erzählt.«
Frank lief im Wohnzimmer auf und ab. »Was soll denn der Buchtitel werden? Absolut behindert: Das Leben des schrulligen Gerald, oder was?«
»Das überlasse ich gerne dir. Solange ich es mir nicht kaufen muss. Ich will nur noch meine Ruhe.«
»Ich schreibe keine Psychobücher!«
»Dann denk dir doch endlich mal selbst was aus!«, schrie Lisa ihn an.
Frank lachte tonlos. »Habe ich ja versucht. Aber der gute Herr Kunz hat es abgelehnt.«
»Was?«
»Er hat es als Dünnschiss bezeichnet! Ich bekomme kein Geld, wenn ich nicht was Ordentliches zustande kriege. Und wenn ich kein Geld bekomme, wird Igor sauer. Und wenn Igor sauer wird, bricht er mir das Rückgrat und dich

schickt er auf den Strich! Du kennst Igor, ihr habt euch ja auch schon unterhalten.«

Lisa schien Franks Befürchtungen nicht zu teilen. »Also ich fand ihn ganz nett.«

»Das war, nachdem ich ihm die erste Leihgabe zurückgezahlt hatte. Jetzt hat er nicht mehr so gute Laune.«

Lisa klappte der Unterkiefer auf. »Du hast dir noch mal was geliehen? »

»Ja.«

»Was soll ich bloß mit dir machen?«

Frank hatte gehofft, dass Lisa durch sein Geständnis seine Not erkannte und ihm endlich beistand. Aber er sah in ihrem Blick nur Resignation, wenn nicht sogar schon Überdruss.

»Mach dir um mich keine Sorgen«, sagte er knapp, in der Hoffnung, sie würde es tun.

»Das kann ich auch nicht mehr. Ich kann dir nicht mehr helfen.«

Frank zuckte resigniert mit den Schultern.

»Kein Ding. Mach dir bloß keine Umstände. Ich bin sowieso tot. Egal.«

Lisa sah ihn kühl an. »Was soll ich jetzt sagen. Ich ertrage das alles nicht mehr. Komm, Gerald. Wir gehen!«

»Ihr bleibt hier«, sagte Frank mit bedrohlichem Unterton. In seiner Stimme lag eine beunruhigende Schärfe.

»Er hat dir alles gesagt. Und jetzt geht es ihm dreckig. Reicht dir das nicht?«

»Ihm ging es schon immer dreckig«, sagte Frank hart. »Und ich glaube, er hat mir noch was zu sagen. Nicht wahr, Gerald?«

»Ich habe dir alles gesagt«, sagte Gerald etwas zu schnell und blickte zu Boden.

Frank spürte, dass da noch etwas war. Etwas Wichtiges.

»Ich glaube dir nicht.«

25

Ich musste raus. Bloß weg hier.
Ich sprang auf und versuchte, mich an Frank vorbei zu drängeln. »Ich will jetzt gehen!«
Doch der ließ es nicht zu.
»Du gehst nicht!«
»Du musst dein eigenes Buch finden. Ich habe dir alles gegeben und ich habe es satt deinen Narzissmus zu krönen.« Ich wollte Frank zur Seite zu schieben, doch der machte sich schwer. Mit seinem ganzen Gewicht lehnte er sich an den Türrahmen. »Das ist jetzt das zweite Mal, dass du mich einen Narzissten nennst.«
»Und nicht das letzte Mal.«
»Wieso hast du es nicht eher gecheckt?«
»Was soll ich denn gecheckt haben?«
»Das Pauline deine Schwester ist«, sagte Frank plötzlich mit einem unheimlichen Lächeln in den Augen. »Ich habe mich schon damals gewundert, dass ihr euch so ähnlich seid. Als sie dich zum Feuer gezerrt hatte, dachte ich, sie stellt mir ihren Bruder vor. Dieselben tiefblauen Augen. Wie ein Ozean der sagt, komm, spring in mich hinein«, Frank merkte, dass er lyrisch wurde. Es war ihm egal. »Dasselbe Gesicht. Etwas andere Ausstrahlung. Sie war blühend. Du kalt und fischig. Trotzdem war die Ähnlichkeit greifend. Weißt du, was ich glaube?«
Ich tat so, als würde es mich interessieren. »Nein?«
»Du hast dich gar nicht in Pauline verliebt, sondern in dich selbst. Sie hat dich gespiegelt und das fandest du geil. Du wolltest dich einfach nur selbst ficken. Sie hat das irgendwann begriffen und es nicht mehr ausgehalten.«
Nun war ich hellwach. »Du lügst.«
Frank lachte. Er war wieder kurz davor einen entscheidenden Stich zu setzen. »Ach ja?! Tue ich das? Warum wolltest du denn, dass sie sich euer Kind wegmachen lässt? Hast du dabei wirklich an das Wohl des Kindes gedacht? Oder wolltest du nicht einfach verhindern, dass womöglich eine hässliche, zurückgebliebene Version von

dir über die Erde schlürft? Was sollen denn die Leute denken? Dein Spiegel wäre zerbrochen. Und was ist mit Lisa? Sie ist zwar sehr dünn, aber sie sieht Pauline etwas ähnlich. Also sieht sie auch dir etwas ähnlich. Etwas. Zu wenig. Eine verwässerte Version von dir. Deshalb hast du sie aufgegeben. Sie kam dann zu mir und hat mich nass gemacht. Weißt du, wie viele Tränen sie geweint hat? Während du dich nur um dich selbst gekümmert hast, habe ich sie aufgerichtet und ihr zugehört. Genauso wie ich dir zugehört habe. Können das Narzissten? Nein! Die beschäftigen sich nur mit sich selbst und ihrem Ego. Aber du hast es zu weit getrieben. Du hast dein eigenes Ego zerstört und dabei ganz nebenbei auch Pauline. Deine eigene Schwester.«
»Frank. Du bist widerlich«, zischte Lisa.
Ich war sichtlich erschüttert. Doch mittlerweile war ich so an Franks Tiefschläge gewöhnt, dass mich dieser Angriff erstaunlich kaltließ. Es ermüdete mich einfach nur noch.
»Was soll ich dazu noch sagen? Ich kann nicht mal mehr traurig oder wütend sein. Ich will einfach nur gehen.«
»Du wirst hierbleiben!«, brüllte Frank, griff in seine Garderobe und fegte ein paar seiner Jacken herunter. »Oder willst du, dass deine Schwester brennt?«
Dann kickte er ein paar seiner Schuhe durch die Gegend. Alles lag chaotisch auf dem Boden. Ein Pendant hätte nur mit dem Kopf geschüttelt, aber ich war regelrecht traumatisiert.
Mein Herz schlug verdächtig schnell.
Meine Lungen füllten sich mit Stickstoff.
Überall sah ich Flammen.
Überall sah ich Paulines Gesicht zu einer hässlichen Masse zerfließen.
Ich roch den Gestank ihres verbrannten Fleisches.
Ich hörte die grausame Symphonie ihrer schrillen Schreie, die immer fremder in meinen Ohren wurden.
Ich stürzte aus dem Flur zurück ins Wohnzimmer. Frank folgte mir und trat die auf dem Boden stehende Flasche wieder um, die an der Tür zum Schlafzimmer stand. Ich

konnte meine Hände nicht mehr kontrollieren und fing an, komische Bewegungen mit ihnen zu machen. »Hör auf!«, wollte ich schreien. Doch meine Stimme war dünn und schwach.
Frank fing gerade erst an. Er schlug ein paar Bücher aus dem Regal zu Boden.
»Sie wird brennen!«, rief er dabei.
»Lass das!«
Frank kippte einen seiner Sessel um. »Hörst du ihre Schreie?! Ist das schön für dich, hä?! Sie wird brennen!«, zischte er mir zu, während ich wippend in der Gegend stand und mir mit beiden Händen an den Kopf griff. Manchmal war das wie Meditation.
Frank schleuderte ein Kissen durch den Raum und verrückte immer mehr Gegenstände, sodass sie schief standen.
Nun fing ich an zu schreien.
»Sie wird brennen! Sie wird brennen!«, rief Frank mir zu. Ich verpasste ihm verzweifelt einen Stoß. Es lag sehr viel Kraft darin. Frank segelte durch den Raum und konnte sich gerade noch am Türrahmen des Schlafzimmers festhalten, bevor er fiel. Er packte die am Boden liegende Whiskyflasche und zertrümmerte sie am Türrahmen. Lisa zog mich zur Wohnungstür. Doch Frank rannte mit einer rasenden Geschwindigkeit auf uns zu und versperrte wieder den Weg. Dann trieb er uns mit dem scharfen Flaschenstumpf zurück.
»Ihr geht nirgendwo hin! Ich schwöre, ich steche euch ab. Gib mir mein Buch!«
»Ich weiß nichts! Ehrlich!«, schrie ich. »Ich habe dir alles gesagt!«
Ich konnte ihnen nicht die ganze Wahrheit sagen, auch jetzt nicht, wo Pauline lichterloh brannte. Denn dann war ich verloren. Dann würde der gute Gerald für immer verschwinden und in mir würde die Hölle weiter wachsen.
»Wie du willst«, sagte Frank und stach zu.

26

Frank stach mit dem Stumpf nach Gerald und erwischte ihn leicht am Arm.
Für Gerald war es nur ein leichter Kratzer.
Dennoch starrte Frank ihn auf einmal entsetzt an. »Das wollte ich nicht. Es tut mir leid.«
Ihm wurde nun endgültig bewusst, wie viele Grenzen er schon überschritten hatte. Er stand weiterhin mit dem Rücken zur Wand. Ihm blieb nur noch, anderen Menschen wehzutun. Frank hatte es satt. Er war müde. Er hatte sich satt und war entsetzt von sich selbst und was aus ihm geworden war. Seinen Freund hätte er eben fast erstochen. Er war kurz davor gewesen, seine Verlobte zu vergewaltigen. Wenn sie sich nicht schon bereits so fühlte. Ihre Nebenbuhlerin hatte er ebenfalls in seine Probleme reingezogen und anschließend den Wölfen zum Fraß vorgeworfen.
Aber hatte es nicht schon viel eher angefangen. Hatte er nicht schon viel eher seinen Freund verletzt. Ihn in den Wahnsinn getrieben. Ihn innerlich zerstört und zu einem Wrack gemacht mit seinem tollen Buch, dessen Gewinn er auf den Kopf gehauen hatte, ohne seinem Freund der ihm damals vertraute, wenigstens etwas davon abzugeben.
Dann hatte er ihm seine zweite große Liebe ausgespannt und sie ebenfalls fast durchgängig betrogen und enttäuscht. Hatte er es so gewollt? Hatte er es kommen sehen? Nein. Oder vielleicht doch? Es spielte ja keine Rolle mehr. Der Schaden war längst angerichtet und nun musste er dafür bezahlen.
»Schon gut. Die Wunde ist nicht tief«, drang Geralds Stimme in seine Ohren. Aber Frank blendete ihn einfach aus. Langsam hob er den Stumpf und zog ihn zu seinem Hals. »Das war es wohl. Ich weiß nichts mehr. Mein Weg ist zu Ende.« Er fand seine pathetischen Worte nur noch lächerlich. Am besten sollte er gar nichts mehr sagen und einfach krepieren.
»Frank!«, rief Lisa.

»Ich wollte dir nie wehtun«, sagte Frank und merkte wie mechanisch seine Stimme klang. »Euch beiden nicht. Ich bin kein Mensch mehr.« Noch mehr Pathos. Herr Kunz hätte nicht geschwollener reden können.
»Ich hab doch gesagt, es ist nicht tief«, sagte Gerald.
»Darum geht es nicht«, wimmerte er. Tränenbäche flossen auf einmal über sein Gesicht. Wie jämmerlich. Er hasste sich, wenn er weinte. »Ich habe dich zerstört und es hat mir gefallen, obwohl du ein Freund warst. Was habe ich aus dir gemacht. Du hast Hilfe gebraucht und … und anstatt dir Hilfe zu geben, habe ich dich nur weiter in den Wahnsinn getrieben. Du bist immer mehr gebrochen und ich habe mich damit aufgebaut. Ich habe dich und Lisa krank gemacht. Es hat mir gar nichts ausgemacht.«
»Das glaube ich nicht«, sagte Gerald freundlich.
Um so mehr tat Frank es weh, ihm so zugesetzt zu haben.
»Ich bin kein guter Mensch. Ich wollte immer die Welt verbessern. Die Problemzonen zeigen. Aber ich bin der Rückschritt und jetzt werde ich abtreten.«
Das wurde ja immer schlimmer mit seinem schwulstigen Gelaber. Frank wollte sich so schnell wie möglich abstechen, bevor er sich noch zu Tode schämte.
»Frank! Es ist nichts passiert! Alles wird wieder gut!«, rief ihm Lisa eindringlich zu.
»Gar nichts wird gut«, heulte Frank.
Sollten sie doch alle über ihn reden. Sollte Herr Kunz ihn weiter verreißen und Igor auf seine Leiche pissen. Er würde es dann ja nicht mehr merken. Oder doch? War ja auch egal. Hauptsache war, dass er den beiden wunderbaren Menschen vor sich nicht noch weiter wehtun konnte, dachte er. Dennoch fehlte Frank der Mut, es zu beenden.
»Man, lass die Flasche fallen!«, sagte Gerald etwas beunruhigter.
Lisa ging langsam auf Frank zu. Mann, sah sie schön aus, dachte er.
»Gib sie mir.«
»Warum denn?«, fragte Frank mit hoher und verweinter Stimme.

»Es gibt Hoffnung. Komm zur Ruhe. Du bist müde. Aber nicht so müde.«
»Was willst du von mir?«
»Einen Kuss«, sagte sie zu seiner Überraschung.
»Einen letzten?«
»Oder den ersten Richtigen.«
Was sollte er noch dazu sagen oder tun. Er ließ die Flasche fallen. Sie küssten sich. Erst zärtlich. Dann hingebungsvoller. Die Küsse schmeckten salzig. Waren es nur seine Tränen? Er war sich nicht so sicher. Jedenfalls konnte er immer noch nicht aufhören zu weinen, aber das war ihm jetzt auch egal. Denn nun weinte er, weil er das erste Mal im Hier und jetzt lebte. Weil er glücklich war. Aufrichtig glücklich, wie schon lange nicht mehr in seinem Leben.
»Mein Kopf ist mittlerweile überall«, ertönte die Stimme von Gerald, welcher einsam abseits stand.
Lisa winkte ihn heran. »Komm her.«
Alle drei fielen sich in die Arme.
»Ihr seid so warm«, stellte Gerald fest, als Lisa ihm über den Kopf streichelte.
»So lässt sich der Winter überstehen«, sagte Frank.
»Mein Gott, was heute alles passiert ist«, flüsterte Lisa. »Total verrückt. Das wird uns keiner glauben.«
Frank kam ein Gedanke. Ein Hoffnungsschimmer.
»Das ist es. Genau das ist es«, murmelte er.
»Hä?« Gerald wusste erst wohl nicht, wovon er redete.
»Jetzt steht das neue Buch.«
»Was?«, fragte Lisa etwas abwesend und damit beschäftigt zwei Männer zu trösten.
Doch Frank war begeistert. »Alles wird gut. Lasst uns weiter kuscheln. Ihr seid jetzt meine Musen.«
Später, nachdem Geralds Arm verbunden und desinfiziert war, lagen die drei in Franks Bett und kuschelten. Lisa in der Mitte. Beide schmiegten sich an sie. Ihre Köpfe lagen auf ihrer Brust. Alle drei wieder vereint. Wie früher. Gemeinsam gegen den Rest der Welt.
Sie dachten, alles würde wieder gut werden.
Da wussten sie noch nicht, was auf sie zukam.

27

Ein halbes Jahr später *04.April 2019*

Frank hatte es wieder geschafft. Einen Monat später hatte er ein neues Buch herausgebracht und seinen Verleger zufriedengestellt. Herr Kunz war regelrecht begeistert. Es wurde veröffentlicht. Es schlug ein wie eine Bombe.
»Die Saga um die lebenslustige und rebellische Pauline wird nahtlos fortgesetzt. Nur die Protagonisten wechseln. Dabei treten Abgründe ans Licht. Der Schriftsteller Frank Freibrodt schreibt einen dichten Thriller. Auf wahren Begebenheiten basierend. Ungewöhnlich, aber durchaus originell und tiefgründig«, schrieb ein Kritiker.
»Was einem an einem Tag so alles passieren kann, das wird hier von Frank Freibrodt einfühlsam aber auch mit schwarzem Humor erzählt. Fazit: absolut genial!«, ein anderer.
Natürlich musste Frank einiges ändern und improvisieren. Da war dann auch mal seine eigene Fantasie gefragt gewesen. Aber der Spagat war ihm dann doch gelungen. Sein Verleger durfte nicht zu deutlich gezeichnet werden und auch Igor durfte er nicht eins zu eins erwähnen. Also wurde aus Herrn Kunz Frau Schmidt und aus Igor ein Zuhälter der albanischen Mafia. Lisa und ich hatten uns bereit erklärt, mit leichten Änderungen, als Figuren für sein neues Buch zur Verfügung zu stehen.
Frank kam wieder zu neuem Vermögen und konnte Igor wie versprochen das geliehene Geld doppelt und mit Zinsen zurückzahlen. Dennoch würde ihm Igor nie wieder etwas leihen, aber sie beschlossen in Kontakt zu bleiben. Freundschaftlich. Zumindest hatte Igor es ihm angeboten. Frank hatte trotzdem noch genug Geld, um aus seiner Eigentumswohnung auszuziehen, sich stattdessen ein Anwesen zu leisten und einen neuen Sportwagen zu kaufen.
Mir ging es zunächst besser. Ich bekam meine Zwangsneurosen in den Griff und trank so gut wie keinen Alkohol mehr. Frank sorgte erst mal dafür, dass ich bis zur voll-

ständigen Genesung über die Runden kam. Zudem hatte er mir seine Eigentumswohnung überlassen, quasi als Wiedergutmachung. Lisa besuchte mich manchmal. Wir trafen uns freundschaftlich. Stück für Stück also kam ich wieder in mein Leben zurück.
Dachte ich zumindest.
Denn dann las ich, nach einiger Zeit, das neue Buch.
Ich hätte es besser wissen müssen.
Es geschah dasselbe wie bei dem Vorgänger. Beim Lesen durchlebte ich nochmals meine Vergangenheit. Nicht nur das. Ich war wieder in der Perspektive des Beobachters, was das Ganze nicht einfacher machte. Es machte es schlimmer. Die Albträume wurden wahrhaftiger, die Zwangsneurosen hatten mich nun fast vollständig im Griff und der Alkohol reichte nicht mehr aus, um meine Dämonen zu ertränken.
Ich musste mich von Pauline verabschieden. Ich hatte keine Wahl. Ich brauchte einen Bruch. Diesen hatte ich bei Lisa gesucht. Ich suchte sie abends zu Hause auf und klingelte Sturm an ihrer Tür. Ein leicht bekleideter Frank hatte mir dann geöffnet.
Nun saß ich in meiner neuen Wohnung. Ich habe mir eine andere Medizin gesucht. Maik und Pia waren bei mir. Da der Alkohol nicht mehr ausreichte, war ich auf härtere Mittel angewiesen.
Pia hatte mich vor zwei Monaten im Treppenhaus wiedererkannt. Wir waren in Kontakt gekommen.
Sie stellte mir ihren neuen Freund vor.
Maik.
Dieser hatte durch gewisse Kontakte Zugang zu Crystal Meth.
Vor einer halben Stunde haben wir drei uns eine beträchtliche Menge gespritzt. Man konnte Crystal auf verschiedene Arten einführen. Doch beim Spritzen wirkte es am intensivsten.
Zwar waren in den letzten Monaten meine Albträume nicht vertrieben worden, aber sie wurden dumpfer. Sie verletzten mich nicht mehr so. Das Monster kam häufiger

vorbei aber ihm wurden die Klauen gezogen. Die Stacheln wurden weicher.

Die Neurosen schienen mir auch nichts mehr anhaben zu können. Jegliche Angst fiel zunächst von mir ab. Ich wurde auf eine angenehme Art abgestumpfter. Etwas in meiner Seele was vorher vollkommen entzündet war, starb nun endgültig ab. Und ich erfreute mich an der wohligen Taubheit. Zunächst war das so. Doch je süchtiger ich nach Crystal wurde, desto realer erschienen mir die Visionen vom Feuer. Das kam selten vor. Wenn es aber der Fall war, konnte ich inzwischen kaum mehr den Traum von der Wirklichkeit unterscheiden.

Zudem waren Pia und Maik nun Dauergäste in meiner Wohnung. Das meiste Geld was Frank mir überwies, landete mittlerweile bei Maik. Immer öfter bestellte dieser seine Kameraden in meine vermeintliche Wohnung. Sie hielten Partys ab und grölten sich heiser zu rechtsextremen Liedern. Früher hätte ich bei so etwas das kalte Kotzen bekommen. Aber durch fortlaufenden Konsum der Droge verschwand auch immer mehr der alte Gerald von früher.

Es blieb nur noch eine seelenlose Hülle zurück, die innerlich und langsam auch äußerlich zerfiel. In klaren Momenten war ich sogar ganz froh gewesen, dass Lisa nun wieder mit meinem Freund beschäftigt war und mich kaum mehr besuchte.

Ein paar Zähne waren mir bereits ausgefallen. Die meisten anderen braun bis schwarz verfärbt.

Die Haut war rissig. Ein Ausschlag breitete sich unaufhaltsam auf meinem ganzen Körper aus. Meine jugendlichen Züge waren endgültig verschwunden. Was das Straßenleben und der Suff jahrelang sogar in extremen Zeiten nicht geschafft hatten, war durch den übermäßigen Konsum meiner neuen Droge in wenigen Monaten eingetreten.

»Gerry, mach dich nützlich«, bellte mich Maik an. Ich will ein Bier!« Ich ging zum Kühlschrank und brachte ihm ein Bier, ohne ihm dabei in die Augen zu sehen.

»Bist ein guter Hund«, grinste Maik. Doch die Streicheleinheiten blieben aus. »Geh mir aus dem Weg. Ich will fernsehen«, sagte Maik mir überdeutlich.
Irgendeine Castingshow lief. Aber ich hatte nicht genau mitgekriegt, worum es ging.
»Komm her«, rief Pia fröhlich aus dem Schlafzimmer.
Ich gehorchte. Pia klopfte auf das Bett, auf dem sie saß. Ihre Pupillen waren geweitet.
Kalter Schweiß stand auf ihrer Stirn. Sie roch süßlich. Ich fragte mich einen Moment, ob sie Zuckerwasser schwitzte. Doch als ich mich neben ihr niederließ, roch es dann doch strenger.
»Wie geht es dir?«, fragte mich Pia mit großen Augen und Roboterstimme. Sie sah mich so leer an, als wäre es ihr eigentlich auch egal.
»Gut«, sagte auch ich mit Computerstimme.
»Das ist schön«, sang sie auf einmal mit euphorischer Freude, aber mit kalten Augen. »So schön.«
Ich nickte brav. Was sollte ich auch sonst machen.
»Frank hat mir hier mal aus seinem ersten Buch vorgelesen. Dir ist es ja nicht immer so gut ergangen. Du warst sehr verliebt gewesen. Polly hieß die, oder so. Ich war auch mal verliebt gewesen. In der achten Klasse. Marco hieß er. Ich hatte so eine große Brille auf. Sah viel zu groß aus. Wir waren zwei Wochen zusammen. Dann hat er Schluss gemacht. Lag sicher an meiner großen Brille. Ich war sehr traurig. Ich bin immer noch traurig. Aber Maik sorgt für uns. Und Frank sorgt auch für dich. Dir geht es jetzt sehr gut. Mir auch besser. Wir müssen nicht in der Wüste sein. Maik ist die ganz Zeit am Arbeiten. Für uns. Ich sehe ihn kaum noch.«
Ich verstand nicht wirklich, wovon sie redete. Maik war in der Regel höchstens zwei Stunden draußen unterwegs. Und wenn er zurück war, bekam Pia fast täglich ihre Portion Prügel ab. Sie schien das einfach hinzunehmen. Ich vermutete mittlerweile sogar, dass es sie anmachte. Manchmal wehrte sie sich dann auch heftigst und dann wurde daraus ein noch brutaleres Spiel, welches irgendwann mit noch brutalerem Sex endete. Kurz danach fand

jedes Mal eine dermaßen schnulzige Versöhnung statt, für die sich sogar jeder Seifenoper-Autor geschämt hätte. Ich fand das Rollenspiel fragwürdig. Aber es war mir inzwischen auch egal. Was blieb mir auch übrig. Die beiden bestanden darauf, dass ich ihnen beim Liebesspiel zusah. Besonders Maik war das sehr wichtig, warum auch immer. Pia machte mit. Denn dann war Maik richtig gut, sagte sie mir oftmals.
»Du hast hier mal auf mir drauf gelegen. Weißt du das noch?«.
Irgendetwas war da gewesen, ja. Doch ich besaß nur noch brüchige Erinnerungen, die mir nicht gefielen. Wahrscheinlich war ich damals nicht richtig mit dem Kopf bei der Sache gewesen. Also bejahte ich mit etwas Unbehagen.
»Hey, brauchst dich nicht zu schämen. Ich nehme dir das nicht übel. Männer halt. Du hast sehr gestunken. Du warst auch sehr schwer. Ich habe kaum mehr Luft bekommen. Aber ansonsten war es nicht so schlimm.« Ihre fröhliche Stimme brach plötzlich ab, als hätte jemand das Tonband abgestellt. Ihr Kopf sackte auf die Brust und sie blinzelte ein paar Mal heftig.
Ich begann gerade mich befreit zu fühlen, da zwitscherte sie schon wieder los. »Ich habe so einen dicken Pickel am Mund.« Sie tippte auf ein längliches Ekzem an ihrem Mundwinkel. Es sah ein bisschen aus wie die berühmte Stiefelform von Italien. Das war mir schon vor ein paar Tagen aufgefallen. Und gestern hatte sie mich auch schon darauf aufmerksam gemacht.
»Ich war einkaufen. Die haben alle da drauf gestarrt. Haben mich die ganze Zeit angestarrt. Hässliche Kuh haben die gedacht. Müssen die gerade denken. Die ganzen hässlichen Hühner. Einer hat mich auch fast bis hierher verfolgt. Ganz sicher. Hab ich gespürt. Ich habe jetzt Bräunungscreme drauf geschmiert. Ich schmier jetzt immer zwei dicke Schichten auf mein ganzes Gesicht. Dann fällt es nicht so auf, weißt du?«, flüsterte sie verschwörerisch. Ich nickte abgehackt.

Es klingelte an der Tür. Pia richtete sich plötzlich so kerzengerade auf, als hätte sie gerade einen Elektroschock bekommen. Ich hingegen hing weiter auf dem Bett wie ein nasser Sack.
Wir hörten undeutlich, wie Maik den Besucher an der Tür begrüßte. Plötzlich stand Maik mit zwei weiteren Männern vor uns. Der eine war groß und kräftig mit blondem Scheitel und Schnauzbart. Der andere war klein und gedrungen. Er war kahlköpfig und trug eine randlose Brille.
»Ich dachte, du bist allein«, sagte der zweite Mann zu Maik.
»Die gehen schon in Ordnung. Wollt ihr ein Bier?«.
»Na und ob«, sagte der Mann mit dem Oberlippenbart. Der Kahlköpfige schüttelte langsam den Kopf. Er starrte immer noch Pia und mich an.
»Gerald, hol ein Bier für unseren Freund und Helfer«, bellte Maik. Er wandte sich an den Mann mit der Glatze.
»Erich, kann ich dir irgendwas anderes anbieten? Kaffee, Tee, oder eine Spritze mit Inspiration?«.
Maik deutete auf das Besteck und die Folie mit den zerkleinerten Kristallen, die auf dem Glastisch lagen. Erich sah den Dealer an, als würde er ihm jeden Moment die Fresse polieren.
»Du solltest besser aufräumen und pass auf, was du sagst«, sagte er mit knarrender Bassstimme und deutete mit dem Kopf auf mich, als ich mich langsam in Bewegung setzte, um meinen Auftrag zu erfüllen.
»Ist schon gut. Die halten ihren Mund. Gehen sowieso kaum mehr vor die Tür. Können froh sein, dass ich ihnen so gutes Zeug besorge. Und selbst wenn? Guck sie dir doch an. Wer würde denen denn glauben?«, rief Maik und brach wieder in sein helles Teenager-Gelächter aus.
Nach ein paar weiteren Musterungen schien das auch Erich einzuleuchten. Aber ganz zufrieden war er dann doch nicht.
»Ich sehe immer mehr fremde Gesichter. Mir gefallen deine neuen Kontakte nicht.«
»Sie haben uns aber viel gebracht. Wir haben Geld, Waffen und weitere neue Möglichkeiten. Dank mir«

Der schnauzbärtige Mann langte in eine Chipstüte, die auf dem Glastisch stand.

»Das mag ja stimmen«, sagte Erich mit verschränkten Armen und sah dem anderen Mann missbilligend beim Kauen zu. »Aber ich rede auch nicht von deinem Geschäftspartner. Was bringen uns die beiden Junkies hier?«

»Jetzt gönn mir doch auch mal meinen Spaß.«

»Wenn du meinst. Aber sei vorsichtig. Du bist mir in letzter Zeit etwas zu abgelenkt. Die Situation ist ernst. Vergiss nicht, dass wir höhere Ziele haben.«

»Der Kampf für ein freies Deutschland!«, bellte der andere Mann mit vollem Mund, nachdem er mir das Bier abgenommen hatte.

»Das ist mir schon klar.«

»Will ich hoffen. Bleib weiter an deinem Geschäftspartner dran. Wir brauchen noch mehr.«

»Er geht gerade auf Distanz.«

»Vielleicht gefallen ihm deine Nebeneinkünfte nicht so ganz«, sagte Erich. »Geht mir übrigens ähnlich. Dir doch auch, Bernd?«

Der andere Mann nickte dezent, während er weiter Chips kaute.

»Ich muss halt auch irgendwie überleben. Wir haben doch schon fast genug. Ich habe dafür gesorgt. Und der Schriftsteller ist mittlerweile auch ein richtiger Goldesel«, verteidigte sich Maik mit großen Augen.

»Na ja. Wenn du das sagst. Wir vertrauen dir. Wir setzen auf dich. Noch.«

Maik schluckte. Ihm war bewusst, was mit ihm passieren würde, wenn sie es nicht mehr tun sollten.

»Ach komm schon«, sagte Maik mit seinen großen Kulleraugen. »Alles wird gut. Entspann dich. Setz dich hin und trink was mit uns.«

»Dafür habe ich keine Zeit. Bernd bleibt hier. Ich wollte dich nur noch mal an unsere Mission erinnern. Ein freies Deutschland.«

Ich fragte mich, was sie damit meinten. Ich hatte nicht den Eindruck, dass einer dieser Männer unterdrückt wurde.

Während Erich ging, ließ sich Bernd schmatzend in einem von Franks ehemaligen Sesseln nieder.
»Alles klar, Bernd?«, fragte ihn Maik.
»Kann nur besser werden.«. Er deutete auf die zerkleinerten Kristalle.
Während Erich das erste Mal in seiner Wohnung aufgetaucht war, habe ich Bernd schon öfter in meiner Wohnung gesehen. Er konsumierte auch die Kristalldroge. Allerdings spritzte er sich das Zeug nie. Ihm reichte es aus, es sich durch die Nase zu ziehen. Was er auch dieses Mal tat.
»Guck mal Bernd«, rief Maik stolz. »Ich hab mein Tattoo vergrößert.« Er schälte sich aus dem Unterhemd und präsentierte seinen muskulösen Oberkörper. Eigentlich wäre er ein schöner, stattlicher junger Mann gewesen, wenn nicht gerade das riesige Hakenkreuz eine große Fläche seines Rückens bedeckt hätte.
»So kannst du aber nicht mehr schwimmen gehen. Das weißt du doch?«, sagte Bernd etwas weniger begeistert, als Maik erwartet hatte. »Ein Freund von dezenten Botschaften bist du ja nicht gerade. Sei froh, dass Erich das nicht gesehen hat.«
»Der meckert doch eh immer nur herum. Dabei bin ich schon das Mädchen für alle hier«, sagte Maik beleidigt.
»Ein hübsches Mädchen«, rief Bernd lachend. »Ach scheiß drauf. Du machst das schon.«
»Mach mal ein paar Fotos, Pia«, bellte Maik.
Pia quietschte irgendetwas, was keiner so richtig verstehen konnte. Dann leistete sie seinem Befehl Folge.
»Komm mal her, Bernd«, sagte Maik.
»Ich weiß nicht so recht.«
»Nun komm schon, Mann!«
»Na gut.«
Die beiden standen nebeneinander und gaben Posen von sich. Maik ließ seine Muskeln spielen, während Bernd etwas linkisch den Daumen in die Höhe reckte. Dann standen beide stramm wie Soldaten. Pia drückte unentwegt mit leeren Augen auf den Auslöser ihres Handys. Dabei lachte sie metallisch und feuerte die beiden an. Ich sah

eine Weile dabei zu, wie die drei ein Symbol feierten, unter dem sehr viele Menschen zu Tode gekommen waren, bevor ich mich ins Schlafzimmer zurückzog.
Doch auch durch die offene Tür konnte ich das fragwürdige Schauspiel gut verfolgen.
»Ok. Das reicht jetzt«, rief Bernd. »Schick mir das mal. Ich stell das in meine Telegram-Gruppe.«
»Gib mir das Handy, Pia«, befahl Maik.
Doch sie war bereits beschäftigt.
»Was spielst du da so dumm herum! Ich hab gesagt, gib mir dein Handy.«
»Moment«, sang sie. »Ich mach daraus gerade ´ne Story.«
»Du willst das jetzt nicht ernsthaft bei Instagram hochladen?«, rief Maik entsetzt.
»Wieso denn nicht?«
»Das darf sie nicht!«, schrie Bernd. »Halt sie auf!«
Maik nahm ihr das Handy ab und schmetterte es gegen die Wand. Pia stieß schrille Schreie aus und hämmerte wie eine Furie auf Maiks nackte Brust. Der gab ihr eine schallende Ohrfeige, sodass ihr Kopf nach hinten flog. Sie fing an zu weinen.
»Na toll«, murmelte Maik.
Ihr Weinen wechselte abrupt zu einem hysterischen Lachen.
»Ich bring dich um«, sang sie. »Irgendwann bring ich dich um.«
Maik nickte grimmig. »Bestimmt tust du das. Aber nicht heute.«
»Deine Freundin ist vollkommen kaputt. Absolut gestört«, knurrte Bernd. »Du solltest mal den Müll rausbringen.«
Maik reagierte stattdessen unerwartet sanft. Er strich eine Haarsträhne aus ihrem Gesicht. Dann nahm er sie in den Arm. »Ist ja gut. Ich kauf dir ein Neues. Aber versuch nicht noch mal so ´ne Scheiße, kapiert?«
Pias Trotz war wie weggeblasen. Sie nickte folgsam.
»Lass uns Liebe machen«, hauchte sie.
»Wie du willst.« Worauf Maik sie ins Schlafzimmer stieß. Mich scheuchte er mit einer Handbewegung vom Bett.

»Kannst dich auf den Sessel setzen«, sagte Maik auf einmal im freundschaftlichen Ton. Er zwinkerte mir zu.
»Sieh zu und lerne.«
Das habe ich schon sehr oft getan. Auch mein Sexualbedürfnis war seit dem Konsum von Crystal angestiegen. Oft sah ich den beiden dabei zu, was Maik sehr freute, und sah mir noch parallel einen Porno auf meinem Handy an, was ihn nicht so freute.
Die sexuelle Leistung war bei uns allen hingegen deutlich abgesunken. Während ich meistens halbherzig beim Zusehen masturbiert hatte und nicht mal wusste, warum ich es überhaupt tat, war Maik meistens nach ein paar Stunden unbeholfenem und brutalem Geschlechtsverkehr auf Pia eingeschlafen.
»Ich bin gar nicht da«, rief Bernd vom Wohnzimmer aus und zog sich eine Ladung durch die Nase.
Ich sah auch dieses Mal wieder den beiden zu, aber es war irgendwie anders. Mir war sehr warm. Ich schwitzte noch mehr als sonst.
Die Luft sah verschwommen aus. Fast wie Qualm. Vielleicht lag es daran, dass Maik eine rauchte, während er auf Pia kniete. Plötzlich hatte er keine Lust mehr auf seine Zigarette und drückte sie auf ihrer Brust aus. Sie schrie auf, hatte aber im nächsten Moment den Schmerz wieder vergessen und gab Laute von sich, die wohl lustvoll sein sollten. Es klang eher nach einem weiblichen Zombie. Maik spannte seine Rückenmuskeln an und drehte seinen Kopf verstohlen in meine Richtung. Mir fiel das natürlich sofort auf, wie die anderen Male auch.
Aber dieses Mal ließ es mich noch kälter. Weil etwas anderes in mir brannte. Ich hatte nämlich das Gefühl, der Boden unter mir wäre schief. Mit beiden Händen krallte ich mich am Sessel fest, während Maik grunzend in die vergnügt quiekende Pia eindrang.
»Macht keinen Tierporno draus!«, rief Bernd von drüben. Sie hatten gerade erst angefangen, trotzdem waren sie schon nass geschwitzt. Maik keuchte. Pia stieß plötzlich Schreie aus. Sämtliche Adern traten dabei aus ihrem Hals heraus.

»Du tust mir weh!«
Maik hielt ihr den Mund zu und machte unbeeindruckt weiter. Es schien ihn sogar angestachelt zu haben.
Bei mir verschwamm alles. Ich hörte Pias Schreie und Maiks Gegrunze nur gedämpft. Dafür hörte ich ein anderes Geräusch. Es knisterte, als würde etwas anfangen zu brennen. Der Geruch von etwas Verbranntem fraß sich auf einmal in meine Nasenlöcher.
Ich sah, wie sich das Hakenkreuz auf Maiks Rücken dehnte und auf und ab bewegte. Plötzlich schienen daraus kleine Flammen hervorzuschießen. Es fing an zu brennen. Auch Pias Augen brannten, die flehentlich zu Maik aufsahen. Dann begann ihr Gesicht zu zerfließen. Es war, als würde es schmelzen. Dann bekam sie ein neues Gesicht. Ich erkannte die Augen wieder. Sie sahen aus wie meine Eigenen. Es waren Paulines Augen. Dann sah ich Paulines Gesicht.
Sie schrie. Sie schien furchtbare Qualen durchstehen zu müssen. Auch Maiks Hinterkopf nahm eine andere Form an. Die Haarfarbe änderte sich. Die Haare wurden schwarz. Es war der Hinterkopf von Frank. Mittlerweile waren die Wände feuerrot. Das Bett brannte. Ich schrie auf. Denn das Inferno war überall.
Der Kopf, welcher für mich nicht mehr Maiks Kopf war, drehte sich in meine Richtung. Frank lächelte mich hämisch an.
»Willst du mitmachen, oder was?«, fragte Maik hoffnungsvoll, aber für mich war es auf einmal nicht mehr Maiks Stimme.
Das Gesicht veränderte sich wieder. Jetzt sah ich nicht mehr Franks Gesicht. Die Haare waren silbergrau geworden. Es war nun das Gesicht von Ernst.
»Lust auf eine Party?«, rief grinsend Paulines vermeintlicher Vater. Er zwinkerte mir zu. Dann folgte ein strenger Blick. »Sie gehört mir.«
Der Kopf drehte sich wieder weg und sah die vermeintliche Pauline an, die unter ihm lag.
Ich habe genug gehört und gesehen. Ich sprang auf Maiks Rücken, der für mich nicht mehr Maiks Rücken

war. Dann grub ich meine verbliebenen Zähne in dessen Hals. Ich schmeckte Blut und verbiss mich weiter. Ich musste es beenden. Ein für alle Mal. Maik, der damit überhaupt nicht gerechnet hatte und noch quasi in Pia steckte, brüllte auf.
Pia, die noch unter ihm lag, japste erschrocken.
»Hör auf!«, schrie sie.
Bernd stürzte ins Zimmer und versuchte, mich von den beiden herunterzuziehen. Ich rammte meinen Ellbogen nach hinten und traf dabei Bernds Kehlkopf. Bernd schnappte nach Luft und sackte zu Boden.
Maik bäumte sich auf. Wir fielen vom Bett und landeten auf dem Fußboden. Dabei wurde der Nachttisch umgerissen. Ein überfüllter Aschenbecher fiel ebenfalls zu Boden. Qualm und Asche wirbelten durch die Luft. Wir bekamen einen Hustenanfall, kämpften jedoch beherzt weiter.
Pia fing an, hysterisch zu lachen, als würde sie einen schlechten Film sehen.
Ich behielt die Oberhand und hämmerte meine Fäuste in Maiks Gesicht. Dieser spuckte mir einen Zahn entgegen. Etwas Blut spritze mir dabei ins Gesicht. Meine Augen fingen an, zu brennen, und ich kniff sie zusammen. Diese Zeit nutzte Maik, um mir einen Kinnhaken zu verpassen. Ich flog nach hinten. Maik sprang auf mich und versuchte, mir mit seiner Pranke die Kehle zuzudrücken. Er schnürte mir die Luft ab. Ich schlug wild um mich. Doch Maik verpasste mir von oben ebenfalls Schläge, während er mich weiter würgte. Panik kam in mir auf. Dann sah ich den Aschenbecher und ergriff ihn. Ich benutzte ihn erfolgreich als Ramme. Maiks Nase knackte, als wäre jemand auf einen Ast getreten. Er glitt benommen von mir herunter. Ich sprang ihn an und schmetterte ihm weiter den Aschenbecher ins Gesicht. Etwas knirschte und ich wusste nicht, ob es das Gesicht meines Gegners war, oder dieser einfach nur vor Schmerz die Zähne zusammenbiss.
Die Gesichter meiner Feinde wechselten stetig. Mal war es Franks, dann Ernsts und dann wieder Maiks Gesicht,

dass nun mit Asche und Blut beschmiert war. Er sah mittlerweile wirklich aus, als wäre er aus der Hölle entstiegen.
Das spornte mich weiter an.
Ich musste ihn vernichten.
Egal, wer es von den dreien war.
Alle haben sie schuld an meinem Niedergang. An meinem Abstieg in die Hölle.
Gut, ich trug auch dafür Verantwortung.
Aber egal.
Ich musste meine Feinde ein für alle Mal zerstören.
Jetzt oder nie.
Töte sie, schrie die Stimme in meinem Kopf, so laut wie sie noch nie geschrien hatte.
Töte sie alle!
Doch Bernd hatte wieder genug Luft zum Atmen und zog mich von meinem Gegner herunter.
Maik landete trotz der erhaltenen Schläge mit einem Sprung wieder recht sportlich auf seinen Füßen. Da traf ihn mein Fuß, als ich wild in Bernds Armen ausscherte, in die Weichteile. Maik klappte zusammen. Bernd fixierte mich im Polizeigriff.
»Wenn du nicht aufhörst, breche ich dich in zwei Teile.« Bernds Drohung war gar nicht mehr nötig gewesen, denn ich habe mich zu sehr verausgabt. Außer Atem und erschöpft sackte ich zusammen. Bernd versuchte, fluchend mich aufzufangen. Maik stöhnte. Pia kreischte vor Lachen. Maik wälzte sich am Boden.
»Stich ihn ab«, zischte er aus zusammengebissenen Zähnen in Bernds Richtung.
»Halts Maul!«, knurrte Bernd. Er schleuderte mich auf den Boden.
»Was für eine Scheiße ist das hier. Erich hatte recht. Wir können so einen Ärger jetzt nicht gebrauchen.« Bernd deutete auf mich, dann auf Pia. Dann kratzte er sich am Schnauzbart.
Maik hustete Blut, bevor er sich ächzend erhob.

»Dieses kleine Stück Scheiße. Das ist der Dank, dass ich mir für euch alle den Arsch aufreiße! Euch durchfüttere! Du kleine Fotze!«

Er rammte seinen Fuß in meine hervorspringenden Rippen.

»Das ist der Dank dafür, dass du von mir sauberes Zeug bekommst! Ohne mich hättest du nur die gestreckte Scheiße am Kotti bekommen. Dann wärst du schon längst verreckt, so wie du es verdienst, du kleine undankbare Bitch!«, schrie er und trat mir gegen den Kopf, sodass ich Angst bekam, er würde mir das Genick brechen. Bernd packte mich und hob mich auf.

»Jetzt gib ihm ein paar auf die Fresse und gut ist.«

Maik nahm fast schon zärtlich mein Gesicht in seine Hände, bevor er mir eine Kopfnuss verpasste. Ein dumpfer Schmerz stach in meinen Schädel. Warmes Blut lief mir ins Auge. Wahrscheinlich war eine Augenbraue aufgeplatzt. Trotzdem grinste ich. Ich habe es meinem Feind gezeigt.

»Du wirst auch bald brennen«, sagte ich.

»Du hast doch nur Scheiße im Hirn. Du kleiner wertloser Spast! Das wirst du gleich bereuen, du kleiner Hurensohn!« Maik hatte nun einen Sprachfehler und sah richtig übel aus. Blut lief ihm aus dem Mund und aus einer gezackten Wunde am Hals. Seine Nase blutete ebenfalls, sah schief aus und gab einen Pfeifton beim Atmen ab. Er schwankte, schaffte es aber gerade so, sich aufrecht zu halten.

»Was grinst du so blöd. Ich werde dir ein besseres Lächeln verpassen.« Er ging zum Tisch und nahm sein Springmesser. Er baute sich vor mir auf und ließ die Klinge herausspringen. Bernd, der mir einen Arm von hinten auf den Hals drückte, schlug mit seiner freien Hand Maik das Messer aus der Hand. »Lass das! Wir schmeißen ihn jetzt raus. Dann wird er sowieso irgendwann auf der Straße verrecken. Der ist hinüber.«

»Der wird doch irgendeine Scheiße über uns quatschen!«

»Soll er doch machen. Ein irrer Psycho mit Verschwörungstheorien. Die brabbeln auf der Straße alle so was.

Wer wird ihm glauben? Jetzt setz dich hin! Ich bring ihn vor die Tür.«

Maik setzte sich widerwillig hin und sah mich wehmütig an. Er hatte wohl noch einiges vorgehabt mit mir.

Bernd kratzte sich weiter imaginären Schorf von seinem Schnauzer und deutete auf Pia, die irgendwas unter ihren Fingernägeln suchte. »Du musst ihm was auf den Hals drücken. Die Wunde könnte tief sein.«

Pia reagierte nicht. Der Dreck unter ihren Fingernägeln hatte wohl eine höhere Priorität als Maiks Wunde.

Bernd schnippte mit dem Finger. »Spreche ich hier irgendeine Fremdsprache? Setz deinen Arsch in Bewegung, du dumme Schlampe.«

Pia gehorchte und drückte Maik den nächstbesten Lappen auf den Hals. Mit diesem hatte Maik vor kurzem noch Tabakreste und Kaffeeflecken vom Glastisch gewischt.

Bernd stöhnte. »Du bist wirklich ein dummes Stück Fleisch. Soll sich die Wunde etwa entzünden? Bring ihm was Sauberes. Na los!«

»Immer mache ich alles falsch«, sagte Pia nicht wirklich resigniert. Es klang eher, als würde sie in einer Schulklasse einen Aufsatz aufsagen. Sie blieb einfach sitzen und drückte Maik weiter den Lappen auf den Hals.

Dieser schnitt schmerzverzerrte Grimassen.

Bernd schüttelte den Kopf. »Ja, du machst alles falsch. Du bist halt talentfrei. Du kannst nichts. Wirklich gar nichts. Außer einen sauberen Lappen holen. Geh ins Bad. Sofort!«.

Plötzlich fing Pia an zu kichern. »Du bist ja voll rot im Gesicht. Du siehst aus wie eine Bockwurst.«

Es kam Leben in Pia. Ich entdeckte zum ersten Mal seit Wochen wieder Leben und Schönheit in ihr.

»Was hast du gesagt?«, grollte Bernd hinter mir.

»Du bist eine Bockwurst«, erklärte ihm Pia. »Du bestehst nur aus Schwein. Hast du auch ein Ringelschwänzchen?« Sie lachte weiter und sah Bernd trotzig an.

»Pia, halt dein Maul«, stöhnte Maik. Es klang aber eher nach einem Flehen.

Doch sie ignorierte ihn. Stattdessen drückte sie Maik noch fester den dreckigen Lappen auf die Wunde am Hals, während sie Bernd weiter herunterputzte.
»Kannst du überhaupt Kinder machen? Bei deinem kleinen Ringelschwänzchen? Siehst du das Ding überhaupt unter deiner Wampe? Kannst du überhaupt weitere kleine Schweinchen machen? Vielleicht bist du deshalb so, wie du halt bist. Bist du einsam? Bist du unglücklich?«
Als Bernd, nach diesen vielen Fragen zu seinem besten Stück, Luft ausstieß, umhüllte mich eine ganze Fahne aus Tabak, Kaffee und irgendetwas mit Knoblauch. Zudem fing der Mann nun auch an stark zu schwitzen. Mir wurde leicht übel.
»Wir sprechen uns noch, Pia«, sagte Bernd. Sein Ton war eiskalt. »Nur so nebenbei, es wird kein schönes Gespräch werden.«
»Lass sie in Ruhe. Sie ist meine Angelegenheit«, presste Maik hervor.
»Du hast mir gar nichts zu sagen. Ich habe die Schnauze voll von eurem Kindergarten. Das werde ich alles Erich erzählen müssen.«
Maik lachte. »Mach doch! Dann kommst du wieder angeschissen und willst, dass ich dir was besorge.«
»Eher würde ich nach Tschechien ziehen, als mir noch mal was von dir zu holen.«
»Ok. Bleib cool. Ich regel das schon.«
»Das will ich dir auch raten, mein Freund. Bloß nicht frech werden. Sonst hast du verschissen.«
Bernd drehte mir wieder den Arm auf den Rücken und bugsierte mich vor die Tür. »Nur meinetwegen bist du heute nicht abgestochen worden. Musst dich nicht bei mir bedanken«, zischte er mir ins Ohr.
Ich vernahm aus der Wohnung noch die Stimmen von einer verwirrten Pia und einem aufgebrachten Maik.
»Wo geht Gerald hin?«, fragte Pia nun wieder emotionslos.
»Der fliegt jetzt raus!«
»Aber das ist seine Wohnung.«
»Jetzt ist es meine.«

»Aber ...«
»Halts Maul!«
Mehr bekam ich nicht mehr mit.
»Schönes Leben noch«, sagte Bernd zu mir.
Dann warf er mich die Treppe runter.

28

Frank war schon etwas nervös. Das hier war sein großer Augenblick. Obwohl die Menschen nicht so zahlreich erschienen waren, war es für ihn etwas ganz Besonderes. Ein Landwirt hatte freundlicherweise seinen Gutshof nahe Neuruppin zur Verfügung gestellt. Sie durften die große Wiese vor dem Hof für das Fest nutzen. Rechts davon lagen die Stallungen. Links, hinter einer kleinen Baumgruppe und einem kleinen Garten, ein weites Feld. Ein Lagerfeuer brannte.
Frank war sich sicher, dass nicht so viele gekommen waren, weil dieser von Wäldern umgebene Ort zu abgelegen war. Aber was machte das schon. Sein Roman war führender Bestseller und würde bald verfilmt werden. Auch eine Uraufführung an einem Staatstheater war im Gespräch. Die Kernfiguren seiner Handlung waren jedoch alle bis auf Gerald, Pia und Maik erschienen. Etwa zehn Leute waren da, die er noch nie gesehen hatte. Herr Kunz war als Erstes gekommen. Auch Igor und Nadja waren einigermaßen pünktlich gewesen. Nur Lisa war auf den letzten Drücker angekleckert gekommen. Sie hatte Ringe unter den Augen. Na gut, sie hatten ja auch gestern die halbe Nacht durchgevögelt, da kam das schon mal vor.
Die Gäste sollten sein neues Buch feiern und Pauline gedenken. Deswegen auch das Feuer, welches überraschenderweise schon ein großes Ausmaß angenommen hatte. Frank hatte es bei den früheren Osterfeuerfesten nie so schnell brennen gesehen. Insgesamt war die Feier eher schlicht gehalten. Frank wollte doch ein bisschen einsparen. Er hatte reichlich in sein neues Haus investiert und wollte zudem das restliche Geld in neue Projekte anlegen. Die Gäste sollten sich auf ihn und sein Buch konzentrieren und sich nicht endlos die Kante geben. Aber natürlich sollten sie noch feiern dürfen.
Reichlich Buffet gab es auf schlichten Klapptischen, welche jedoch liebevoll mit Tischdecken bedeckt und dekoriert worden waren. Auch für Getränke jeglicher Art war gesorgt. Hartmut, der Gutsbesitzer, hatte einen Stand

mit Obstschnäpsen aufgebaut und schenkte den Gästen großzügig ein.
Die Wiese vom Gutshof war nicht der Original-Schauplatz des Osterfeuers von damals. Dieser lag in einer kleinen Ortschaft ein paar Kilometer entfernt.
Frank war nicht erpicht darauf gewesen, das Gerald, mit dem er bis jetzt fest gerechnet hatte, und Paulines Eltern sich dort wieder begegnen könnten. Auch er selber war nicht besonders wild darauf.
Er hatte mal, bei den Recherchen für sein erstes Buch, versucht, die beiden zu interviewen. Doch sie schienen irgendetwas vor ihm verbergen zu wollen. Die Mutter hatte nur auf den Parkettboden in ihrem Wohnzimmer geblickt, als würde sie jedes Staubkorn einzeln erfassen wollen. Kein Wort hatte sie über die Lippen gebracht. Wahrscheinlich hatte ihr Mann es ihr verboten. Dieser hatte hingegen Frank, auf die unterschiedlichste Art und Weise, beleidigt und bedroht. Mal mit Prügel dann mit ewigem Fegefeuer. Ein anderer Mann aus Stuttgart, namens Korben, war ebenfalls bei ihnen zu Besuch gewesen. Ein charismatischer, wenn auch radikal evangelikaler Amerikaner, der besonders in Süddeutschland als Prediger in einer großen Gemeinde tätig und anerkannt war. Dort redete er den Menschen, die ihn dafür auch noch fürstlich entlohnten, ein, dass sie für jegliche Jugendsünde in der Hölle schmoren könnten und dass beispielsweise Homosexualität eine sündhafte Krankheit wäre, die ausgetrieben werden müsste. Der Prediger hatte Frank dann zur Krönung des Ganzen mit einem unwiderlegbaren Fluch belegt. Frank hingegen hatte den dreien höflich alles Gute gewünscht und sich dann schnell verdrückt.
Er suchte die Menge nach Gerald ab. Er hatte ihm eine genaue Wegbeschreibung zukommen lassen. Warum war er nicht hier? Irgendwas war mit ihm wieder los, das wusste er. Er hatte es auch irgendwann aufgegeben nach ihm zu sehen.
Er war im Aufstiegsmodus. Da musste er sich nicht herunterziehen lassen. Dennoch nagten Sorgen an ihm.

Auch Pia hätte er gerne gesehen. Er keine Ahnung, wie es ihr ergangen war.
Er hatte sie einmal vor etlichen Monaten, nachdem er sein Mobiliar in das neue Haus transportiert hatte, im Treppenhaus gesehen. Er hatte sie gegrüßt. Sie hatte ihn auch gegrüßt. Allerdings war da irgendetwas komisch. Sie war nicht sauer oder traurig gewesen. Sondern irgendwie anders. Nicht mehr greifbar.
Dass Maik hier nicht präsent war, störte ihn am allerwenigsten. Er würde sich lieber eine Würgeschlange um den Hals hängen, als diesem kleinen Dämon noch mal die Hand zu schütteln.
Er konnte nicht länger auf Gerald warten. Es war Zeit, eine Rede zu halten. Er erhob sich von dem Stuhl, der auf einem Podest stand. Mit einem Löffel klopfte er an sein Sektglas.
»Herzlich willkommen. Schön, dass Ihr alle gekommen seid. Das bedeutet mir sehr viel. Ihr alle habt mich geprägt und bei diesem Prozess begleitet. Ihr habt mich inspiriert. Ich weiß, dass es oft schwierig war. Aber jeder von Euch hat an mich geglaubt und mich zu diesem neuen Buch motiviert. Jeder auf seine Art. Jeder von Euch war wichtig in diesem Abschnitt meines Lebens. Dafür möchte ich Euch allen aus tiefstem Herzen danken. Dieser Ort ist haargenau einem anderen Ort nachgebildet worden. Dieser andere Ort sollte euch sicher allen bekannt sein, wenn ihr mein Buch gelesen habt.«
Frank legte eine Pause ein, um einen affektierten Lacher zu setzen. Manche lachten bemüht mit. »Es war der Ort des Frühlings, der Lebensfreude. Aber auch der Ort, an dem eine Geschichte begann. Eine wunderschöne Liebesgeschichte, wenn auch eine sehr traurige. Die Geschichte von Pauline. Ihr widme ich auch mein zweites Buch. Lasst uns heute ganz besonders an sie denken, ihr alles Gute wünschen und unseren Segen aussprechen. Sie ist jetzt an einem besseren Ort. Aber lasst uns auch feiern. Feiern wir Pauline. Feiern wir Gerald. Feiern wir uns und das Leben. In dem Sinne … äh … das Buffet ist eröffnet und für Getränke ist gesorgt.«

Applaus kam von allen.
Hartmut nickte ihm vom Schnapsstand aus grimmig zu. Das war wohl seine Art von Anerkennung, dachte Frank und nickte dem Bauern zurück.
Die Leute liefen zu den gedeckten Tischen, um sich den Magen vollzuschlagen und sich abzufüllen.
Herr Kunz trat ans Podest und winkte Frank heran. Dieser musste sich bücken, da er schon erhöht stand und sein Verleger ohnehin nicht gerade hochgewachsen war.
Frank dachte, dass sein Verleger es wohl heute ganz genau wissen wollte. Er trug neben seinem grauen Hut, einen weißen Anzug und ein knallig rotes Hemd. Fast wie in einem Gangsterfilm.
»Ich gratuliere Ihnen, Herr Freibrodt. Sie haben es mal wieder geschafft. Sie haben ein weiteres literarisches Meisterwerk gezeugt und Sie haben meine Erwartungen, die sehr hoch angesetzt waren, sogar noch übertroffen.«
Frank schluckte nach diesem Kompliment einen Kloß herunter. Das war der Ritterschlag. »Ich danke Ihnen, Herr Kunz. Das bedeutet mir sehr viel. Gerade weil Sie das sagen.«
Herr Kunz lächelte dünn. »Ja, Herr Freibrodt. Ich verstehe Ihren Subtext. Mir ist schon klar, dass ich Sie einem massiven Druck ausgesetzt hatte. Aber ich habe viel mehr Potenzial in Ihnen gesehen. Nicht nur siffige Schreibkunst eines Groschenroman-Autors. Ich habe auf den Busch geklopft und jetzt sehen Sie sich mal die Ernte an. Es ist gewaltig. Alleine der Ort hier, der direkt an Ihre erste Geschichte anknüpft. Es ist so warm, aber ich friere leicht. Einfach kongenial. Sie haben sich mal wieder selbst übertroffen.«
»Das bedeutet mir jetzt sehr viel.«
»Einen kleinen Kritikpunkt hätte ich dann doch hervorzubringen. Aber nur einen klitzekleinen Fauxpas.«
Frank nickte und hielt die Luft an.
»Verstehen Sie mich nicht falsch. Fast alle Figuren, besonders das Proletariat, sind überragend gezeichnet. Einfach klasse. Dieser Verleger in Ihrem neuen Buch scheint mir hingegen nicht ganz so gut gelungen.«

»Warum denn nicht?«
»Ich bitte Sie. Das ich Sie überhaupt noch belehren muss.«
Aber Frank wollte es wissen. »Was stört Sie denn am Verleger?«
Herr Kunz schmatzte, obwohl er noch gar nichts gegessen hatte. »Also ich finde, er ist eine Karikatur. So gestelzt. Ein Debütant. Wie ein intellektuelles Soufflé kommt er daher. Nur gefüllt mit heißer Luft. Ansonsten leer. Nicht durchgegart. Jedes Wort muss er noch dreimal verpacken. Stellen Sie sich das einzelne Wort wie ein gut verpacktes Geschenk vor. Und wenn das Geschenk des Wortes dann offengelegt wird, ist der Inhalt meistens sehr entblößt und mager. Sehr minimal. Mit Verlaub, so redet doch kein Mensch.«
»Sind Sie sich da ganz sicher?«
»Na ja, ich gehöre ja auch diesem Berufsfeld an. Allerdings bin ich eher jemand, der es kurz und knackig zum Punkt bringt. Manche Kollegen zählen mich manchmal schon fast zum Pöbel, so direkt rede ich. Aber das Leben ist ja nur eine kurze Reise voller Zusammenkünfte, warum nicht lieber das Geschenk des Wortes empfangen, als es abzusondern.«
Frank konnte sich einen kleinen Seitenhieb nicht verkneifen. »Alles klar. Ich nehme Ihre kurze und knackige Kritik gerne an.«
»Natürlich bildet diese Figur auch einen Kontrast zu den restlichen Charakteren, die es eher auf den Punkt bringen. Was dem Ganzen auch wieder eine gewisse Würze einverleibt.«
»Danke.« Frank konnte wieder atmen.
Herr Kunz lächelte ihn fast schon gerührt an. Aufrichtige Anerkennung lag auf einmal in seinem Blick. »Ich danke Ihnen. Sie sind jetzt eine Legende der gegenwärtigen Literatur. Es ist mir eine Ehre, mit Ihnen zusammenzuarbeiten.«
Das ist so schön, dachte Frank. *Das kann alles nicht wahr sein.*

Herr Kunz tippte an seinen Hut und gesellte sich zu den anderen Gästen, die sich am Buffet angestellt hatten. Dafür kam jetzt Nadja auf Frank zu. Sie trug ein blaues Kleid und sah fantastisch aus. Fast wie eine Fee. Ihren maskulinen Körper hatte sie geschickt darunter kaschiert. Sie lächelte ihn an. Ihre hübschen Grübchen und die leuchtenden blauen Augen verliehen ihr etwas Weiches, fast schon unschuldiges.
»Hey, Frank. Sorry, ey, dass ich dich so vermöbelt habe. Es war echt nicht persönlich gemeint. Du bist zwar ein Dödel, hast aber 'ne ordentliche Pumpe. Alter!«
Damit machte sie den ersten Eindruck fast schon wieder zunichte.
»Danke Nadja«, sagte Frank.
»Ey, nie war was persönlich gemeint. Ich mag dich und du bist cool. Bleib so, wie du bist.«
Frank dachte an seine Eier und lächelte geschmeidig. »Danke, danke.«
Nadja winkte euphorisch Lisa zu, die beide vom Buffet aus argwöhnisch beobachtete. »Sorry, Lisa!«, rief Nadja ihr lachend zu. Doch diese drehte sich weg, als hätte sie nichts gehört. Frank wusste nicht, was sich zwischen den beiden abgespielt hatte. Etwas verwirrt wollte er gerade nachfragen, doch da hatte Nadja schon das Thema gewechselt.
»Sag mal, wer war denn der Typ dort eben?«
Sie deutete auf Herrn Kunz.
Er fragte sich, was sie von ihm wollte.
»Das war Herr Kunz. Mein Verleger. Warum?«
»Der redet so komisch. Schreibt der etwa Gedichte oder so einen Kram?«
»Das kann ich mir gut vorstellen.«
»Schon ein Kauz«, sagte Nadja. »Sehr komisch, aber auch irgendwie ganz süß, sein Gelaber, ey! Voll lustig! Der hat Humor. Macht mich irgendwie geil.«
»Ich glaube, der meint das ernst«, sagte Frank und fragte sich, ob es irgendetwas gab, was Nadja nicht geil machte. Er spürte eine leichte Eifersucht, obwohl er gar nichts von ihr wollte. Er fand sie einfach sehr attraktiv, obwohl

sie ihm den Mittelfinger gebrochen hatte. Auch wenn sich seine Beziehung zu Lisa verfestigt hatte, konnte ja ein Abenteuer ab und an nicht schaden. Brachte sicher auch frischen Wind herein. Und sie musste ja nichts erfahren. Sie hatte ja von der Affäre mit Pia auch nichts mitbekommen. Aber Nadja schien außer Respekt, was ihm auch schon sehr gefiel, nichts weiter für ihn übrig zu haben. Dabei war er doch der Star des Abends.
»Umso besser! Yeah! Ich such was Ernstes. Hat der 'ne Freundin?«
Das wurde ja immer besser. Scheinbar war es nicht nur Wollust, die Nadja für seinen Verleger empfand.
»Frag ihn doch einfach.«
»Worauf du einen lassen kannst!«
Igor kam hinzu. Er war vom Outfit her das komplette Gegenteil seines Verlegers. Er trug nur einen grauen Sakko über einem grauen Pullover.
»Was ist hier los?«, fragte er.
»Wo warst du denn?«, tadelte ihn Nadja.
»Das Essen ist sehr lecker«, lobte Igor. »Wie gehts deinem Finger, Frank?«
»Ich habe keine Beschwerden mehr.«
»Sehr gut. Ich hoffe, es ist wieder alles gut zwischen uns.«
»Auf jeden Fall. Schön, dass ihr zu der Feier gekommen seid.«
»Frank, mein Frank!«, rief Igor fröhlich. »Gerne doch. Hast wieder mal ein tolles Buch geschrieben. Ich werde jetzt mehr lesen. Einfach mal abschalten von der Arbeit. Gibt viel zu entdecken in den Büchern. Du hast mich dahin gebracht.«
Das war auch schon fast ein Ritterschlag. »Das freut mich.«
»Danke, auch für deine Spende. Viel mehr als abgemacht. Meinem Bruder geht es sehr gut. Jedenfalls für seine Umstände. Danke, dass du mich dabei unterstützt hast, ihm etwas Würde zu geben.«
»Gefällt es ihm in der Residenz?«

»Oh ja! Er hat Spaß!«, sagte Igor und grinste eigenartig. »Ich entdecke oft ein Lächeln, so weit sein Gesicht das noch hergibt.«
Nadja zupfte an seinem Ärmel. »Igor?«
»Was ist?« Er sah Nadja streng an nach dem Motto: Hier reden Erwachsene.
»Das ist jetzt so ein Ding …«
»Was willst du?«
»Ich muss mit dir reden. Ist kompliziert.«
»Dann komm zum Punkt.«
»Ich finde da einen Typen ganz heiß …«
»Dann mach ihn an.«
»Also … Auch irgendwie ernster, jetzt.«
»Und was soll ich dazu sagen?«
»Ich würde gerne mit ihm …«
»Dann tue es doch.«
»Ich muss eh Überstunden abbummeln.«
»Nadja. Du hast so lange für mich gearbeitet«, sagte er und betrachtete sie mit einer Mischung aus Stolz und fast schon väterlichen Gefühlen. Er schluckte. »Du musst auch mal für dich sein. Du warst immer loyal. Meine kleine rosa Prinzessin mit den gebrochenen Flügeln. Lass dir wieder Flügel wachsen. Ich werde dich an meiner Seite vermissen, bin jedoch bereit, dich fliegen zu lassen. Eine Sache erwarte ich allerdings von dir.«
»Was?«
»Wenn es ein Problem gibt, komm zu mir. Ich regel alles für dich. Ich bin für dich da.«
»Danke. Igor.«
»Ich danke dir.« Igor wischte sich mit dem Ärmel hastig über sein Gesicht.
»Heulst du jetzt etwa?«, fragte Nadja.
»Das ist der Qualm vom Feuer«, sagte Igor nun wieder mit hartem Ton in seiner hellen Stimme.
Nadja ging zurück zum Buffet und versuchte, mit dem Verleger ins Gespräch zu kommen.
Das ist alles so schön. Das Leben ist schön, stellte Frank fest, der von Igors Geste gegenüber Nadja sehr gerührt

war. Dennoch hatte auch er Klärungsbedarf. »Wo ist Maik?«
»Woher soll ich das wissen?«
»Arbeitet er nicht mehr für dich.«
»Wir arbeiten nicht mehr zusammen.«
»Warum?« Frank bereute sofort diese dämliche Frage. Wer wollte denn schon mit so einem Psychopathen zusammenarbeiten. Obwohl Igor ja auch nicht ohne war. Aber was ging ihn das Ganze eigentlich noch an?
»Warum willst du das jetzt wissen?«
Frank wollte endlich diesen Zaubertrick wissen, wie man sich schnell unsichtbar machen konnte. Dabei wollte er vor wenigen Minuten noch wie ein Stern am Himmel schimmern.
Nun war es Igor, der Fragen stellte. »Was kümmert dich mein Personalmanagement? Willst du bei mir einsteigen, oder was?«
Frank schüttelte vorsichtig den Kopf.
»Bist du ein Bulle?«, Igor sah ihn scharf an. Der Killerblick war wieder da.
»Nein!«
Igor lachte scheppernd. »War doch nur Spaß, Frank! Nur Spaß. Entspann dich mal. Soll ich Nadja zurückrufen, damit sie dir eine Massage gibt?«
Frank musste tatsächlich kurz überlegen. Der Gedanke war durchaus verlockend. Aber er verneinte.
»Sicher? Gibt bestimmt ein Happy End. Anders als in deinen Büchern.« Er zwinkerte Frank zu. »Wenn du es unbedingt wissen willst. Wir arbeiten nicht mehr zusammen, weil wir unterschiedliche Auffassungen haben, wie man seine Geschäfte macht. Es gab ohnehin etwas Ärger wegen Maik.«
»Also macht er jetzt sein eigenes Ding?«
»Er ist für mein Unternehmen nicht mehr tragbar.« Aus Igors Mund klang das wie ein Todesurteil. Frank konnte sich gut vorstellen, dass es auch eins war. Doch er wollte eigentlich auf etwas ganz anderes hinaus. »Wo ist Pia?
Igor zuckte mit den Schultern. Seine Miene blieb verschlossen. »Keine Ahnung. Ich habe sie, wie sagt man so

schön, in die Obhut von Maik übergeben. Kleine Abfindung.«
»Ist sie etwa freiwillig zu ihm gegangen?«
»Natürlich. Was denkst du denn?«, rief Igor beleidigt.
»Ich zwinge doch niemanden zu irgendwas.«
Da war Frank anderer Meinung. Igor sah ihm das an.
»Nein. Sie ist schon freiwillig zu ihm gegangen«, sagte er. »Keine Ahnung warum. Ich glaube, sie sucht irgendwas, was sie bis jetzt nicht finden konnte. Was keiner ihr geben konnte oder wollte. Sorry, du schon gar nicht, Frank. Vielleicht versucht sie es jetzt, auf die harte Tour herauszufinden? Keine Ahnung.«
»Dann also bei Maik?« Frank war fassungslos.
»Was weiß ich denn, was sie bei dem will. Ich bin kein Psychologe. Vielleicht hat sie irgend so einen Nazi-Fetisch, oder so. Oder sie steht darauf seine Springerstiefel sauber zu lecken. Was fragst du mich?«
Frank nickte. Er hatte genug gehört. Mehr musste er nicht wissen. Es gab ja auch schöne Dinge im Leben, denen er sich widmen konnte. Seinem neuen Buch zum Beispiel. Denn auch bei der Verfilmung würde er eine entscheidende Rolle übernehmen. Nicht das sie seine Gedanken falsch umsetzen und seine Vision zerstören. Desillusion war das Letzte, was er jetzt brauchte. Zur Not musste er sich da einkaufen. Das musste er nun angehen. Dabei brauchte er auch wieder einen Geldgeber. Vielleicht, wenn sich das strapazierte Verhältnis zwischen ihm und Igor noch etwas abgekühlt hat, würde er noch mal auf ihn zurückkommen. Vielleicht. Das waren Sachen, über die er sich jetzt Gedanken machen sollte. Außerdem wollte er den Abend genießen. Seinen Abend. Da musste er sich nicht noch weiter mit den Fehlentscheidungen anderer Leute beschäftigen. Er wollte gerade gehen, da ergriff ihn Igor am Arm. »Noch was, Frank. Ich weiß ja nicht, wozu du das alles wissen musstest. Vielleicht willst du es in einem weiteren Buch einbringen, oder so?«
Frank sagte nichts. Diese Idee war ihm auch schon gekommen. *Warum aufhören, wenn es am schönsten ist?*

»Kannst du gerne machen«, sagte Igor. »Aber wenn du meinen richtigen Namen erwähnst, oder irgendetwas, was mich damit direkt in Verbindung bringt, dann mach ich dich kalt, klar?« Das war wohl kein Scherz.
»Ja, natürlich. Ich bleibe diskret.«
»Sehr gut, Frank. Hat mich gefreut. War mal wieder ein Fest mit dir. Die Pasteten sind erste Klasse. Ich bleibe noch ein bisschen. Aber nicht mehr lange. Ich muss noch meiner Tochter eine Geschichte vorlesen. Sie soll auch mal irgendwann ihren Vater sehen dürfen. Falls wir uns nicht mehr sehen, wünsche ich dir alles Gute.«
Lisa, der Igor lächelnd zunickte, löste seine Gesellschaft ab. Er klopfte Frank auf die Schulter, dann ging er wieder zum Buffet zurück.
Lisa lächelte schwach zurück. Sie sah besorgt aus. »Wo ist Gerald?«
»Keine Ahnung«, antwortete Frank. »Er wollte eigentlich kommen.«
»Bis jetzt ist er nicht hier.«
»Dann hat er wohl was Besseres zu tun.«
»Ich weiß nicht, ob das, was er gerade macht, besser ist«, sagte Lisa. »Ich zumindest mache mir Sorgen.«
»Du machst dir auffällig viel Sorgen um ihn.« Sofort ärgerte sich Frank über seine Bemerkung und Eifersucht. Gerald war für Lisa Geschichte. Da gab es höchstens noch Freundschaft. Er sollte etwas mehr Selbstvertrauen haben.
»Du hättest ihn sehen sollen das letzte Mal«, sagte Lisa und ließ seine Äußerung einfach stehen. »Er wirkte so leer. So abgestumpft. Irgendwas ist da los.«
»Ich habe ihm eine Möglichkeit gegeben, ins Leben zurückzukommen. Er hat eine Chance. Er hat etwas zu Essen, Geld und eine Bleibe. Für viele Menschen auf der Welt ist so etwas schon unerreichbar.«
»Du musst ja auch nicht gerade hungern«, bemerkte Lisa.
»Wenn du dir solche Sorgen machst und lieber an seiner Seite stehen willst, dann will ich dich nicht aufhalten«, sagte Frank steif.

»Darum geht es doch gar nicht«, beruhigte ihn Lisa. »Ich habe mich für dich entschieden. Außerdem kann Gerald auf meine Gesellschaft wohl gut verzichten. Ich komme gar nicht an ihn ran. In seinem Leben werde ich nie die Rolle spielen, die Pauline gespielt hat. Ich bin da bloß eine Statistin.«
Frank seufzte. »Und ich bin der ewige Bösewicht.«
»Ja. Das ist wohl war.«
Er legte einen Arm um sie. »Ich werde morgen mal bei ihm vorbeifahren.«
»Versprochen?«
»Ja. Lass uns zum Buffet gehen.«.
Er führte sie zum Tisch. Frank wollte sich gerade eine Blätterteigpastete auf seinen Teller legen. Plötzlich nahm er Unruhe unter den Gästen wahr. Dann das Geschrei von einem Mann. Schließlich schrie auch Lisa neben ihm schrill auf.
Gerald war doch gekommen. Allerdings nicht in der Verfassung, in der er ihn gerne gesehen hätte. Sein rechter Arm stand unnatürlich ab und schien irgendwie verdreht zu sein. In seiner linken Hand hielt er eine große Plastikflasche mit irgendeiner gelblichen Flüssigkeit. Wasser schien es nicht zu sein. Wahrscheinlich Alkohol, vermutete Frank. Was denn auch sonst?
Blut lief Gerald aus einer klaffenden Wunde die Stirn herunter. Sein Gesicht schien eigentlich nur noch aus Blut zu bestehen. Frank wusste, dass Wunden auf der Stirn meistens stark bluten. Doch was Gerald da ausblutete, schien doch recht erheblich zu sein. Das schien den Mann hinter ihm nicht zu stören. Er trug eine Schirmmütze.
»Hallo! Können Sie mich jetzt endlich bezahlen? Ich bin mit Ihnen den ganzen Weg hier her in diese Pampa gefahren. Ich habe eine halbe Ewigkeit Ihretwegen an einer Tankstelle gehalten und auf Sie gewartet. Hallo! Ich habe noch andere Kunden die auf mich warten!«, er zupfte Gerald am Arm. Dieser stieß ihn einfach weg. Der Mann fiel gegen Herrn Kunz, der erschrocken seinen Sekt über Nadjas Kleid goss. Sein Verleger sah gleichzeitig verle-

gen und empört aus. Er räusperte sich. Nadja dagegen schien diese kleine Erfrischung zu gefallen. Anzüglich lächelte sie ihn an.
Gerald streckte theatralisch seinen unverletzten Arm aus.
»Ich bin ein Mensch! Ein Mensch! Ein Mensch! Ich bin ein Mensch und ich bin ein Nichts! Ich will hier stehen bleiben, aber mal sehen was kommt. Wie kann das Nichts so lebendig sein?«, brüllte er. Dabei stieß er gegen den Schnapsstand von Hartmut. Ein paar Flaschen fielen um. Der Gastgeber sah Frank anklagend an. Er wollte wohl wissen, warum Frank so einen Rüpel eingeladen hatte. Herr Kunz ging auf Frank zu. »Sagen Sie mal. Soll das jetzt ein dramatisches Zwischenspiel sein, was Sie da einbauen wollen?«, fragte sein Verleger skeptisch und verzog das Gesicht.
Frank antwortete nicht. Zu entsetzt war er über den wilden Zustand seines Freundes.
Herr Kunz schien das als Antwort zu genügen. »Nicht gut. Viel zu viel Pathos, Herr Freibrodt. Aber er ist recht ausdrucksstark und präsent, trotz der toten Augen. Ihr Schauspieler ist allerdings viel zu laut. Den Subtext scheint er auch nicht verinnerlicht zu haben. Er hat den Text, den er uns verzweifelt vermitteln will, nicht verstanden. In seinem Körper scheint er auch nicht zu sein. Ihm fehlt es an Durchlässigkeit. Er berührt mich gar nicht. Ich sehe in seiner Darstellung weder Sinn noch Logik. Fantasie oder wenigstens etwas Vorstellungskraft kann ich auch nicht entdecken. Geschweige denn, die innerliche Rechtfertigung, so was hier einfach in den Raum zu stellen. Mir fehlt zudem die Demut.«
Frank fragte sich, wie Herr Kunz Geralds gebrochenen Arm übersehen konnte. Aber was Gerald hier von sich gab, konnte tatsächlich eine semiprofessionelle Aufführung sein. Gerald setzte gnadenlos seinen Monolog fort. Er war dabei so laut, dass er jedes Publikum eines großen Freilichttheaters stimmlich überfordert hätte.

»Ich will keine Hoffnung. Ich will Tatsachen. Alles schwimmt, obwohl ich auf festem Boden stehe. Ich muss aufwachen. Lieber jetzt zerbrechen als später.«
Seine toten Augen bekamen dabei ein seltsames Eigenleben, während er weiter vor sich hinsprach.
Nadja hakte sich bei Herrn Kunz ein. »Ey, Frank. Ist das nicht der Stricher aus deinem Schlafzimmer? Was macht denn die Schwuchtel hier?«
Herr Kunz sah sie tadelnd an. »Seine sexuelle Orientierung ist wohl eher sekundär. Primär ist allerdings seine hölzerne Darstellung eines Charakters, der mir auch nicht besonders ausgegoren scheint. Alles nur Rohmasse, Herr Freibrodt. Allerdings finde ich seine Disziplin erstaunlich, wie er redlich bemüht ist einen gebrochen Arm darzustellen. Auch die Maske ...« Er deutete auf Geralds blutigen Kopf. »Hat eine beachtliche Leistung hervorgebracht. Das war es dann aber auch schon.«
Gerald fing nun an zu flüstern. Das sah allerdings noch grotesker aus. Wie ein Märchenonkel, der gleich ein Kind entführen will. Seine Pupillen weiteten sich ins Unermessliche. »Alles ist so grell und bunt und doch farblos. Die Stimmen sind schrill und gleichzeitig dumpf. Ich fühle zu viel. Ich fühle zu viel und doch fühle ich nichts! Ich bin absolut gehetzt und gleichzeitig im Stillstand. Ich bin träge und gleichzeitig rasend. Ich will hier weg, aber ich will hierbleiben.«
Herr Kunz stöhnte auf. »Also Herr Freibrodt, ich bitte Sie! Mäßigen Sie den Mann endlich.«
Frank ging ein paar Schritte auf Gerald zu. Dieser streckte ihn warnend den Zeigefinger entgegen. »Da ist es. Da ist das Feuer. Genau wie du gesagt hast«, sagte er auf einmal überraschend pur mit ruhiger Stimme. Die Worte hatte Gerald wohl an Frank gerichtet, aber er sah ihn gar nicht an. Er sah nur das Feuer.
Lisa schluchzte neben Frank auf. Gerald ging zum Feuer. Lisa griff seinen Arm. »Gerald!«.
Er stieß sie einfach um »Geh weg! Hure!«
Sie fiel um.

Gerald stoppte ein paar Meter vor dem Feuer und starrte es an, als würde er auf ein Zeichen warten. Leben kam wieder in seine Augen. Sie waren nun voller Sehnsucht, Trauer, Scham und Schmerz. »Es tut mir leid, dass ich dich zerstört habe. Es tut mir leid, dass ich dich verraten habe«, sagte er zunächst noch leise, als würde er an einem Grabstein stehen. Seine Augen waren mittlerweile feucht. »Es tut mir leid, dass du dich töten musstest! Es tut mir leid, dass ich dich gezwungen habe! Es tut mir leid! Tut mir leid! Tut mir leid! Was willst du von mir? Was willst du von mir?!«, schrie er nun die Flammen an und weinte gleichzeitig. Die Mischung klang wie die Schreie eines verwundeten Tieres.
Es vergingen ein paar Sekunden, dann nickte Gerald und machte ein wissendes Gesicht, als hätte er vom Feuer eine klare Antwort erhalten. Dann fiel er auf die Knie. »Hier bin ich.«
Er nahm eine Kauerstellung ein und begann zu wimmern. Er schlug sich mit beiden Händen wuchtig gegen den Kopf, bis auch seine Hände voller Blut waren.
Frank bewegte sich vorsichtig auf ihn zu. »Gerald, komm zu uns. Du musst in ein Krankenhaus. Du brauchst einen Arzt.«
Gerald lachte. »Einen Arzt! Einen Arzt!«, äffte er Frank nach.
Er öffnete die Plastikflasche, die er die ganze Zeit mitgeschleppt hatte, schraubte sie auf und verteilte die Flüssigkeit über sich. Frank kannte den Geruch nur zu gut. Sein Herz raste. Ihm wurde übel. Er hatte es immer gerochen, wenn er seinen Wagen getankt hatte. Benzin. Gerald wollte sich hier vor allen Leuten selbst verbrennen.
»Das ist keine gute Idee, mein Freund«, sagte Frank zu ihm mit nervöser Stimme.
Gerald antwortete nicht. Seine Muskeln waren angespannt. Er sah aus, als wäre er zum Sprung bereit.
Frank versuchte es anders. »So wirst du sie nicht wiedersehen. Ich glaube nicht, dass Pauline das gewollt hätte. Ich glaube, sie hätte nie gewollt, dass du so leidest.«

Gerald erhob sich und drehte sich zu Frank um. Dieser sah das als gutes Zeichen und fühlte Erleichterung und sogar ein wenig Stolz. Mal wieder hatte er die heißen Kartoffeln aus dem Feuer geholt. Doch Gerald sah ihn nur kurz an, dann wandte er sich ab und bewegte sich langsam auf die Flammen des Osterfeuers zu.
Frank packte ihn am Arm. Doch Gerald schien ungeahnte Kräfte entwickelt zu haben. Er zog Frank einfach mit sich. Dabei brabbelte er weiterhin irgendein Zeug, welches Frank wieder relativ pseudo-philosophisch vorkam.
»Ich will Wahrhaftigkeit. Die Fallhöhe stimmt nicht mehr. Alles viel zu hoch. Viel zu entfernt. Es ist alles so nah vor mir und doch so weit weg. Ich sehe klar, und doch ist alles verschwommen. Ich höre Stimmen die schreien und doch ist alles ein Flüstern.«
Frank sah aus den Augenwinkeln Igor, der angewurzelt wie ein Baum dastand und ihm etwas zurief.
»Lass ihn Frank. Der Mann hat seine Entscheidung getroffen. Er will sterben. Wenn er unbedingt will? Lass ihn einfach. Der ist verloren. Der wird hier nicht mehr glücklich werden. Du tust ihm keinen Gefallen. Lass ihn sein Leiden beenden.«
Herr Kunz räusperte sich nun heftiger. Er schien nun den Ernst der Lage erkannt zu haben. »Wie können Sie so etwas sagen? Wir müssen etwas tun. Wir müssen diesem Mann helfen«, sagte er mit entsetzter Stimme zu Igor. Körperlich machte er jedoch keinerlei Anstalten sich zu bewegen. Das Sektglas hielt er weiterhin entspannt in einer Hand. Die andere steckte lässig in seiner Hosentasche.
Frank hatte das Gefühl, allen schien hier, außer ihm und Lisa, Geralds Zustand relativ egal zu sein. Igor war der Einzige gewesen, der es wenigstens ehrlich aussprach. Sie dachten wohl, Gerald wollte es nicht anders. Ihm wäre nicht mehr zu helfen. Nur war er sich nicht sicher, ob es so einfach war. Wollte Gerald unbedingt sterben? Ging er wirklich zum Feuer? Oder zogen die Flammen ihn zu sich heran? War er vielleicht letztlich durch seine Lebensumstände zum Feuer getrieben worden?

Fast alle Anwesenden schienen es so wie Igor zu sehen. Dementsprechend standen sie da und schauten dem Drama um seinen Freund zu.

Nur Nadja hatte sich abgewandt. Sie hatte ihr Handy gezückt und hielt es sich mit ernstem Gesichtsausdruck ans Ohr. Frank vermutete, dass sie gerade dabei war Hilfe anzufordern. Nur würde die zu spät kommen. Keiner außer ihm war bereit, direkt zu helfen. Alle standen sie im Kreis um die beiden herum. Fast schon neugierig und schaulustig sahen sie aus. Frank erinnerte der Kreis aus herumstehenden Leuten an einen Tanz vom Brautpaar auf einer Hochzeit oder an eine der Schlägereien auf dem Schulhof, die Frank oft in seiner Jugend erlebt hatte.

Frank wurde bewusst, dass ihn Gerald immer weiter zum Feuer zog. Dabei redete sein Freund weiter diese Sachen. Es klang fast schon, als würde er beten.

»Mein Spiegel ist verzerrt. Alles ist verzerrt. Ich will die Realität. Kein grelles Abbild davon. Lieber Dunkelheit als geblendet sein. Ich will mein Leben zurück. Ich will das Feuer.«

Frank hörte Lisa schluchzen. Ihre Hände gruben sich in ihr Gesicht. »Guck dir Lisa an. Sie weint um dich. Siehst du, was du uns allen antust! Komm endlich zur Vernunft«, zischte er Gerald zu.

Dieser drehte sich tatsächlich mit dem Kopf zu ihm um und sah ihn grinsend an. Dabei bewegte er sich weiterhin mit dem zerrenden Frank zum Feuer.

Frank sah in Geralds Augen und erschrak. Seine Pupillen flammten. Sie schienen das Feuer zu reflektieren. Frank war sich sicher, dass es am Qualm lag, der sich in seine Augen fraß. Er rutschte ab und versuchte, sich an Geralds Rücken festzukrallen.

Auch das half nicht. Er setzte zu einem Würgegriff an. Doch auch das schien seinem Freund nichts auszumachen. Er zog Frank ungehindert mit sich. Dabei sprach er mit kehliger Stimme weiter und Frank kam es vor, als würde er nun über ihn selbst sprechen. Seine Perspektive annehmen.

»Der Bandwurm ist am Platzen. Er will die Liebe, aber braucht den Hass. Er liebt die Wahrheit und kann trotzdem nur lügen. Er weiß schon zu viel und doch weiß er nichts. Sein Herz ist steinhart und doch so zerbrechlich.« Lisa schrie irgendetwas und wimmerte.

Einen kurzen Moment erwachte Gerald aus seiner Trance und blinzelte, als hätte er ein Sandkorn im Auge. Doch dieser Moment währte nur kurz. Wieder zog er Frank weiter mit sich und setzte seinen Monolog fort. Nun wohl wieder aus seiner eigenen Perspektive.

»Ich liebe euch alle, aber Ihr sollt endlich verschwinden. Einen Schritt vor und einen Schritt zurück. Ich weiß mein Ziel, aber ich weiß nicht, was ich will. Es ist alles zu viel und doch noch zu wenig. Obwohl ich leer bin, platze ich gleich. Hier stimmt gar nichts mehr und doch ist alles richtig. Ich hasse es, zu brennen, aber ich liebe das Feuer.«

Nun spürte es Frank auch. Das Feuer gab ungemeine Hitze ab. So kannte er es von den letzten Frühlingsfesten nicht. Und da hatte er oft näher am Osterfeuer gestanden. Vielleicht gab es ja wirklich eine Hölle? Gerald grinste ihn dämonisch an, als hätte er seine Gedanken gelesen.

»Jetzt bin ich in deinem Kopf.«

Frank kam ein neuer Gedanke, der ihn zunächst absolut missfiel. Du bist der Einzige, der um ihn kämpft, dachte er. Die Leute standen hier wartend und lechzten nach der Tragödie. Nach dem Ende. Aus Machtlosigkeit? Lethargie? Vielleicht wollten sie es auch gar nicht anders? Vielleicht wollten sie alle Zeuge einer neuen Geschichte werden? Eine Geschichte, die er dann wieder aufschreiben durfte.

Vielleicht wollte es sein Freund wirklich nicht anders? Er tat ja sein Bestes, um ihn aufzuhalten. Nur mit ihm zusammen würde er nicht verbrennen wollen. Er hatte doch sein Bestes gegeben und wem tat er da eigentlich noch einen Gefallen?

Aus Geralds Asche konnte etwas Neues entstehen. Ein drittes Buch? Ein passendes Ende für eine Trilogie?

Frank wurde unaufmerksam. Gerald nutzte den Moment aus und rammte ihm den Ellbogen ins Gesicht. Frank schmeckte Blut und taumelte. Seine Lippe wurde taub. Lisas Schrei holte ihn aus seiner Apathie zurück. So konnte Frank Gerald gerade noch am Handgelenk packen, bevor er ins Feuer springen konnte. Doch Frank viel es schwerer dem Sog und Geralds Kräften standzuhalten. Scheinbar wollte ihn sein Freund, den er die ganze Zeit zu retten versuchte, mit ins Feuer ziehen. Plötzlich gab es auch von der anderen Seite einen Zug. Lisa zog nun an Frank, um ihn zu unterstützen. *Wir drei gegen den Rest der Welt.* Es war wie Tauziehen, aber wenigstens kamen sie dem Feuer somit nicht noch näher.
Auch Nadja hatte wohl eingesehen, dass von extern jede Hilfe zu spät kommen würde. Sie zog nun auch von der anderen Seite aus. Frank spürte, dass er von Gerald nicht mehr weitergezogen wurde. Dann kam noch Hartmut dazu und packte mit an. Das war es dann auch schon an Hilfe, aber wenigstens zog sein Freund ihn nicht weiter zum Feuer heran.
Jedoch fing Frank nun durch die Hitze an zu schwitzen. Feuchtigkeit sammelte sich in seiner Hand, die Geralds Handgelenk umklammert hielt. Er begann abzurutschen. Gerald zog weiter, wie ein wilder Hund an der Leine.
Frank versuchte, seinen Griff zu verstärken.
Da meldete sich eine Stimme in seinem Kopf.
Warum denn?
Lass ihn doch einfach los.
Frank drängte sie weg. Doch seine Hand rutschte weiter ab. Dabei rasten die Gedanken weiter durch seinen Kopf.
Ich kann ihn nicht mehr halten.
Wie kann es hier so heiß sein?
Vielleicht will Gerald es ja gar nicht anders?
Er wollte dich mit zum Feuer ziehen.
Lisa liebt ihn.
Ein drittes Buch?
Seine Hand begann weiter abzurutschen.

29

Joachim konnte heute einige Bälle halten. Trotz seines kleinen Körpers hatte er heute das Tor gut ausgefüllt. Nach dem kleinen Fußballspiel im Garten zwinkerte Korben ihm aufmunternd zu. Danach ermahnte er ihn gleich. Denn Joachim wollte schon wieder Holunderbeeren pflücken und essen. Holunder war giftig. Joachim fiel es schwer, sich das zu merken.
Ihm fiel es generell schwer, sich Sachen zu merken. Plötzlich waren sie einfach wieder weg. Er sollte es sowieso unterlassen, ungefragt etwas aus dem Garten zu pflücken, wurde ihm gesagt. Besonders wichtig waren Korben die Apfelbäume. Er durfte ruhig mal einen pflücken, hatte Korben ihm gesagt. Aber er musste vorher fragen. Sonst war es eine Sünde. Allerdings fragte sich Joachim, warum Korben ihm das überhaupt sagen musste. Er war doch viel zu klein, um überhaupt an die Äpfel zu kommen.
Joachim tröstete sich seinen Hunger weg. Es sollte ja sowieso bald Waffeln geben. Joachim liebte Waffeln. Besonders die Waffeln, die Erika machte. Die dicke schneeweiße Schicht aus Puderzucker. Das Eis dazu mit den heißen Kirschen. Sein zufriedenes Gesicht blieb dann nicht unkommentiert.
»Guck mal, Schatz. Er sieht jetzt aus wie ein Engel im Himmel«, lachte Erika dann immer.
Dann wurde er immer von Korben prüfend gemustert.
»Vielleicht wird er es ja noch. Vielleicht. Er kann es sich verdienen«, sagte der Prediger dann und lächelte verkniffen.
Joachim glaubte, dass er es sich heute schon mal ein Stück weit verdient hatte. Gleich würde er noch Erika helfen, die Innenräume der Villa zu putzen. Mit seinen kleinen Händen kam er in jede Ecke. Dann würde er es sich noch mehr verdienen. Trotzdem hätte Joachim auch gerne mit Ali gespielt. Der Nachbarsjunge, den er oft durch den Zaun wehmütig beobachtete, wenn dieser mit seiner Schwester spielte.

Die Eltern der beiden seien Ärzte, hatte Erika ihm gesagt. Korben hingegen meinte, sie wären Scharlatane. Joachim wusste nicht, wer von den beiden recht hatte. Jedenfalls schien Ali ein netter Junge zu sein, der auch immer gerne mit ihm spielen wollte. Seine Schwester Yazmin fand Joachim auch sehr nett.
Außerdem kannte es Joachim aus dem Kinderheim anders. Da wollte nie jemand mit ihm spielen. Er war einfach zu klein für sein Alter. Zu schwach. Zu zerbrechlich. Obwohl Joachim ein paar Jahre älter war als Ali und seine Schwester, wollten beide mit ihm spielen.
Allerdings sahen es Korben und Erika nicht so gerne, wenn er mit den Geschwistern spielte.
Sehnsuchtsvoll blickte Joachim zum Pool im Garten der Villa. Bis jetzt hatte er nur Korben darin schwimmen gesehen. Joachim konnte nicht schwimmen. Bei einem Gespräch durch den Zaun hatte Ali ihm mal angeboten, ihn mit seiner Schwester zu besuchen und es ihm beizubringen. Doch Korben und Erika hielten das für keine gute Idee. Sie sagten, sie würden ihn in die Tiefe ziehen. Sie wären verlorene Seelen. Sünder. Joachim wusste nicht genau, was dieses Wort bedeutet. Korben und Erika, die ihn vor zwei Jahren aus dem Kinderheim geholt hatten, sagten es sehr häufig. Er hatte es vielleicht auch schon verstanden und einfach wieder vergessen, wie er ständig etwas vergaß. Auf jeden Fall war es wohl nichts Gutes. Also hatte er immer wieder Alis Angebot zum Spielen freundlich abgelehnt. Irgendwann kam es ihm doof vor, immer Nein zu sagen. Aber nun fragte ihn Ali ja auch nicht mehr. War vielleicht besser so, denn er musste alles tun, um später irgendwann in den Himmel zu kommen.
Korben und Erika hatten ihm von seiner Geburt erzählt. Er war im Fegefeuer der Sünde entstanden. Deswegen wollte ihn seine Mutter vergiften. Letzten Endes war sie alleine durch ihre Sünde gestorben. Er hatte überlebt. Es war sehr knapp gewesen. Aber er hatte es geschafft. Niemand hatte damit gerechnet. Niemand hatte das für möglich gehalten. Es war ein Wunder. Das gab auch Kor-

ben und Erika zu denken. Denn normalerweise müsste er jetzt in der Hölle sein. Aber vielleicht war das ein Zeichen? Vielleicht war er doch nicht auf ewig gebrandmarkt und er konnte also doch noch irgendwann in den Himmel kommen. Vielleicht. Er musste es sich verdienen. Hier in diesem Leben. Korben und Erika hatten ihm versprochen, ihm dabei zur Seite zu stehen. Ihm zu helfen. Im Gegenzug sollte er ihrer Gemeinschaft dienen. Ein guter Junge sein.
Erst einmal war die Villa dran. Da gab es einiges zu tun. Aber Joachim freute sich schon. Gleich zwei Schritte weiter. Er durfte sie nur nicht vergessen. Denn heute durfte er auch zum ersten Mal bei einer Zeremonie mit dabei sein, die Korben organisierte. Bis jetzt hatte Joachim nur erwachsene Menschen gesehen, die Korben dafür aufgesucht hatten. Doch Korben hatte gesagt, je früher, desto besser. Dass man dafür gar nicht jung genug sein konnte. Joachim erfüllte das mit Stolz. Denn es war ein großes Ereignis, hatten sie ihm gesagt. Es würde ihn zu einem Mann machen. Einen Krieger des Lichtes. Das würde ihm sehr guttun. Das würde ihn reinigen.
Und vielleicht, aber nur vielleicht, durfte er dann später auch im Himmel sein?

LESEPROBE

HÖR AUF ZU FRESSEN

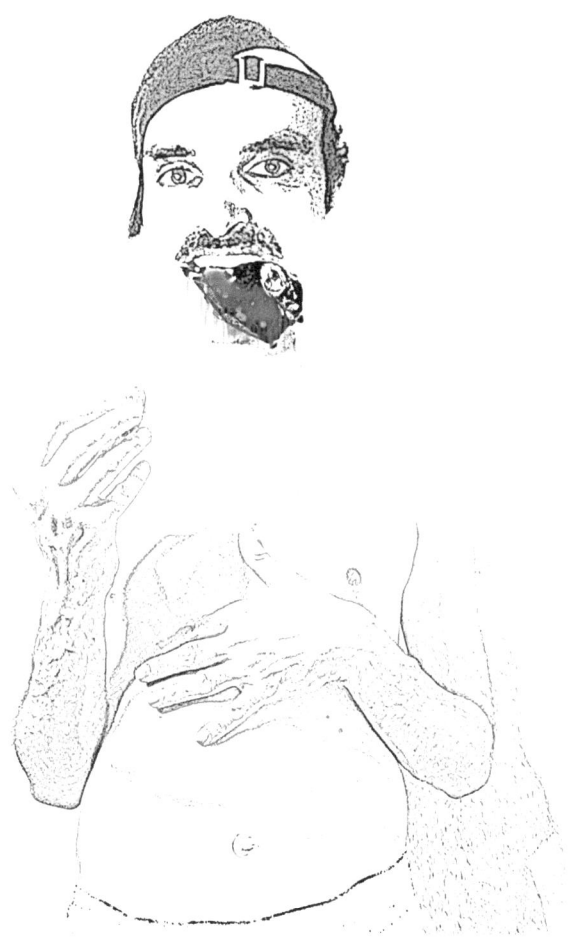

Corinna hasste diese Selbstgefälligkeit mit der Korben F. Applegate ihr ins Gesicht lächelte. Wenn er ihr überhaupt ins Gesicht sah. Der amerikanische Prediger schien ihr die ganze Zeit in den Ausschnitt zu starren. Außerdem fühlte sie sich von Bernd beobachtet, der von außen vor dem Spiegel stand.

Auf einmal war ihr Kollege damit einverstanden gewesen, diesen Prediger zu verhören. Vorher war er immer dagegen gewesen. Hatte den Mann grundsätzlich ausgeschlossen. Da seine Befragung von Lisa Freibrodt anscheinend nichts ergeben hatte, war er nun umgeschwenkt.

»Kannten Sie Frank Freibrodt gut?«, fragte Corinna den Prediger.

»Wir sind uns mal begegnet. Ist lange her.«

»Wann war das?«

Korben überlegte. »Das weiß ich gar nicht mehr so genau. Vor zwei Jahren war das wohl.«

»Wo genau war das?«

»Ich war bei einem Freund zu Besuch. Dieser Herr Freibrodt hat recherchiert für ein Buch. Er hat ziemlich pietätlose Fragen gestellt. Mein Freund hatte gerade seine Tochter beerdigen müssen.«

»Was für Fragen?«

Korben schmatzte.

»Na ja. Fragen von äußerst prekärer Natur.« Korben strich sich seinen Scheitel glatt.

»Was für Fragen?«

»Über ihre Vorlieben in sexueller Hinsicht.« Korben schmatzte wieder und starrte auf Corinnas Brüste.

Der Ermittlerin kam es so vor, als würde er jede einzelne Pore ihrer Haut unter der weißen Bluse wahrnehmen.

Sie hatte sich extra etwas freizügiger für das Verhör angezogen.

Sie wusste, worauf Korben ansprang. Sie wollte ihn provozieren.

Nun lag sein fischiger Blick auf ihr. Es arbeitete in seinem Kopf. Sie wollte gar nicht wissen, was er in seinen Gedanken mit ihr anstellte.

Sein geringschätziges Lächeln sprach jedoch Bände. Dadurch dachte sie sofort an ihren Kollegen Bernd, der sie ständig mit seinen Blicken auszog. Sie musste ein Schütteln unterdrücken. Sie dachte an Bernds schorfigen Schnauzbart. Sein ewiges Zittern in den Händen, als wäre er von irgendwas abhängig. Das ständige Kratzen. Seine stinkenden Frikadellen, die er in letzter Zeit oft zur Arbeit mitbrachte. Sie sollte ihren Kollegen im Auge behalten. Das war die inoffizielle Order von oben. Er stand unter Verdacht, Verbindungen ins rechtsextreme Milieu zu haben.
Trotzdem konnte sie sich schönere Dinge zum Beobachten vorstellen.
In letzter Zeit jedoch schien Bernd ihr gut zuzuarbeiten. Er war wacher geworden und freundlicher zu ihr gewesen. Hörte ihr mehr zu. Nahm mehr von ihr an. Vielleicht wusste er über seine Überwachung Bescheid? Oder er wollte was von ihr? Letzteres behagte Corinna noch weniger. Nun beobachtete er sie im Verhörraum. Aber wenigstens hatte er sich nicht mehr bei diesem Korben quergestellt. Lisa Freibrodt hatte schließlich ein Alibi.
Corinna fand Korben äußerst widerlich. Natürlich sollten solche Gefühle nicht Einfluss auf ihre Ermittlungen zum Verschwinden von Frank Freibrodt nehmen, aber sie hatte schon genug von diesem Prediger gehört. Er war der Anführer einer Freikirche. Seine Gemeindemitglieder waren radikal. Entweder war es sein Wahnsinn oder das Geld, was er mit seinen Anhängern machte, auf jeden Fall hatte der Mann keine guten Beweggründe. Er ging über Leichen.
»Warum hat er diese Fragen über das Mädchen gestellt?«
»Wegen des Buches, denke ich. Er hat sie für sein Buch benutzt«, sagte Korben. »Ihre Geschichte aufgeschrieben. Nur den Nachnamen von ihr hatte er verändert. Den Rest hat er eins zu eins übernommen und noch einige schmutzige Dinge über sie reingeschrieben.«
»Es ist uns zu Ohren gekommen, dass Sie ihn mit einem Fluch belegt haben,«, sagte Corinna.

»Nun ja. Es sind unschöne Worte in unserem Disput gefallen.« Korben rümpfte seine Adlernase, als hätte er einen unangenehmen Geruch eingefangen.
»Wie alt war die Tochter.«
»Achtzehn.«
»Also volljährig.«
Korben nickte und fuhr sich mit der Zunge über seine Lippen. »Aber noch nicht verheiratet.«
»Das hat Sie gestört?«
»Mich nicht. Aber Gott«, behauptete Korben.
»Sie halten daran fest, dass Sex vor der Ehe eine Todsünde ist?«
»Alles hat seine Konsequenzen. Im Guten wie im Schlechten.«
»Finden Sie auch, dass Frank Freibrodt Konsequenzen verdient hat?«
»Darüber urteilt Gott.«
»Was meinen Sie denn persönlich?«, fragte Corinna ungeduldig.
»Der Herr liebt alle, die ihn lieben«, gelobte Korben und legte eine bedeutungsvolle Pause ein. »Wer in Sünde lebt, wird auch in Sünde fallen.«
»Wie meinen Sie das?«
»Ihm muss wohl etwas Furchtbares zugestoßen sein.«
»Woher wollen Sie das denn wissen? Wissen Sie mehr als wir?«
Etwas Dunkles durchbrach Korbens Fassade. Er mochte es wohl nicht, von einer Frau so ausgespielt zu werden.
»Sie haben mich hierher bestellt oder nicht. Das hier ist doch eine Befragung. Ich bin ohne Anwalt hier.«
»Brauchen Sie einen?«, fragte Corinna und hoffte, dass Korben ausschlug. Dieser Mann konnte sich die besten Anwälte leisten.
»Wozu denn? Ich habe mir nichts zuschulden kommen lassen.«
»Nein, nicht direkt Sie. Sie haben ja auch ein Alibi. Aber viele hören in Ihrer Gemeinde auf Sie und ein paar Ihrer Anhänger haben Herrn Freibrodt bedroht.«

»Nein, das war nur eine Person. Eine gewisse Dame, die wir längst aus unserer Gemeinde entfernt haben. Sie war mit sich im Unreinen. Geistig verwirrt. Hatte ihren Bezug zu Gott verloren. Ansonsten sind wir eine friedvolle Gemeinschaft.«

»So, so. Friedvoll, sagen Sie. Haben Sie nicht auch Verbindungen ins rechtsextreme Milieu?«, rief Corinna extra laut, damit ihr Kollege es deutlich hören konnte.

»Rechtsextrem? Ich bitte Sie.«

»Sie waren auf solchen Versammlungen gewesen. Dafür gibt es Beweise.«

»Wie auch immer«, sagte Korben und lächelte dünn. »Hat das irgendwas mit Herrn Freibrodt zu tun?«

»Sie haben gegen ihn gehetzt. Über ihn vor Ihren Anhängern gesprochen. Ein paar Ihrer Gemeindemitglieder sind psychisch labil. Das haben Sie selbst gesagt.«

»Eine. Über die haben wir eben gesprochen. Wie schon gesagt, die ist raus.«

»Sie machen doch auch Konversionstherapien, wo sie Homosexuellen einreden, dass sie kranke Sünder sind.«

Korben fing an, sich Schmalz aus dem Ohr zu pulen. »Sie drücken das falsch aus. Diese armen Menschen suchen bei mir Zuflucht. Sie kommen freiwillig zu mir und schreien nach Hilfe. Ich gebe diesen verirrten Schafen eine neue Chance, zum Herrn zu finden.

»Sie haben auch mit Minderjährigen gearbeitet.«

»Vor längerer Zeit. Das ist leider seit ein paar Jahren gesetzlich verboten. Das sollten Sie als Polizistin eigentlich wissen, meine Liebe.«

»Nennen Sie mich nicht so. Ich habe mich auch darüber informiert. Sie haben ganze Arbeit geleistet«, sagte Corinna sarkastisch.

»Danke«, sagte Korben und lächelte.

»Das diese sogenannten Therapien psychische Auswirkungen haben, ist allgemein belegt. Ihr Institut sticht dabei besonders hervor. Unter Ihren Schafen gab es Suizid-Tote und Menschen, die anschließend psychologisch betreut werden mussten.«

Korben zuckte mit den Achseln. »Ich kann nicht alle retten.«
»Retten? Ihre Schäfchen denken, sie sind geheilt. Aber sie sind es nicht. Wovon denn auch? Diese Menschen sind nun total verunsichert. Sie können keine Beziehungen mehr eingehen. Ihr eigenes Geschlecht dürfen sie nicht begehren. Das andere können sie nicht lieben. Sie wissen nicht mehr wohin mit sich. Müssen sich für den Rest ihres Lebens verleugnen. Das schürt Frust. Viele werden dadurch schwer depressiv. Bei manchen dieser Menschen entsteht auch Hass. Bei den meisten, die so therapiert worden sind, richtet sich der Hass jedoch gegen sich selbst. Bei Ihren sogenannten Patienten richtet er sich besonders gegen andere. Drei ihrer männlichen Schafe sind wegen Gewalt auffällig geworden. Gewalt gegen Frauen. Eines der Opfer liegt immer noch im Koma.«
Korben schnippte einen Fusel von seinem Pullunder.
»Das ist bedauerlich. Aber damit habe ich nichts zu tun. Ich zeige meinen Schafen nur, wie man ein richtiger Mann wird.«
»Spielen Sie hier nicht den Unschuldigen. Bei den anderen Institutionen, die solche Therapien anbieten, waren die psychischen Auswirkungen auch schon sehr schlimm. Solche Therapien können krank machen. Auch zum Suizid führen. Doch Ihre Schafe; Herr Applegate, sind auch eine Gefahr für andere. Weil Sie diese Männer entwurzeln und dann manipulieren Sie sie. Haben Sie Ihre Schafe erst einmal vollkommen verunsichert, nutzen Sie Ihre Chance, um Ihren eigenen Hass auf diese verstörten Männer abzuleiten. Sie züchten Frauenhasser, Herr Applegate!«
Korben faltete die Hände.
»Sie erzählen Märchen. Das sind doch alles nur wilde Geschichten. Haltlose Spekulationen. Ich glaube eher, dass Sie ein Problem mit Männern haben, Frau Starke. Ich denke, dass Sie einfach frustriert sind. Eine unglückliche Seele. Haben Sie überhaupt einen Mann an Ihrer Seite?«

Corinna dachte an ihren verstorbenen Mann.
»Sie stellen mir hier keine Fragen!«
Korben nickte zufrieden.
»Dachte ich es mir doch. Sie irren einsam und verloren durch das dunkle Tal«, hauchte er und lächelte sie voller Mitleid an. »Wie bedauerlich. Nur kann ich da jetzt auch nichts für«.
Corinna lächelte zurück.
»Mögen Sie Frauen nicht?«
Korben lachte.
»Mögen Sie mich?«, hakte Corinna nach.
Korben starrte wieder in ihren Ausschnitt. »Es geht.«
Die Ermittlerin explodierte.
»Warum starren Sie die ganze Zeit auf meine Titten, Herr Applegate? Wollen Sie sie sehen? Soll ich Sie Ihnen zeigen? Aber das wäre doch eine Sünde. Sie sind doch verheiratet!«
»Eva verführt Adam, den Apfel zu nehmen«, sagte Korben. Dann lachte er wieder.
»Und Sie sind die Schlange!«, rief Corinna.
Korben lachte weiter.
»Sie vergiften die Menschen!«
Die Tür öffnete sich. Bernd stand darin. Rot angelaufen. Sein Schnauzbart zuckte.
»Corinna, es reicht!«, rief er.
Doch sie war noch nicht fertig mit dem Prediger.
»Wie viel verdienen Sie damit, Herr Applegate?«
»Ich verstehe nicht, was das mit diesem Herrn Freibrodt zu tun haben soll«, sagte Korben ruhig.
»Sie haben eine Villa, nicht wahr?«, zischte Corinna.
»Corinna, komm sofort raus! Es reicht!«, schrie Bernd und kratzte sich.
Korben lachte wieder.
Er nickte Bernd zu.
Corinna kam es so vor, als würden die beiden sich kennen.

Ich wachte auf. Mein Schädel brummte. Scheinbar wurde mein Erwachen nicht bemerkt. Ich kassierte eine schallende Ohrfeige, sodass mein Kopf nach hinten flog. »Aufwachen!«

»Ist gut, Georg. Er ist wach«, sagte Justin.

Ich war im Schuppen. Meine Hände waren auf den Rücken gedreht worden und mit einem Strick an den Stuhl gefesselt, auf dem ich saß. Ich sah immer noch Sterne. Alles flackerte. Aber ich konnte die vier Gestalten vor mir deutlich erkennen. Justin, Lisa, Georg. Und Lene. Sie sah mich mit aufgerissenen Augen an.

»Lene«, nuschelte ich.

Sie rannte aus dem Schuppen und knallte die Tür hinter sich zu.

»Das wird schon, Per. Sie ist nur etwas überrascht, dass du hier bist.«

Ich zerrte an den Fesseln. Erfolglos. Das einzige Resultat war, dass meine Handgelenke schmerzten.

Justin sah mich unverwandt an. »Per, ich will ehrlich zu dir sein. Wir haben hier unsere eigenen Regeln. Unsere eigene Gesellschaft. Nicht jeder ist damit einverstanden, was wir tun.«

»Was tut ihr denn?«, fragte ich.

»Schnauze!«, knurrte Georg. Ich wusste nicht, ob er mich oder Justin meinte.

»Kannst du dir das nicht denken, Per? Du warst doch eben dabei, als wir auf der Jagd waren.«

Ich stöhnte. Eben hatte ich noch gehofft, es wäre ein Albtraum gewesen.

»Per, ich sage es gerade heraus. Wir essen Menschen. Wir ernähren uns hauptsächlich von Menschen. Wir sind zu dem Schluss gekommen, dass es für uns alle das Beste ist, wenn wir uns in Zukunft selbst fressen.«

Ich seufzte. *Das Fleisch.* Mir wurde übel. Dann wurde ich wieder hungrig.

Mir wurde klar, dass ich auch schon Mensch gegessen hatte. Das kann doch nicht wahr sein, dachte ich. Aber ich war sehr schnell bereit, ihm zu glauben. Denn ich

hatte mir ja schon ein Bild von dem hungrigen Justin machen dürfen.
»Das ist doch nicht …«
»Doch, Per. Genauso ist es. Und du musst dich jetzt damit abfinden, oder wir werden auch dich essen müssen«, sagte Justin streng. »Ich persönlich will das erst einmal nicht. Ich denke, ich würde davon durchaus profitieren, wenn ich dich verinnerliche. Das wäre mir aber zu einfach. Zu egoistisch. Es wäre auch schade. Ich möchte dich gerne in unsere Gesellschaft integrieren. Ich sehe dein Potenzial. Ich sehe dich als Gewinn für uns. Auch umgekehrt. Ich glaube, wir würden auch dir ganz guttun. Hier kannst du dich entfalten. Wie ein Schmetterling«, sagte er und flatterte mit seinen Armen. »Denk an Lene. Sie ist auch ein Teil von uns. Du kannst mit ihr zusammen sein. Wir können gemeinsam jagen gehen. Du kannst dich erweitern. Wir können so viel voneinander lernen. Du musst dich nur an unsere Regeln halten und integrieren.«
»Das ist ein Fehler!«, rief Georg und starrte mich böse an.
»Ja, leider sehen das hier nicht alle so wie ich. Georg ist eingeschränkt in seiner Ansicht. Ihm ist jegliche Neugier abhandengekommen.«
»Du weißt selber, dass es ein Fehler ist! Er wird alles kaputtmachen!« Georg war rot angelaufen. Ich bekam dadurch Hunger auf Würstchen. Ich merkte selber, dass sich mein Körper schon längst integriert hatte.
»Sei still!«, sagte Justin zu Georg. »Auch Sabrina will, dass wir dich verspeisen. Sie mag dich nicht. Zumindest nicht lebend. Sie wollte aus deinem Kopf Sülze machen. Ich hab sie erst einmal in die Küche geschickt. Sie kann sich beim Kochen abreagieren.«
Lisa trat vor. »Ich würde mich auch sehr freuen, wenn du dich bei uns integrieren würdest. Ich sehe dich, genau wie Justin, als Bereicherung. Du musst verstehen, dass wir hier wichtige Arbeit leisten. Für die Menschen. Für die Welt. Für das Klima. Die Pandemie liegt jetzt wohl hinter uns. Sie kann aber wiederkommen. Oder eine andere. Naturkatastrophen werden bald kommen. Dafür

sind wir Menschen alleine verantwortlich. In Massenbetrieben werden unnötig viele Tiere geschlachtet, während wir uns immer weiter vermehren und den Planeten vergiften. Sich vegan ernähren ist ja ganz nett, aber auf die Dauer auch keine Lösung. Auch die Pflanzen brauchen wir. Sie sind sehr wichtig für den Planeten. Auch sie haben Gefühle. Sie können nicht weglaufen.«

Justin nickte. »Ein Baum fängt an zu schwitzen, wenn ein Mensch mit der Kettensäge auf ihn losgeht.«

»Die meisten Menschen können sich wehren. Es ist doch nur fair, den Stärksten zu fressen. Da wir sowieso viel zu viele sind«, sagte Lisa.

»Und das Kind eben? Konnte sich das Kind denn wehren?«, fragte ich bissig.

»Das Kind ist entkommen. Es hat dein Gesicht gesehen. Das ist nicht gut. Da müssen wir eine Lösung finden. Wir müssen es suchen. «, sagte Justin etwas besorgt.

»Grundsätzlich essen wir keine Kinder«, ergänzte Lisa.

»Aber er kommt bestimmt nach seinem Vater oder seiner Mutter. Diese Sozialhilfeempfänger bekommen oft viel Nachwuchs. Sie haben ja sonst nichts zu tun. Wie gesagt, wir sind zu viele. Ansonsten sind Kinder natürlich für uns tabu.«

Mir blieb die Spucke weg. Ich hatte noch nie so etwas Menschenverachtendes gehört.

»Ah, wie nobel von euch! Also ihr entscheidet, wer gefressen wird? Wie heroisch! Wenn ihr euch so selbstlos für das Klima einsetzen wollt, warum fresst ihr euch dann nicht selbst?«, fragte ich zynisch.

Das Bild gefiel meinem Magen. Er knurrte.

Ich war zunehmend verstört von mir selbst.

»Wir haben ein Recht darauf, dass zu bestimmen. Wir hatten die Idee. Wir sind die Urheber. Es ist unser Konzept. Lass uns gemeinsam der Welt einen Dienst erweisen«, sagte Justin.

Mein Verstand fand das alles ziemlich geschmacklos. Mein Körper schrie nach Fleisch. Ich hatte einen brummenden Schädel. Der Drang nach Menschenfleisch

zersetzte mich wie eine Sucht. Obwohl ich Dutzende Argumente gegen diese sogenannte Gemeinschaft hatte, war ich schon längst in ihr gefangen.
»Du wirst sehen, aus jedem Menschen, den du frisst, wirst du Anteile mitnehmen. Stärken. Du wirst dir Wissen aneignen. Neue Fertigkeiten«, sagte Justin mit leuchtenden Augen. »Ich war ein so schlechter Schauspieler. Ich habe nur nachgedacht. Wollte allen gefallen. War ein Narzisst der übelsten Sorte.«
Ich dachte, dass sich daran nicht so viel geändert hatte, aber ich verkniff mir den Kommentar. Noch eine Schelle musste ich nicht kassieren.
»Du hast gesehen, was ich für eine geile Nummer als Enrico abgezogen habe. Hat dich überzeugt, oder?«
Ich sagte nichts.
Jetzt wurde Justin böse.
»Oder?«, fragte er nachdrücklich mit einem tödlichen Unterton.
Ich sah mich schon als Sülze enden und nickte eifrig.
»Eine beeindruckende Darstellung«, stammelte ich.
»Was ist mit mir?«, fragte Lisa scharf.
»Ja … äh … absolut fantastisch.«.
Damit gaben sich beide zufrieden. Georg fragte nicht nach. Er sah mich nicht mal an. Er schien, auf meine Expertenmeinung nicht so viel Wert zulegen.

»Ich habe viel zu tun. Hätten wir das nicht am Telefon besprechen können?«, fragte Georg Corinna genervt und zog an seiner Zigarette.
»Ich will den Menschen beim Reden in die Augen sehen«, sagte Corinna.
»Wir haben schon zweimal mit der Polizei gesprochen«, brummte Georg unwillig und sah sie mit zusammengekniffenen Augen an. Er zog wieder an seiner Zigarette. Der Schauspieler lehnte an einer Mauer und versuchte, dabei lässig auszusehen.
Corinna hatte nicht den Eindruck, dass es ihm gelang. Sie hatte Georg vor einer halben Stunde angerufen. Erst war der Schauspieler nicht zu einem Treffen mit ihr bereit gewesen. Wilde Schimpftiraden ließ er von sich und weigerte sich zunächst beharrlich, sich mit der Polizistin zu treffen. Nach ein paar deutlichen Worten von Corinna lenkte Georg schließlich ein.
Beide standen etwas abseits von der Tür zur Fleischquelle. Sie lag unscheinbar versteckt, hinter ein paar Hallen im Gewerbegebiet von Wedding, in einer kleinen Seitenstraße neben der Voltastraße.
»Ja, ich weiß. Aber es gibt ein paar Unklarheiten bezüglich des Alibis von Frau Freibrodt«, log Corinna.
Georgs Augen wurden noch schmaler. »Was denn bitte für Unklarheiten?«, fragte er mürrisch.
Er zog noch mal an seiner Zigarette und schien sich nicht bewusst zu sein, dass er bereits den Filter mitrauchte.
»Differenzen in den zeitlichen Angaben. Sie gaben ja meinem Kollegen 18 Uhr an.«
»Ja. Das ist richtig. Und?«
»Na ja. Ein Kollege von Ihnen meinte, es wäre 19 Uhr gewesen.«
Georg sah sie skeptisch an.
»Wer?«
Corinna kramte in ihrem Gedächtnis. Nicht sie, sondern Bernd hatte den anderen Schauspieler befragt.
Doch Georg kam ihr unverhofft entgegen.
»Sie meinen Justin? Wir haben in unserem Ensemble keinen weiteren Mann.«

»Ja. Genau der«, erwiderte Corinna schnell.
Georg fing an, rot anzulaufen.
»Also ... äh ... ich bin mir ziemlich sicher, dass es 18 Uhr war. Ich kann mir schon die Zeiten merken.«
»Vielleicht hat sich ja auch ihr Kollege geirrt. Es wäre ganz gut, wenn ich noch einmal mit ihm sprechen könnte. Spielt er auch hier?«
Corinna deutete auf die Fleischquelle, die bis zur Mauer einen eigenartigen Geruch ausströmte, der sie auf unangenehme Weise an den Kampf mit Lisa Freibrodt erinnerte.
Sie verspürte immer weniger Lust, das Restaurant zu betreten.
Georg hielt es wohl auch nicht für so eine gute Idee.
Mit einem gequälten Lächeln sah er sie an.
Für Corinna sah es eher wie eine Grimasse aus.
Außerdem schien sich der falsche Schnurrbart von seiner Oberlippe abzulösen und sie fragte sich, warum der Mann so ins Schwitzen kam.
»Sorry, aber das ist keine gute Idee. Wir geben dort gerade eine Vorstellung.«
»Sie spielen nicht mit?«
»Ich habe nur eine kleine Rolle.«
»Verstehe«, sagte Corinna gedehnt und Georgs Gesicht färbte sich nun dunkelrot.
»Dafür war ich ausschlaggebend an der Regie beteiligt«, rechtfertigte er sich und setzte wieder ein schiefes Lächeln auf.
»Was spielen Sie denn mit ihrer Gruppe.«
»Unser Ensemble spielt interaktives Guerilla-Theater.«
»Heißt?«
Nun war Georg in seinem Element.
»Ursprünglich stammt die Kunstform vom Straßentheater. Genauso wie andere Ensembles vor uns haben wir uns auf räumliche Spielorte spezialisiert. Wir haben nicht direkt ein fertiges Stück, das wir spielen. Wir improvisieren und bauen den Zuschauer mit ein. Wir reagieren auf seine Reaktionen und dementsprechend läuft dann das Stück fort«, sagte er mit leuchtenden

Augen.
»Das hört sich spannend an.«
»Ist es auch! Wir spielen uns die Bälle zu. Auch der Zuschauer beteiligt sich. Dementsprechend müssen wir reagieren und agieren. Jeden Ball müssen wir parieren, auch wenn ihn uns jemand ins Gesicht schmettern will.«
»Sind Sie gut besucht?«
Georg lachte. »Bei dieser Show nicht. Wir haben nur einen Zuschauer.«
»Einen Zuschauer?«
Georg zog eine neue Zigarette aus der Schachtel.
Corinna vermutete, dass die meisten der herumliegenden Kippenstummel wohl von dem Schauspieler stammten.
»Einen Zuschauer. Dieses Stück ist nur für ihn konzipiert.«
Das schiefe Grinsen schien nicht aus seinem Gesicht zu verschwinden. Corinna sah dadurch deutlich seine Falten.
»Der hat es ja gut.«
Georg lachte laut und scheppernd, bis ein Hustenschwall folgte.
»Na ja. Er wird ganz schön gefordert.«
»Und wie macht er sich?«
»Erstaunlich gut. Er gibt uns ganz guten Input. Ich habe meine Kollegen selten so lebendig spielen gesehen und ich habe ein gutes Auge, wissen Sie. Ich habe europaweit an den renommiertesten Schauspielschulen unterrichtet«, sagte Georg und sein Lächeln wurde immer breiter.
»Vielleicht komme ich auch mal vorbei.«
»Machen Sie das! Sie bekommen eine grandiose Darbietung und ein erstklassiges Menü inklusive.«
Er zwinkerte ihr zu.
Nun zog Corinna eine gequälte Grimasse.
»Na ja. Ich bin Vegetarierin. Und der Name Ihres Spielortes klingt schon sehr nach Fleisch.«
»Glauben Sie mir«, sagte Georg und sein Lächeln wurde unheimlich. »Ich hatte am Anfang auch so meine Bedenken. Ich war sogar Veganer, wissen Sie. Ich sage

Ihnen, dieses Fleisch werden Sie lieben. Keine Sorge, es ist auch sehr umweltschonend. Die Produktion und Zubereitung des Fleisches läuft absolut klimaneutral ab, da können Sie sich todsicher sein. Sie nehmen damit auch viele Proteine zu sich. Es ist etwas ganz Besonderes. Das haben Sie noch nie gegessen, glauben Sie mir. Allein der Geschmack ist eine Wonne.«
Die Duftnote des Restaurants erzählte Corinna eine andere Geschichte.
Sie wollte nicht weiter den beißenden Gestank inhalieren.
»Leider haben wir ein paar Tanzchoreografien rausgestrichen. Schade eigentlich, ich und meine Kollegen können uns ganz gut bewegen. Anders als die jungen Schauspieler heutzutage. Da kann man ja gar nicht mehr hinsehen. Kein Körpergefühl. Nichts. Zu meiner Zeit lief das noch anders. Ich habe jahrelang Ballett getanzt. Gelernt habe ich in Paris bei …«
»Das ist ja ganz spannend. Aber was ist denn jetzt mit der Uhrzeit? Wer hat nun recht? Sie oder Ihr Kollege.«
»Ich glaube immer noch, dass ich recht habe«, sagte Georg nun um einiges selbstbewusster und machte damit Corinnas Bluff zunichte. »Glauben Sie mir, der Justin hatte sehr viel Stress in letzter Zeit. Wir haben viele Premieren in den letzten Monaten gespielt. Die Proben der einzelnen Projekte sind parallel abgelaufen. Und Justin wirkt in jeder Produktion mit. Er ist das Zugpferd unseres Theaters. Er war mal mein Schüler, wissen Sie?«
»Ach?«, rief Corinna und versuchte Faszination in ihre Stimme zu legen.
Langsam bekam sie von seinem Gerede Kopfschmerzen. Seine anfängliche Wortkargheit und Nervosität war mit einem Mal verschwunden.
»Ja. Er hat richtige Fortschritte gemacht. Vor ein paar Jahren war er noch so unsicher gewesen. In letzter Zeit ist er regelrecht über sich hinausgewachsen. So eine enorme Entwicklung kostet Kraft.«
»Ich dachte Schauspieler können sich alles merken. Da sollte doch eine Uhrzeit kein Problem darstellen.«

»Wir haben hier einen künstlerischen Vollzeitjob, der im hohen Maße anspruchsvoll ist. Es ist unsere Berufung. Unsere Passion. Da können wir nicht einfach Mal abschalten, wie in anderen Tätigkeiten. Unser Kopf arbeitet auch im Schlaf weiter, wissen Sie. Das zerrt am Körper wie im Geiste.
Da kann man schon mal mit den Uhrzeiten durcheinander kommen. Ich hoffe, Sie verstehen das«, sagte Georg in einem geduldigen Tonfall, als ob die Ermittlerin gar nichts verstehen würde.
Nun sieht er mich schon fast so selbstgefällig an, wie die Freibrodt, dachte Corinna.
»Natürlich verstehe ich das. Dann wünsche ich Ihnen noch viel Erfolg bei Ihrer Produktion.«
Georg lächelte sie gnädig an. »Werden wir haben. Kommen Sie gerne Mal vorbei und kosten Sie von dem Fleisch«, sagte er und zwinkerte wieder. »Sie werden es lieben.«
Corinna verabschiedete sich schnell von ihm und lief zu ihrem Wagen.
Leider war Georg nicht von seiner Version abgewichen. Auch Justin hatte dieselbe Uhrzeit angegeben.
Das Alibi von Lisa Freibrodt war somit weiterhin wasserdicht.
Trotzdem war hier etwas faul. Das roch Corinna. Und das lag nicht nur an dem beißenden Gestank der Fleischquelle. Dennoch würde sie jetzt erst einmal Maik einen Besuch abstatten.
Sie musste beide Spuren weiterverfolgen.
Corinna stand zu weit entfernt, um die plötzlichen Schreie aus der Fleischquelle zu hören.

Über den Autor

Matthias Krause wurde 1987 in Cuxhaven geboren.
Schon seit seiner Kindheit erzählt er in jeglicher Form eigene Geschichten.
Auch nach seiner Schauspielausbildung und während einiger Engagements an Theatern und im Fernsehen war er dem Schreiben treu geblieben.
Nach einigen Kurzgeschichten erschien im Mai 2021 sein Debütroman "HÖR AUF ZU BRENNEN".
Juni 2021 folgte sein zweites Buch "HÖR AUF ZU FRESSEN".
Matthias Krause konzentriert sich in seinen Romanen auf die Antihelden und ihr Verhalten in überspitzten Situationen.
Es geht in beiden Geschichten auch um aktuelle Themen wie die Auswirkungen von psychischer Gewalt, Unterdrückung (z. B. von Menschen und Gefühlen) und Fanatismus (z. B. Religion, Nationalismus).
Dennoch ist dieses Buch kein Tatsachen-Roman, sondern ein überspitzter Psychothriller mit Horrorelementen und satirischen Untertönen.
Einige Figuren kommen in beiden Geschichten vor.
Beide Bücher können auch unabhängig voneinander gelesen werden.
In diesem Buch hat Matthias Krause die Geschichte „HÖR AUF ZU BRENNEN" neu überarbeitet und die Kurzgeschichte „HÖR AUF ZU GÄREN" hinzugefügt, die er für seine Eltern zu Weihnachten geschrieben hatte.
Aktuell lebt Matthias in Berlin.